COLLECTION FOLIO

Jean-Baptiste Del Amo

# Le fils
# de l'homme

Gallimard

Page 98 : Gary Brooker / Keith Reid / Matthew Fisher,
*A Whiter Shade of Pale* © Onward Music Limited.

© *Éditions Gallimard, 2021.*

Jean-Baptiste Del Amo est né en 1981 à Toulouse. Il est l'auteur d'*Une éducation libertine*, Goncourt du premier roman, *Le sel*, *Pornographia*, prix Sade 2013, *Règne animal*, prix du Livre Inter 2017, et *Le fils de l'homme*, prix du Roman Fnac 2021.

Et la rage des pères revivra chez les fils à chaque génération.

SÉNÈQUE, *Thyeste*

*Le meneur s'arrête, lève le visage vers le ciel et, l'espace d'un instant, le cercle sombre de sa pupille s'aligne sur le cercle blanc du soleil, l'étoile foudroie la rétine et l'être rampant dans la boue matricielle détourne le regard pour contempler la vallée dans laquelle il chemine en compagnie des siens : une lande battue par les vents, à la végétation rase, parsemée d'arbustes aux formes dolentes ; une terre morne sur laquelle flotte en négatif l'image de l'astre du jour, lune noire posée sur l'horizon.*

*Ils marchent depuis des jours en direction de l'ouest, contre le vent cinglant de l'automne. Des barbes broussailleuses mangent le dur visage des hommes. Des femmes aux faces rubicondes portent des nouveau-nés sous des fourrures élimées. Beaucoup mourront en chemin, bleuis par les grands froids ou emportés par la dysenterie quand ils boiront l'eau croupie des flaques auxquelles s'abreuvent les troupeaux sauvages. Les hommes creuseront pour eux, à la force de leurs doigts ou de leurs lames, de tristes trous dans le sol.*

*Ils y déposeront le corps emmailloté qui paraîtra plus dérisoire encore dans la nuit de la tombe ; ils glisseront là des choses inutiles, la fourrure dans laquelle l'enfant se pelotonnait, une poupée de chanvre, un collier d'os bientôt indifféremment mêlés à ceux du petit mort. Ils lui jetteront au visage des poignées de terre qui scelleront ses yeux et sa bouche, puis ils déposeront sur le tertre des pierres lourdes pour protéger la dépouille des charognards en quête d'une pitance. Enfin, ils reprendront la route et seule la mère lancera peut-être un dernier regard par-dessus son épaule, en direction du monticule étincelant, vite ravalé par l'ombre portée d'un coteau.*

*Un vieil homme traîne son corps décharné sous une fourrure grasse dont les poils se meuvent au gré des bourrasques. Il a autrefois mené lui aussi le groupe par-delà les plateaux et les vallées, le long de cours d'eau aux berges ourlées, vers des terres nourricières, des cieux cléments. Il suit maintenant à grand-peine de plus jeunes et plus vaillants que lui, ceux qui marchent en tête, décident d'établir le camp à la fin du jour et de le lever aux aurores. Il se peut qu'à l'entrée d'une caverne où ils font étape, ils allument un feu qui crève la nuit et dont les flammes éclairent les contours de créatures pariétales que d'autres avant eux ont tracés à la lueur tremblante d'une lampe à graisse.*

*Au cœur des ténèbres, ils pressent les uns contre les autres leurs corps rudes sous de grandes peaux desquelles seuls dépassent leurs visages. Leurs souffles se condensent et leurs yeux restent longtemps ouverts tandis que les mères essaient d'apaiser les pleurs des nourrissons, frottant leurs lèvres du bout d'un sein. Certains des hommes parlent à voix basse, attisent les braises qui rougeoient et s'élèvent – leur reflet traverse en satellite l'iris des veilleurs –, virevoltent comme si elles aspiraient à rejoindre l'immensité céleste où se consument d'autres astres avant de disparaître, englouties par le cœur avide de la nuit.*

*La promiscuité offerte par les peaux qui les couvrent les presse de s'accoupler. Ignorant parfois l'enfant qu'elle chauffe encore contre son ventre, le mâle saisit la croupe que la femelle lui tend ou indifféremment lui refuse, fouaille le sexe qu'il a au préalable enduit d'un épais crachat, et convulse jusqu'à décharger en elle. Avant de s'écouler sur sa cuisse tandis qu'elle se rendort, la semence fécondera éventuellement la femelle qui, les dents plantées dans un morceau de bois, enfantera trois saisons plus tard à l'ombre d'un arbuste, à quelques pas du camp établi par le groupe le temps de la mise bas.*

*Accroupie, saisie aux bras par d'autres femmes qui épongent tour à tour son front, ses mollets, son sexe, elle expulsera le fruit de sa saillie à même le sol ou entre les mains d'une accoucheuse. Le cordon ombilical sera tranché par la lame d'un silex. La chose tirée dans la lumière et déposée sur l'outre vide du ventre rampera pour boire le colostrum à la mamelle, engageant ainsi le cycle nécessaire à sa survie qui la verra incessamment engloutir le monde et l'excréter.*

*Si l'enfant survit aux premiers étés et aux premiers hivers, si sa dépouille ne rejoint pas celles déjà abandonnées derrière eux – de l'une, transportée par une martre près d'un petit étang, ne subsiste un temps qu'une cage thoracique à demi enfoncée dans la vase et, sous l'arc des côtes, avant qu'elles ne tombent en poussière, s'élève la tige blanc d'os d'une prêle des champs –, il marchera bientôt près des siens, admis parmi eux, lira la voie des étoiles, percutera les pierres pour en tirer le feu et les lames, apprendra le secret des plantes, pansera les plaies et apprêtera le corps des morts pour leur dernier voyage.*

*Peut-être l'enfant bénéficiera-t-il d'un sursis et atteindra-t-il cette heure où sa chair déjà lasse lui intimera l'ordre de se reproduire. Il n'aura alors de cesse de chercher à fusionner avec l'un des siens, étreindra au hasard et à tâtons un autre de ces êtres misérables dans la froideur d'une nuit incendiée, la Voie lactée vrillant le ciel au-dessus d'eux. Après avoir foulé de ses pas un morceau de terre, connu une poignée d'aurores blêmes et de crépuscules, la fulgurance de l'enfance et l'inéluctable décrépitude du corps, il crèvera d'une manière ou d'une autre avant d'avoir atteint l'âge de trente ans.*

*Mais, pour l'heure, l'enfant appartient encore au néant ; il n'est qu'une infime, une insoutenable probabilité tandis que la horde des hommes avance tête baissée dans la bourrasque, troupeau vertical, opiniâtre et loqueteux. Ils portent sur les épaules ou tirent sur des travois des cuirs tannés, des poteries façonnées de leurs mains renfermant des réserves de graisse. Ils y conservent les racines, les noix, les fruits et les baies glanés en chemin dont ils se sustentent, mâchant les pulpes desséchées, les fibres rendues comestibles par le graillon, déglutissant les sucs amers ou doucereux.*

*Après plusieurs semaines de marche, ils parviennent sur la berge d'une rivière poissonneuse, au lit sinueux, traversant à perte de vue une plaine hantée par les ombres de nuages qui cavalent d'est en ouest. Les ombres arpentent et devancent la course des nuages, obscurcissent des pans entiers de paysage, creusent les combes, aplanissent les tourbières, densifient les forêts dont le brun verdâtre tourne soudain au noir charbonneux et changent l'eau des marécages en de vastes plaques de verre tout hérissées de joncs secs, bruissant dans le vent, pareils à des ailes d'insecte. Les nuages aux sommets immaculés s'éloignent et le jour survient à nouveau, embrasant la terre. Un vol de hérons s'élève des marais ; la flèche de leur cou fend l'air et leurs ailes déployées étincellent dans le bleu électrique.*

*Les hommes s'arrêtent et établissent le camp. Certains des plus habiles à la pêche pénètrent le courant qui écume contre les rochers ou sur des troncs d'arbre charriés jusque-là par le torrent. Les pêcheurs progressent le long des berges, scrutent le fond de l'eau. La surface renvoie le reflet de leurs faces simiesques et, au-delà, du ciel nébuleux flottant sur le mouchetage des pierres roulées et polies par la rivière. Le grondement du torrent et l'effort qu'ils doivent fournir pour sonder du regard le chatoiement des eaux vives ne tardent pas à plonger les pêcheurs dans une forme de transe. Penchés, bras ballants, l'écume aux cuisses ou à la taille, leurs mains effleurant du bout des doigts la surface de l'eau, ils avancent semblables à de bruns échassiers façonnés par la rivière.*

*L'un d'eux se penche plus avant et enfonce ses bras dans l'onde. Dans une cuve d'eau calme, près d'un tronc reposant à demi sur la berge, le pêcheur a perçu la nage fantomatique d'un saumon qui fraie à contre-courant, ses reflets de métal fondus aux frémissements sans cesse changeants de l'onde. Il s'en approche avec une extrême lenteur, veillant à ce que son ombre ne le précède jamais. Il laisse ses avant-bras en suspens entre deux eaux – la surface en distord sensiblement la vision de façon que les deux membres semblent maintenant séparés du pêcheur, appartenant à la réalité enclose de la rivière – et il ne quitte pas du regard l'œil du saumon, la pupille pailletée d'or, l'opalescence de l'écaille préorbitale.*

*Avec une infinie précaution, le pêcheur réunit ses mains sous l'abdomen du saumon et il semble un instant qu'il tient le saumon comme une offrande, qu'il donne le saumon à la rivière, ou du moins qu'il en soutient la nage statique, précieuse, délicate. Lorsque la paume de ses mains effleure les nageoires abdominales du saumon, le poisson se déporte d'un soubresaut, sans pour autant chercher à fuir. Le pêcheur patiente sans bouger, ses paumes ne retiennent plus que des éclats de lumière en mouvement. Il déplace à nouveau ses mains sous le saumon ; cette fois le saumon se laisse effleurer et même soulever, et ce n'est qu'à l'instant où sa ligne dorsale scinde la surface de l'eau qu'il cherche à se libérer par une formidable contorsion.*

*Mais les mains du pêcheur se sont refermées ; d'un*

*geste puissant il extrait le poisson du courant, le projette dans les airs en direction de la berge où progressent quelques enfants tenant des tiges de noisetier à l'extrémité taillée en pointe. L'une d'entre eux, une fillette hirsute et borgne, se précipite vers le saumon qui se débat sur les galets, s'accroupit et le plaque au sol d'une main. Elle enfonce la pointe de la lance dans l'orifice branchial, la fait rejaillir par la gueule. La mâchoire inférieure s'ouvre et se referme en vain, et la fillette soulève à bout de bras le poisson empalé dont le flanc miroite au soleil.*

*Accroupies au bord de l'eau sur les galets, deux femmes préparent les saumons capturés par les pêcheurs. Des écailles constellent la peau brune de leurs mains lorsqu'elles enfoncent dans l'orifice anal la pointe d'un silex, incisent l'abdomen sur la longueur, glissent l'index et le majeur dans l'ouverture pratiquée pour crocheter la cavité ventrale. Elles en extraient un petit tas de tripes rouges et brunes qu'elles projettent au sol d'un geste vif du poignet. La fillette borgne est maintenant près d'elles et les regarde avec attention. Elle saisit la vessie natatoire logée entre deux pierres, en contemple un instant la blancheur irisée avant de la faire éclater entre ses doigts.*

*Les femmes suspendent une peau à un assemblage de branches, la remplissent d'eau et immergent des galets qu'elles ont préalablement fait chauffer dans les braises d'un feu. Elles y plongent aussi des moules de rivière ramassées par les enfants, des tubercules, des aromates cueillis et séchés durant l'été précédent, enfin les poissons dont la chair ne tarde pas à se déliter. Bientôt, le bouillon embaume la berge tranquille et bleutée.*

*Au soir, ils mangent à leur faim et les plus jeunes, épuisés par la marche et par leurs jeux dans l'eau vive du torrent, s'endorment au son d'une psalmodie chantée près du feu par l'ancien meneur. Ce chant est quelque chose d'avant le chant, d'avant même la voix, une plainte gutturale, modulée, faite de vibratos et d'ondulations dissonantes, d'expirations profondes et graves dont le corps du vieillard est tout entier la caisse de résonance. Il semble par instants qu'il provienne non pas du vieillard, mais d'hors de lui, des secrets de la nuit profonde, de la plaine invisible, du lit noir de la rivière et du cœur des pierres – secrets convoqués dans ce corps aussi sec et noueux qu'une souche, car rien ne bouge de ce visage embroussaillé sur lequel passe seulement l'orbe lumineux des flammes.*

*Les lèvres frissonnent à peine sous la barbe et les yeux sont clos, le regard tourné vers l'intérieur. La mélopée charrie un torrent d'images, de sensations dont tous éprouvent dans leur chair la profonde mélancolie, celles de leur errance sur la terre, sans but et dénuée de sens, du cycle des saisons toujours renouvelées, des morts qui continuent de cheminer à leurs côtés et se rappellent à eux dans la coulisse de la nuit par une ombre furtive ou le cri d'un loup. Et lorsque le vieux se tait, que le chant s'éteint au-dedans de lui, ils retiennent leur souffle ; quelque chose vient d'être dit de leur insignifiance et de leur majesté.*

*À la lumière d'un matin pâle, le monde se dévoile drapé de frimas, étincelant. L'haleine des hommes se condense dans l'air glacial tandis qu'ils ravivent le feu. Ils ont creusé le sol par endroits, tendu des peaux sur des piquets, élevant ainsi quelques huttes sous lesquelles femmes et enfants dorment encore les uns contre les autres, ensevelis sous d'autres peaux.*

*Des choucas survolent le campement, vont se poser plus loin aux branches d'un arbre, leur plumage de jais tranchant sur l'écorce couverte de givre. Ils observent les hommes qui pourraient leur abandonner une becquée et les hommes observent les choucas qui leur désignent parfois une charogne autour de laquelle les oiseaux s'attroupent et se chamaillent – ils la dérobent et la rapportent au camp pour s'en repaître.*

*Bientôt les réserves viendront à manquer. Ils se nourrissent de noix, de glands de chêne qu'ils concassent, font bouillir maintes fois pour en éliminer les tanins, pétrissent en galettes et font cuire sur les braises. Ils fouillent les souches de bois mort pour en déloger des larves, déterrent des racines, arrachent aux arbres des écorces et des mousses comestibles.*

*À l'aube d'un nouveau jour, ils repèrent un groupe de cervidés occupés à paître à l'orée d'une forêt. Ils s'arment de sagaies au manche fait du tronc de jeunes pins écorcés, la pointe d'un éclat de silex et l'empennage de plumes d'autour, de faucon ou d'effraie. Ils se mettent en marche ; une femme et trois hommes silencieux. Le dernier talonne un enfant au visage émacié, à peine pubère. Ses membres sont maigres, ses gestes mal assurés, une barbe juvénile lui mange la lèvre supérieure et les joues. Il promène d'un chasseur à l'autre ses yeux sombres, ahuris, logés au fond d'orbites creusées au burin sous l'amont proéminent du front. Il tourne sans cesse la tête vers celui qui ferme la marche – son géniteur – et le suit de près. Il cherche à saisir quelque chose de l'allure des chasseurs, de leur mutisme qu'il s'applique à reproduire.*

*Ils semblent d'abord s'éloigner des chevreuils qui continuent de brouter avec indifférence – l'un d'eux, un brocard dont les bois sont tombés à l'automne, se redresse pour guetter alentour, se fige, hume, souffle à plusieurs reprises, son haleine blanche en suspension au-dessus de son crâne comme s'il venait d'expirer son âme –, et leur progression suit une large courbe en direction de l'ouest, au travers de broussailles où la nuit s'attarde, leurs silhouettes tout juste discernables sous la lune qui décroît, s'affadit au-dessus d'eux, tandis que l'aurore, brusquement rose et pourpre, vient dissocier le ciel de la terre.*

*Quand le brocard est aux aguets, les chasseurs s'immobilisent avant de reprendre leur progression sitôt que l'animal rabaisse la tête. Ils se tiennent à l'arrêt dans les herbes blanches et l'adolescent voit le père tirer une bourse de cuir de l'enchevêtrement des peaux qui le couvrent. Il la lève et fait jaillir d'une pression des doigts une bouffée de cendres qui se disperse de biais entre leurs corps attentifs et réunis, indiquant qu'un vent paisible balaie la plaine dans leur direction.*

*Le père acquiesce et les chasseurs se remettent en marche. Ils atteignent la lisière de la forêt, s'enfoncent dans l'ombre du sous-bois à l'instant où le grand incendie se lève à l'est et étend sur la plaine une lumière fauve.*

*Les chasseurs progressent, précautionneux de l'endroit où ils posent le pied sur le lit de feuilles, de branchages recouverts par le givre. Ils distinguent bientôt plus précisément le troupeau composé du brocard, de trois chevrettes et d'un chevrillard sans doute né au printemps car son pelage est déjà semblable à celui des adultes, d'un gris sombre, perlé de rosée. Ils portent aussi à la base de l'encolure une serviette claire qu'ils dévoilent lorsqu'ils relèvent la tête ; leur lèvre inférieure est blanche sous les naseaux noirs, leur croupe ornée d'un miroir blanc.*

*Par un geste rapide de la main, le père commande aux deux autres chasseurs de se déployer pour contourner la harde, et ils s'enfoncent dans les bois. Resté seul avec lui, le garçon les voit disparaître, bientôt engloutis par les troncs bruns, la nuit de la forêt. Posant une main sur son épaule, l'homme lui enjoint de se baisser derrière un arbre couché. Tous deux se tiennent là, accroupis, scrutant la plaine sur laquelle flottent à présent des nappes de brume, la fumée lointaine du campement, les chevreuils à contre-jour de l'astre montant, réduits à des silhouettes compactes en leur centre, mais dont la lumière dissout les contours, si bien qu'ils semblent plus élancés, fragiles, prêts à s'évaporer d'un instant à l'autre.*

*Leurs corps sont endoloris par l'affût et le froid. Ils serrent dans leur poing la hampe des sagaies. Le fils ne quitte pas du regard le visage du père. Un son lointain s'élève, semblable au cri aigu d'un rapace, et l'homme arme sa sagaie sur le propulseur, imité par le fils. Ils retiennent leur souffle jusqu'à ce qu'un second signal vrille la plaine. Ils voient les chevreuils bondir, arrachés à leur pâture, détaler d'un même élan dans leur direction. Les deux rabatteurs ont jailli du sous-bois et courent à vive allure derrière la harde, se déployant à distance l'un de l'autre.*

*Le troupeau mené par le brocard esquisse un mouvement de fuite vers l'espace dégagé de la plaine, mais la chasseuse dévie sa course et le rabat. D'une main levée à hauteur de poitrine, le père commande au fils de rester immobile. Le fils voit les chevreuils bondir vers eux dans un silence que seuls rompent le souffle qu'ils exhalent et le frappement feutré de leurs sabots sur le sol entre deux sauts majestueux.*

*Le père abaisse la main et tous deux se redressent comme un seul homme, jaillissent par-dessus le tronc d'arbre couché. Ils voient le brocard accuser un bref mouvement de recul de la tête. L'effroi écarquille son œil, l'animal déporte le poids de son corps sur la gauche et vire en direction du sous-bois.*

*Les chasseurs lancent au même instant leurs sagaies qui s'élèvent dans le matin blême. Tout est suspendu : les armes traçant leur course ascendante sur la plaine, les chevreuils en lévitation au-dessus de bouquets d'herbes, l'encolure du brocard touchant déjà l'ombre du sous-bois où des feuilles mortes continuent de tomber en spirale depuis la frondaison des arbres, le corps sombre des hommes à leurs trousses et, plus loin, l'envol d'un groupe d'oiseaux blancs délogés d'un bosquet par la fuite de la harde.*

*Les sagaies simultanément lancées par le père et la chasseuse viennent se planter dans le sillage des chevreuils, l'impact répercuté le long de la hampe en une vibration sonore. Celle du second rabatteur se couche dans les herbes avec un chuintement de couleuvre, tandis que la sagaie lancée par l'adolescent atteint sans bruit une des deux chevrettes à l'épaule.*

*L'animal est déporté sur sa droite, s'effondre sur ses antérieurs dans le lit de feuilles mortes et de branchages verglacés qui craque sous son poids. Il parvient à se redresser au prix de la convulsion de son corps tout entier et, d'un bond, passe l'orée du bois. Les hommes ramassent leurs armes, s'engagent dans la forêt à la suite de la harde, mais déjà le pelage des chevreuils se confond avec l'infinie répétition des troncs et seul le miroir de leurs croupes permet de distinguer leurs mouvements spasmodiques à mesure qu'ils s'enfoncent plus profondément dans les hautes fougères brunies par le froid. Les chasseurs se déploient à nouveau, avancent à distance les uns des autres, leur marche entravée par la végétation, les tourbières odoriférantes.*

*Une lumière froide baigne le sous-bois, écrase les formes, les couleurs. Lorsque le père se baisse pour poser l'extrémité de ses doigts sur une souche pulvérulente et relève la main, le sang qui en macule la pulpe est étrangement sombre; il lui faut tendre le bras dans le puits de jour que ménagent les branches nues d'un hêtre pour que la trace se révèle d'un rouge éclatant. Il essuie ses doigts sur le cuir qui couvre son torse, scrute le sol et repère à proximité d'un bourbier quelques empreintes laissées par la chevrette blessée, indiquant qu'elle boite et ne peut plus reposer son poids sur son antérieur gauche.*

*La frappe d'un pic sur un tronc creux retentit à intervalles réguliers. Une branche tombe sur un lit de feuillages en un bruissement assourdi. Plus loin, hors de la vue du père, le fils lève le visage vers la cime des arbres aux ramures sombres. Son souffle s'élève et se dissipe au-dessus de lui. Il observe l'inextricable lacis végétal contre lequel il lui faut lutter pour avancer, les troncs partout luisants, les racines arachnéennes qui affleurent sous l'humus. L'odeur de la forêt lui monte à la tête et le déséquilibre. Il ne perçoit plus la présence des autres chasseurs. Il lui semble que la forêt l'a poussé dans des profondeurs organiques, ce terrain accidenté et poisseux où elle orchestre ses fermentations secrètes. Il prend appui sur l'écorce détrempée des arbres, tire son pied d'un trou d'eau, d'une liane, s'extirpe du grand pourrissement qui nourrit la terre et fera au printemps rejaillir de sa matrice une vie impitoyable. Le jour sourd face à lui, rayonne par-delà les troncs.*

*Il s'avance et découvre une clairière couverte de pieds de bruyère d'hiver. La chevrette est étendue dans des buissons piquetés de fleurs mauves. La tête tournée, elle lèche le flanc dans lequel est plantée la sagaie dont la hampe repose à terre. L'adolescent reste hors de sa vue, dissimulé par les arbres. Il voit le chevrillard aller et venir d'un trot nerveux à la lisière du bois. La chevrette renonce à lécher sa plaie, redresse la tête pour regarder le chevrillard. Elle tente de prendre appui sur ses postérieurs pour se relever, mais ne parvient qu'à soulever sa croupe avant de retomber lourdement. Elle étend son cou, repose sa tête sur le sol et ne la relève pas lorsque le jeune chasseur s'avance à découvert. Seul un bref tremblement parcourt son corps traversé par l'idée de la fuite, et le chevrillard s'enfonce dans le sous-bois où il s'immobilise.*

*L'adolescent marche jusqu'à la chevrette, se tient près d'elle, son ombre étendue sur le poitrail et le flanc que soulève un souffle rapide. Il respire l'odeur suave du gibier, celle, ferreuse, du sang qui empoisse son pelage. Il devine la contraction fébrile du cœur sous l'arc apparent des côtes. L'œil à la pupille ovale et à l'iris brun reflète une vue distordue du monde, la silhouette du jeune chasseur, les lignes convexes des pins au tronc cuivré, le ciel bombé par-delà leur cime. Un liquide translucide s'en écoule, englue les cils et fonce le poil ras de la joue. Un pas se fait entendre dans le feuillage. Le jeune chasseur tourne la tête et aperçoit la silhouette du père qui s'avance parmi les arbres.*

*Il reporte son attention sur le chevrillard toujours aux aguets dans la pénombre du sous-bois, se baisse pour arracher au sol une pierre à demi ensevelie qu'il jette de toutes ses forces en direction de l'animal. Le projectile vient heurter le tronc d'un arbre, le chevrillard détale, s'arrête pour lancer un dernier regard en direction de la clairière et de la chevrette couchée, bondit puis disparaît.*

*Le père surgit dans l'espace dégagé de la clairière, rejoint le fils de son pas lourd, le manche de sa sagaie serré dans le poing. Parvenu aux côtés du jeune chasseur, il baisse son regard sur la chevrette, lève sa main* en porte-voix, lance un son bref et répété qui s'élève dans l'air vibrant. L'animal expire un souffle rauque lorsque l'homme s'accroupit près de lui. Le soleil vient de surgir par-delà les arbres et les baigne désormais tous trois – l'homme, l'enfant, la chevrette – d'une lumière chaude qui fait fumer leurs peaux détrempées par la rosée. Les deux autres chasseurs émergent du bois et marchent vers eux.

 Le père dépose son arme dans les bruyères, porte la main gauche à l'épaule de la chevrette et, de l'autre, saisit la hampe de la sagaie lancée par le jeune chasseur. Sa main glisse le long du manche de bois poli afin d'assurer une prise plus haute. D'un geste puissant qui fait brusquement saillir les tendons de son cou, il l'enfonce dans le poitrail de l'animal. La lame du silex se fraie un chemin dans le maillage complexe de muscles, de nerfs, de vaisseaux, perfore le cœur de la chevrette qu'un unique soubresaut traverse, contenu par l'appui de la main du chasseur sur son épaule. Par un mouvement contraire, l'homme retire la sagaie. Le manche et la pointe jaillissent, un sang écarlate s'écoule sur le flanc et goutte au sol.

 Le père plonge ses doigts dans la plaie ouverte au flanc de la chevrette, se relève et barre le front du jeune chasseur d'un trait rouge, vertical. Sa main vient ensuite se poser sur sa joue, le pouce souillé sur l'os de la pommette, l'extrémité des autres doigts sous l'oreille. Il s'attarde en une caresse qui laisse sur la peau du garçon la sensation de sa paume rugueuse et glaciale longtemps après qu'il l'a retirée. Les deux autres chasseurs les rejoignent, contemplent le gibier et la marque qui s'assombrit déjà au front du fils.

*Le père saisit la dépouille aux jarrets, la soulève de terre et la hisse sur ses épaules. Le cou de l'animal repose sur son bras ; l'œil éteint, voilé, ne reflète plus rien et la plaie continue de s'épancher mollement. Lorsqu'il se met en marche et regagne le bois en direction du camp, la tête de la chevrette ballant contre son bras, les chasseurs lui emboîtent le pas. L'enfant reste immobile au milieu de la clairière. Il lève les yeux vers le vol suspendu d'un faucon, le visage inondé de lumière. Quand il reporte son attention sur les siens, il voit la chasseuse s'arrêter pour regarder dans sa direction avant de passer l'orée du bois. Il est seul maintenant dans le cœur tranquille de la forêt. Les oiseaux se sont tus. Il paraît hésiter à rester là, dans les bruyères, le murmure des arbres, et renoncer à suivre le groupe. Il s'allongerait dans l'empreinte encore tiède laissée par la dépouille de la chevrette et, les yeux rivés dans le ciel, se laisserait ensevelir par les feuilles brunes, les terreaux fertiles.*

*Le faucon lance un cri strident, fond en piqué sur une petite proie quelque part sur la plaine. Alors le jeune chasseur se penche et ramasse au sol sa sagaie.*

Aux premières heures du matin, ils laissent la ville derrière eux.

Le fils somnole sur la banquette arrière du vieux break. Les yeux mi-clos, il regarde défiler par la vitre du véhicule les pavillons de banlieue, les bâtiments d'une zone commerciale et leurs lumières qui fusent dans la nuit.

Ils dépassent l'ancienne gare de marchandise, les wagons tout drapés de rouille et d'obscurité, échoués parmi les ronces, les silos d'une coopérative agricole couronnés d'une brume bleuie par le faisceau d'un projecteur illuminant une immense dalle de béton soudain traversée par un chien au flanc creux.

L'enfant le voit disparaître dans l'ombre d'un camion benne. Il somnole et le chien resurgit dans ses rêveries, scandées par le pouls des lumières qui lui parviennent. L'animal chemine à ses côtés le long d'un sentier, au cœur d'une forêt profonde – ou bien est-ce une plaine sauvage et tranquille, il ne saurait le dire. Sa main vient frôler la tête du chien, sa paume reposer sur sa tête. Tous deux marchent d'un pas égal, leurs souffles parfaitement accordés, et ils ne forment désormais qu'un seul et même être, l'animal et l'enfant, leur corps unifié, lancé à travers l'espace et la nuit qui s'ouvrent à l'infini devant eux.

La mère lève le regard vers lui, dans le rétroviseur. Il ressent dans son demi-sommeil le baume familier de ses yeux bruns posés sur lui. Souvent, il s'est allongé dans le lit de la mère, tous deux se faisant face en chien de fusil, leur tête sur un bras replié, et dans la fraîcheur de la chambre embrasée par la lumière il a contemplé le visage de la mère, les yeux de la mère, empreints de quelque chose d'indicible, d'une tristesse infinie ou d'une résignation, comme si elle se trouvait face à lui, son fils, désemparée et coupable.

Un feu couve au loin sous un ciel sans étoiles, un souffle de dragon ou de raffinerie. La mère le contemple un moment avant qu'il ne disparaisse derrière une ligne d'arbres nus, puis elle porte le regard sur le père qui fixe la route, impassible, enserrant le volant de la main gauche, sans même cligner des yeux. Seul le muscle de sa mâchoire se tend par moments sous la peau de sa joue qu'assombrit une barbe naissante.

Plus tard, ils font halte dans une station-service et le claquement des portières réveille l'enfant.

— Passe-moi une cigarette, tu veux ? demande la mère.

Le père lui désigne le vide-poche et contourne

le véhicule. Par la fenêtre arrière, le fils voit son souffle moutonner dans la lumière grésillante d'un néon. Le compteur défile à mesure que la pompe à carburant remplit en bourdonnant le ventre du break.

La mère s'est éloignée de la voiture, serrant à son cou le col de sa parka. Elle allume une cigarette, exhale une première bouffée – elle tient le filtre entre les dernières phalanges de l'index et du majeur, presque au niveau de l'ongle –, marche le long d'un terre-plein recouvert d'une herbe exsangue avant de revenir sur ses pas. Elle porte la cigarette à ses lèvres, jette autour d'elle de brefs regards qui s'attardent sur les ombres nichées dans le branchage des arbres et des buissons de troène.

L'enfant ouvre la portière, descend du véhicule et respire les vapeurs de gasoil. Il s'étire, marche en direction de la mère qui le voit, jette le mégot de sa cigarette à ses pieds et l'écrase sous sa semelle. En tombant, le mégot laisse virevolter dans son sillage de minuscules braises qui redoublent d'ardeur à se consumer. Le garçon vient se blottir contre elle.

Ils ne parlent pas, faiblement éclairés par la lumière que répand la station-service pareille, dans le brouillard, à quelque bâtiment fantôme de marine marchande. L'enfant inspire le parfum de lessive et de tabac de sa parka. Elle passe la paume de sa main dans les cheveux roux de l'enfant, l'attarde sur sa nuque.

— Il faut y aller, dit le père.

Elle acquiesce et sa main glisse de la nuque à la joue du fils.

— On est encore loin ? demande-t-il.

— Je ne sais pas, répond-elle. Encore quelques heures.

Ils regagnent la voiture et reprennent la route. Tandis qu'ils progressent le long d'une départementale, il n'y a bientôt plus face à eux qu'une obscurité totale que le faisceau des phares parvient à scinder et qui se referme aussitôt sur elle-même. Des nappes de brouillard surgissent à nouveau, spectres blafards en lévitation sur le bitume, pourfendus par le break et ravalés par la nuit.

Ils parcourent une vallée perçue par fragments dans la lumière des phares : des forêts résineuses, des piquets en bois d'acacia barbelant d'indéfinissables pâtures couvertes de givre, de grands corps de ferme en pierre, couverts de toitures d'ardoise, parfois réunis en hameaux dont les bâtiments enchâssés dans la nuit évoquent des casemates ou les derniers vestiges d'une civilisation perdue.

À mesure que la vallée se resserre, des colosses endormis surgissent face à eux, massifs calcaires aux sommets invisibles, ombres monumentales plus impénétrables que la nuit elle-même ; il semble que le break se précipite vers une infranchissable muraille que seule aurait su élever la main d'un dieu.

Le véhicule s'engouffre dans un tunnel et la

lumière diffuse des phares se trouve happée, réverbérée par les arcs de béton nu, projetant dans l'habitacle un pan de clarté jaunâtre qui contourne les visages du père et de la mère. Au-dessus d'eux défile la masse inconcevable de la montagne, les dizaines de milliers de tonnes de roches magmatiques imbriquées, de granites, de quartz, de mica et de limons fossiles. L'enfant allongé sur la banquette arrière retient son souffle, se demande comment le tunnel peut à lui seul en soutenir le poids. Ne se pourrait-il pas que la montagne s'affaisse soudain et les ensevelisse ?

Ils débouchent dans une nouvelle vallée et le halo des phares se heurte à l'écran d'une brume dense qui contraint le père à ralentir l'allure du break.

Des panneaux de signalisation apparaissent brièvement – bouées de balisage sur une mer étale –, un rond-point, une route traversant de petits villages bâtis le long de la voie, avec leurs ruelles ténébreuses et perpendiculaires, la petite place répétée devant l'église, flanquée à même le goudron de mûriers platanes aux branches marbrées de fiente de pigeon, l'église aussi sinistre et grave qu'un dolmen avec son invariable porche en ogive et son clocher planté dans la nuit.

Les villages disparaissent à leur tour et le break s'engage sur une route en lacets, croise des pâtures abruptes au milieu desquelles sommeille la masse confuse de troupeaux agrippés à un sol caillouteux, de lourds ballots de foin entassés sous des bâches, certains délaissés près d'une mangeoire ou d'une vieille baignoire en métal émaillé tenant lieu d'abreuvoir, les liens rompus et le ballot affaissé, gorgé d'humidité ; de loin en loin, de nouveaux bâtiments d'habitation, des fermes laitières ou d'anciennes bergeries adossées à la montagne, façonnées à même la montagne, avec leurs moellons livides, leurs toits moussus et leurs fenêtres aussi béantes et noires que des gouffres.

L'enfant entrevoit sur le bas-côté une croix de chemin supportant le corps blême d'un christ à la peau de métal, parcourue de plaques de lichen ou de rouille. Les derniers lambeaux de brume se dissipent brusquement et le contour distinct du massif surgit. La nuit porte maintenant en elle l'attente de l'aube, cette infime variation qui détache les contours du monde sans qu'ils soient encore intelligibles, laissant seulement paraître des degrés d'obscurité. Un voile jusqu'alors invisible se déchire ; tout ce qui se tenait retranché dans la coulisse de la nuit est soudain baigné par une lueur bleuâtre qui ne semble pas provenir de l'extérieur des choses mais plutôt émaner d'elles, une phosphorescence livide qui suinterait des pierres, du bitume, du tronc des pins et de la frondaison des arbres.

Le père engage le break sur un chemin de terre qui s'enfonce dans une combe boisée de hêtres, de chênes sessiles et de conifères. Un petit torrent serpente silencieusement en contrebas, une eau vive et noire frissonne sur les roches qui affleurent à sa surface et, dans le sous-bois immobile, quelque chose aussi est en suspens, une impatience frémit, la nuit se rétracte, forme de vastes niches ombreuses sous la ramure des arbres où se meuvent et bruissent des nuées d'oiseaux.

— Et merde, dit le père, enfonçant la pédale de frein.

Le tronc d'un pin a surgi face à eux dans le halo des phares. Il ouvre sa portière et descend de voiture.

— Qu'est-ce qu'il y a ? demande l'enfant.

— Un arbre tombé en travers du chemin, répond la mère.

Ils regardent le père inspecter le tronc brun, poser un pied sur l'écorce luisante et s'y appuyer de toutes ses forces, mais la cime du pin est prise en étau entre deux chênes, de l'autre côté du chemin. Il regagne la voiture et se rassied derrière le volant.

— On pourra pas aller plus loin. J'ai pas de quoi le débiter.

— On peut pas le bouger à deux ? demande la mère.

— Impossible, il est pas complètement déraciné. On va continuer à pied.

Le père manœuvre le break vers le talus, les pneus patinent dans la terre meuble, projettent sur le chemin deux gerbes d'humus et de pierraille. Une embardée élance le véhicule dans une enclave dégagée du sous-bois, une fougeraie sombre. Le père verrouille le frein à main, passe la première vitesse et coupe le contact.

— Prenez les affaires, dit-il.

Ils descendent de voiture.

Le père ouvre le coffre, en tire un premier sac qu'il tend à la mère. Elle le saisit et le porte non sans peine jusqu'à l'aplat du chemin où elle le dépose à ses pieds.

Le père confie au fils un second sac de taille plus modeste quoique manifestement lourd, du moins pour la frêle carrure d'un enfant de neuf ans, car lorsque le père lui intime de se tourner et l'aide à passer les bras dans les bretelles du sac, le fils souffle et ploie sous le fardeau avant de descendre prudemment le talus pour rejoindre la mère.

Le père sort enfin du coffre de la voiture un dernier sac de type militaire bardé de poches et de sangles, plus volumineux que les deux précédents, qu'il porte en grimaçant jusqu'au tronc d'un pin contre lequel il le pose.

Il regagne le véhicule, fouille à la recherche d'un filet de camouflage et d'une lampe torche dont il vérifie la batterie. Un immense faisceau de lumière tranche la pénombre du sous-bois, dévoilant la multitude des troncs et la déclivité soudaine du terrain.

Le père claque les portières du break, verrouille la fermeture centralisée, glisse le manche de la lampe dans la poche arrière de son jean. Il déplie le filet de camouflage qu'il étend sur la carrosserie du break et inspecte les alentours.

Piétinant la crosse brunie des fougères et l'épais compost duquel elles tirent leur subsistance, il avance de quelques pas, dégage de vieilles branches tombées au pied des arbres, ensevelies sous les lianes et les mousses. Certaines ont pourri et cèdent entre ses mains quand il les tire à lui, d'autres émergent de l'humus, dévoilent leurs ramifications comme s'il déracinait de grosses plantes ligneuses.

Le père les tracte en direction du véhicule et s'applique à les positionner de biais sur la carrosserie pour en dissimuler partiellement la vue depuis le chemin.

La mère et l'enfant l'observent en contrebas. Le père fouille au sol pour dénicher deux pierres qu'il vient caler sous les pneus arrière du break et dans lesquelles il assène quelques coups de pied. Il charge le sac militaire sur son dos et rejoint à son tour le chemin depuis lequel ils contemplent un instant la forme du break que le filet de camouflage et les branches fondent dans les ombres.

Le père renifle, s'essuie le nez du revers de la main droite et dit :

— Allons.

Il se met en marche, la mère et le fils lui emboîtent le pas. Le garçon regarde autour de lui le calme du sous-bois où rien ne bruit, rien ne se meut. Il prend conscience de l'odeur de la montagne, un parfum violent pétri de pourrissement végétal, d'écorces, de polypores et de mousses gorgées d'eau, de choses invertébrées rampant en secret sous de vieilles souches et de roches friables dans le lit des ruisseaux.

Ce parfum, le garçon l'inspire à chaque pas, il en est étourdi, pénétré, et il lui faut faire un effort considérable pour se concentrer sur la cadence du père dont les semelles foulent impitoyablement la terre caillouteuse, pour ne pas perdre le rythme de la marche malgré le vertige qui l'étreint.

Le chemin courbe à l'est sur l'ubac de la montagne et une percée dans la futaie dévoile à leur gauche l'horizon déchiré par l'aube, sur lequel se détachent désormais les dolomies calcaires et les versants tombant à pic vers la vallée brumeuse. La mère, le père et l'enfant tournent tous trois le visage vers ce lavis céleste et ne semblent pouvoir en détacher le regard tant les saisissent l'impression de l'immensité du monde et, simultanément, celle de leur infinie petitesse.

Ils marchent encore près de deux kilomètres, longeant le chemin au bord duquel les talus n'ont plus été fauchés depuis longtemps, dépassent de vieux vergers nimbés de brume où la forêt a repris ses droits. Les troncs écuissés de fruitiers centenaires, colonisés par le gui, se dressent au milieu de hêtres et de chênes pubescents aux branches nues. Certains de ces vergers devaient être autrefois bordés de murets de pierre car il en subsiste par endroits la forme écroulée sous le lierre et les saxifrages.

Ils croisent aussi les ruines d'un hameau composé de granges bancales aux cloisons étayées par des lianes épaisses et chevelues dont les racines adventives ont colonisé le moindre interstice. Les toitures ont ployé sous leur propre poids lorsque les pannes et les chevrons rongés par la mérule et les insectes xylophages se sont effondrés, emportant avec eux des cascades d'ardoises.

Les pluies et les vents ont déposé dans le cœur de ces ruines suffisamment d'alluvions pour que s'y soient enracinés des buissons de sureau noir et d'églantier, et même des noisetiers et des robiniers. Les troncs se sont ménagé un passage entre les débris. Ils jaillissent par le faîte béant, étendent leur ramée au-delà, si bien que les granges du hameau et le hameau lui-même semblent avoir été autrefois, dans des temps très reculés, les habitations d'êtres fantastiques ayant sciemment élevé ces architectures afin de les fondre dans la végétation.

Un milan royal surplombe de son vol statique la marche du père, de la mère et du fils. Levant les yeux, ils perçoivent les rémiges blanches de ses ailes coudées qui épousent voluptueusement les courants d'air chaud. L'oiseau émet un cri strident et les montagnes lui renvoient un unique écho.

Comme ils passent un pont enjambant le lit d'un torrent, le garçon se penche pour observer l'eau qui écume au milieu de roches couvertes de mousse d'un vert éclatant. Par endroits, dans des cuves d'eau claire – d'une clarté telle qu'il n'existe plus de frontière entre le fond brun et tapissé de galets du torrent et l'air pareillement cristallin du sous-bois –, des poissons au flanc moucheté se sont réfugiés dans l'ombre mouvante de grands herbiers de vallisnérie.

La mère ferme la marche, pose la main sur son bras pour l'encourager à avancer et le fils rajuste les bretelles du sac à dos sur ses épaules avant de hâter le pas pour rejoindre le père.

Ils parviennent bientôt à un embranchement à partir duquel un sentier escarpé s'enfonce à travers bois. Le père pose son sac à ses pieds, tire de l'une des poches latérales une gourde métallique, en dévisse le bouchon pour porter le goulot à ses lèvres.

À chacune de ses déglutitions, sa pomme d'Adam se meut sous l'épiderme, comme prête à l'inciser. Il s'essuie la bouche, tend la gourde à la mère qui la saisit et boit à son tour.

— Par ici, dit-il désignant le sentier du menton.

Son souffle moutonne dans l'air.

— C'est encore loin ? demande la mère.

— Trois kilomètres environ. Le chemin devient plus difficile à partir de là.

La mère donne la gourde à l'enfant que le froid fait claquer des dents.

— Ça va aller ? lui demande-t-elle.

— Bien sûr, répond le père.

Il prend la gourde des mains du garçon, revisse le bouchon et la glisse dans la poche latérale du sac.

— Hein, que ça va aller ?

— Oui, répond le fils.

Le père acquiesce, satisfait.

— Tu vois, dit-il à la mère.

Elle esquisse un sourire à l'intention du garçon. Ils chargent à nouveau les sacs à dos et s'engagent sur le sentier. Le jour est à présent levé, mais le sous-bois à l'ubac reste enténébré et la pupille des marcheurs se dilate à mesure qu'ils avancent sous l'arche dépouillée des arbres, traversent une hêtraie abritant un parterre d'herbe rase parsemé de violettes dont le parfum capiteux se mêle aux exhalaisons du sous-bois. Les oiseaux qui se tiennent en retrait dans les hautes branches se taisent sur leur passage.

Le fils voit sautiller d'arbre en arbre des groupes de mésanges nonnettes. Leurs pas surprennent un geai occupé à enfouir des provisions de faines dans un terrier délaissé par un petit mammifère. L'oiseau pousse un cri aigu et prend son envol, laissant entrevoir un miroir alaire d'un bleu de métal. Alertés par le cri du geai, de nombreux petits oiseaux s'envolent à leur tour depuis des buissons d'épine noire et de cornouiller, se dispersent dans l'air en une gerbe brune et se rejoignent à nouveau aux branches d'autres arbustes, comme rappelés par une force magnétique.

Le sentier progresse désormais en lacets sur le versant de la montagne. Leur marche devient laborieuse, ralentie par le sol de terre humide sur lequel glissent leurs semelles. Ils doivent être attentifs à poser le pied sur la saillie des roches ou sur l'affleurement des racines. Leur souffle s'est fait court, il blanchit à leurs lèvres à chacune de leurs expirations. Ils avancent à un rythme plus lent, empêché par le poids des sacs qui endolorit les muscles de leurs épaules.

Lorsque le fils trébuche et tend une main pour se retenir au sac du père, celui-ci s'arrête, tourne vers lui un regard sévère lui intimant de faire preuve de plus de vigilance. Ils mettent en fuite un animal à la fourrure rousse qui peut être un renard ou une fouine, nul ne saurait le dire avec certitude car l'animal a bondi devant eux et disparu derrière un arbre en l'espace d'un instant, sans un bruit, avant de s'évanouir dans l'ombre du tronc.

Une lumière pâle pénètre horizontalement le sous-bois, tisse des traits de jour qui viennent frapper l'écorce des arbres. De la couche d'humus s'élèvent des fumerolles qu'aucune brise ne vient balayer, formant par endroits des strates brumeuses en lévitation au-dessus du sol. Tandis qu'ils reprennent l'ascension du chemin creux, le fils plante son regard dans le dos du père et, dans son sillage, respire son souffle lourd.

*

Trois semaines avant qu'ils ne prennent la route pour la montagne, le garçon joue dans la cour lorsque l'homme surgit. Occupé à frapper dans un vieux ballon de cuir déchiré qui rebondit mollement contre la brique du mur de la cour mitoyenne, il ne le voit d'abord pas.

L'homme est venu par la ruelle à l'arrière de la maison, s'est arrêté devant le portillon de métal couvert de rouille. Il tâtonne dans les poches de son jean à la recherche d'un paquet souple de Marlboro, en extrait une cigarette, la lisse entre ses doigts pour redonner forme au tube de papier finement strié, laissant tomber de son extrémité des copeaux de tabac blond.

Il porte le filtre à ses lèvres, incline la tête vers son épaule gauche et abrite d'une main la flamme d'un briquet en plastique translucide jaune dans lequel oscille une infime mer de butane. Un crachin se met à tomber et à déposer de fines gouttes sur son visage, ses cheveux. Un chien aboie, son cri répercuté dans l'enchevêtrement de cours et de rues semblables du vieux quartier ouvrier.

Il tire sur sa cigarette, ses lèvres s'entrouvrent brièvement sur une épaisse bouffée de fumée qu'il avale entre ses dents et retient un instant dans sa poitrine. Il l'exhale en un souffle vaporeux, dissipé par le vent froid qui s'engouffre dans la cour depuis la ruelle, portant des odeurs de soupe, de gaz d'échappement et de bitume poisseux.

Il fume en observant le garçon. Il voit la nuque sur laquelle la sueur ou la bruine colle et fait boucler les cheveux roux qu'il porte mi-longs. Il devine les jambes et les bras fins sous le pantalon et la veste de survêtement, le corps chétif. Il lui serait facile de repousser le battant du portillon rouillé dont le bref grincement serait masqué par le choc répété de la balle contre le mur, de fouler de quelques pas le béton de la cour fendu par de grandes lézardes d'où jaillissent les pousses de graminées essaimées par le vent ou tombées du bec d'un oiseau – facile d'enlacer d'un bras le torse de l'enfant, de le soulever de terre, de le bâillonner peut-être d'une main placée en travers du visage et de l'emporter. Par la ruelle, l'homme regagnerait la voiture garée sur le parking à l'arrière de la supérette probablement déserte à cette heure de l'après-midi. Il ouvrirait le coffre et y chargerait le corps du garçon qui se débattrait mais qu'il maîtriserait sans mal, enserrant fermement d'une pleine main un poignet ou une cheville pour rabattre le coffre.

L'homme se contente de fumer, en regardant l'enfant frapper dans la balle jusqu'à ce qu'il se lasse ou s'épuise ou qu'un frisson hérisse le duvet de sa nuque et l'avertisse de sa présence.

Le garçon se retourne, se fige à la façon d'un petit gibier surpris par le vol d'un rapace. Le ballon qu'il vient de placer sous son bras entre le coude et la hanche lui échappe et tombe au sol où il se vautre comme une outre.

— Salut, dit l'homme.

L'enfant jette un regard par-dessus son épaule en direction de la maison, une petite maison ouvrière construite dans les années cinquante, en tout point identique aux autres maisons mitoyennes composant un bloc d'une dizaine d'habitations grises, d'apparence vétuste, chacune prolongée par une cour pareille à celle dans laquelle jouait le garçon un instant plus tôt.

— Viens un peu par là, que je te regarde.

L'enfant s'exécute mais s'arrête à distance respectable : si l'homme venait à tendre brusquement le bras vers lui, il ne pourrait pas l'effleurer du bout des doigts.

L'homme est grand, maigre, vêtu d'un jean trop ample, maculé de traces de cambouis, d'une chemise à carreaux rouge boutonnée sur un T-shirt de coton blanc et d'une vieille veste en cuir élimée. Il est encore jeune, bien que sa barbe et sa chevelure brunes soient parsemées de poils blancs qui scintillent selon l'inclinaison de son visage. Sans doute sort-il du salon de coiffure car le garçon voit de petits cheveux poudroyer son cou et la zone découverte de ses trapèzes.

L'homme demande au garçon s'il le reconnaît et le garçon opine timidement. Pour marquer sa satisfaction, l'homme hoche la tête à son tour. Il tend la main vers le portail en métal, pousse le battant et s'avance dans la cour.

Il se tient maintenant face à l'enfant, et l'enfant lève le visage pour contempler celui de l'homme dont il respire l'odeur de tabac, de cuir humide, d'eau de toilette bon marché. L'homme lève les mains et les pose sur les épaules du garçon.

— T'embrasses pas ton père ?

Il le regarde droit dans les yeux et le tire à lui. Il place une de ses mains sur la nuque de l'enfant, presse son visage contre le tissu de la chemise à carreaux, le coton du T-shirt à travers lesquels le garçon éprouve le torse nerveux, le ventre dur et plat du père qui l'enserre si fort que sa respiration en est coupée.

Les yeux du père sont embués de larmes et le muscle de sa joue droite tressaute. Il hoche à nouveau la tête, comme s'il cherchait à prendre toute la mesure de cet instant, à saisir quelque chose de leurs corps immobiles l'un face à l'autre dans la lumière terne.

Plus tard, assis à la table de la cuisine, l'avant-bras droit posé sur la nappe en toile cirée, il tapote du bout des doigts la bouteille de bière qu'il vient de prendre dans le réfrigérateur et a décapsulée avec les dents. Il regarde autour de lui la pièce ouverte sur le petit salon, le plan de travail ordonné, les deux assiettes en grès blanc aux bords ébréchés, posées sur un égouttoir en métal.

Le fils reste dans l'encadrement de la porte. Le père désigne la chaise face à lui, sur le dossier de laquelle il a déposé sa veste en cuir. Le garçon s'avance et s'assied. L'homme porte la bouteille à ses lèvres, s'essuie d'un revers de main. Sans quitter l'enfant du regard, sans un battement de paupières, il se met à parler d'une voix basse, comme s'il s'acquittait d'une formalité.

Il demande au fils de l'écouter attentivement. Il lui dit qu'il sait que le garçon est probablement devenu le bonhomme de la maison en son absence, que six ans sans la présence d'un père à ses côtés, ce n'est pas rien, mais qu'il est désormais de retour, qu'il entend l'être pour de bon et que rien ne le séparera plus désormais de la mère qui peut-être l'aime encore, qui sans aucun doute possible l'aime encore, ou qu'il parviendra à conquérir à nouveau dans le cas où ces années passées sans lui l'auraient éloignée, et qu'il faudra bien que le garçon s'y fasse.

Il demande au fils s'il a bien compris ce qu'il avait à lui dire. Le fils acquiesce et le père se renfonce sur son siège, satisfait. Il saisit le paquet de Marlboro, extrait une cigarette qu'il fait tourner entre l'index et le majeur de sa main droite. Il tapote le filtre sur l'ongle facetté et coupé ras de son pouce gauche, allume la cigarette sur laquelle il tire d'implacables bouffées. La braise qu'il attise consume tabac et papier avec un chuintement de feu de broussaille.

— T'es bien silencieux. T'as avalé ta langue ?
— Non, réponds le fils.
— Bon. Ça te fait quel âge, maintenant ?
— Neuf ans.
— C'est ça. Neuf ans, déjà. Bon sang, ce que le temps passe vite.

Le père tire à nouveau sur sa cigarette et la laisse tomber dans le fond de la bouteille de bière vide. Le mégot grésille faiblement. Une fumerolle s'échappe du goulot où luit encore la salive déposée par les lèvres du père et s'élève au-dessus de leurs crânes.

— Tu m'as manqué, tu sais, bonhomme, dit-il d'une voix serrée qu'il éclaircit en toussant dans son poing.

Le fils reste interdit et le père ajoute :
— J'ai les crocs.

Il se lève, rouvre le frigo, tire un plat dans lequel une carcasse de poulet à demi dépiautée repose au milieu d'une épaisseur de graisse réfrigérée, lisse et sombre, emprisonnant des aromates et des morceaux de chair blanche.

Il pose le plat près de l'évier, saisit la carcasse entre ses mains, déchire la peau jaunâtre, enfonce ses doigts à l'endroit de l'articulation de la cuisse restante, se fraie un chemin le long du muscle jusqu'à la jointure du fémur qu'il désolidarise sans effort de l'os du bassin, puis d'une torsion du tibia sépare le pilon et met à nu le cartilage blanc au milieu du moignon dégorgeant un jus rosâtre.

Le père s'adosse au plan de travail, porte le pilon à ses lèvres retroussées sur de petites dents irrégulières, grisées par le tabac, une incisive à l'angle intérieur cassé. Il détache des filaments de muscle d'un mouvement latéral de mâchoire. Ses doigts et la commissure de ses lèvres sont luisants de graisse, du jus a coulé sur la tranche de sa main gauche, son poignet et son avant-bras, sans qu'il s'en aperçoive ou s'en préoccupe.

Il déglutit, s'applique à rogner l'os, à déchirer les tendons, dessouder les cartilages qui craquent sous la pression des molaires, mastique l'extrémité du petit tibia pour en extraire la moelle, inspecte ce qu'il reste du pilon entre la pulpe huileuse de ses doigts. Enfin, il se tourne vers le plan de travail et laisse tomber l'os dans le plat, près de la carcasse.

Il porte un à un ses doigts à ses lèvres et les lèche consciencieusement. Il remarque la coulée de jus le long de son bras, y assène un dernier coup de langue.

— Elle est où, ta mère ? demande-t-il.
— Au travail, répond le garçon.
— À quelle heure elle rentre ?
Le fils hausse les épaules.
— Ça dépend.
— Ça va lui faire une de ces surprises.
Et, voyant que le fils ne répond pas :

— Je suis rincé. Je vais aller faire un somme en attendant. Réveille-moi quand elle arrive.

Il incline la tête à gauche et à droite, laisse entendre le craquement sourd de ses cervicales, lève un poing serré à sa bouche et y étouffe un bâillement avant de quitter la cuisine.

L'enfant tend l'oreille au bruit des pas du père qui monte l'escalier, pèse de tout son poids sur les marches et tire d'une main sur la vieille rampe. Les yeux rivés au plafond, le fils l'écoute parcourir le couloir étroit de l'étage, pénétrer dans la chambre de la mère au-dessus de la cuisine. Il perçoit le son étouffé de son corps effondré sur le matelas. Puis, plus rien. L'enfant reste immobile. Ses mains sont moites et son cœur bat rapidement sous ses côtes.

L'an passé, il a vu dans la friche près du terrain de football, sur la liane dépouillée d'un bosquet de ronces, un papillon se débattre pour se libérer de sa chrysalide. Sous les ailes encore atrophiées, l'abdomen englué était parcouru de spasmes tandis que l'insecte tentait de s'extirper de l'enveloppe fragile.

Son cœur ne pourrait-il pas déchirer maintenant sa poitrine et jaillir dans le calme lumineux de la cuisine, laissant derrière lui son corps inutile et déserté ?

Seuls le grésillement du réfrigérateur et le murmure lointain de la ville emplissent la pièce baignée par la lueur que filtrent les rideaux rabattus sur la tringle de métal de la fenêtre au-dessus de l'évier, au coton jauni par les graisses de cuisson et les cigarettes que la mère a pour habitude de fumer sous la hotte d'aspiration, écrasant indifféremment ses mégots à demi consumés dans un cendrier – la coquille de l'une de ces Saint-Jacques à la crème qu'elle achète surgelées et fait gratiner au four – ou à même le bac en inox de l'évier.

Si l'aiguille des secondes ne continuait pas sa course dans le cadran circulaire de l'horloge murale, si une mouche ne vaquait pas à quelque minuscule exploration de la table cirée, il semblerait au fils que la lumière de la fin d'après-midi a l'épaisseur de l'ambre et que le temps s'est définitivement arrêté.

\*

La voie est ici plus profonde, excavée, l'accotement à hauteur d'épaule de l'enfant laisse apparaître en coupe l'inextricable enlacement de terre ocre, de roches calcaires, de systèmes racinaires poussant à l'aveugle dans l'espace dérobé du chemin.

Des mousses et des capillaires ont profité de leur dénuement pour s'y suspendre et des oiseaux y ont nidifié. Le fils voit les cavités qu'ils ont ménagées à l'abri de certaines de ces racines auxquelles ils ont accroché de fragiles architectures de brindilles, de plumes duveteuses, de sphaignes savamment agencées, consolidées au mortier qu'ils ont régurgité et façonné. Quelque chose y frémit parfois, des becs encore souples s'ouvrent sur des gorges vives, de faibles trilles s'en élèvent, quémandent une pitance.

La déclivité s'est faite abrupte, le sol traître ; ils progressent à pas lents. Une petite source doit jaillir à l'amont du chemin creux ; de l'eau s'écoule, forme une rigole en son milieu, les pluies ont ménagé des ravines tortueuses mettant à nu l'aplat de roches siliceuses sur lesquelles dérapent leurs semelles.

Ils prennent appui sur des branches pleines de sève arrachées par le père à la cépée d'un aulne et dont il a grossièrement taillé l'extrémité à la lame d'un couteau de poche. Ils en logent la pointe dans les anfractuosités de la pierre. Les bretelles des sacs scient leurs épaules, le poids des fardeaux meurtrit leur dos, tétanise les muscles de leurs jambes. Il leur faut marquer de courtes pauses dans leur ascension pour reprendre leur souffle, dissiper les crampes, essuyer la sueur qui perle à leur front, coule sur leur nuque.

Ils dépassent la source dont ils soupçonnaient plus tôt la présence. Elle jaillit paresseusement près d'une souche déracinée. L'arbre, ployant, a arraché au sol un bloc de terre maintenant dressé, hostile et noir, tout hérissé de radicelles, ouvrant dans le sol une gueule que l'eau claire de la source inonde, une cuve vers laquelle le père se penche pour remplir sa gourde. Ils boivent l'eau glacée qui les saisit à la gorge, répand à leur palais une saveur minérale.

Le père dit que l'eau vient de là-haut mais il n'indique aucune direction. Le garçon lève les yeux et ne distingue rien d'autre que la cime de résineux au tronc squameux, occultant le ciel. Ils restent un moment près de la source qui déborde de la cuve d'eau claire et ruisselle entre leurs pieds.

Le père désigne de la pointe de son bâton de marche des empreintes dans la terre humide, fouille ses poches à la recherche de son paquet de Marlboro. Le regard toujours fixé sur les traces, il place le filtre d'une cigarette entre ses incisives.

— Un renard, dit-il. Il a dû venir boire ici. J'en ai eu un quand on était aux Roches, avec le vieux. Cette bestiole était plus apprivoisée qu'un chien.

— Il s'appelait comment ? demande le fils.

Le père tarde à répondre.

— Je crois qu'il avait pas de nom.

— Tu l'as gardé longtemps ?

— Quelques mois. Un an ou deux peut-être.

— Il est devenu quoi ?

Le père tire sur sa cigarette et semble fouiller sa mémoire.

— Je sais plus, répond-il en jetant son mégot.

Puis, après un nouveau silence :

— On continue.

La mère a déposé son sac à dos à terre et manque perdre l'équilibre lorsqu'elle tente de le charger à nouveau. Le père la saisit à l'avant-bras et la retient pour qu'elle ne tombe pas.

— C'est rien, dit-elle.
— Laisse-moi le prendre.
— Ça va, je peux le porter.

Durant un instant qui paraît au fils étrangement long, le père garde le poignet serré dans sa main et la mère finit par se dégager d'une torsion du bras.

— Ça va, répète-t-elle à mi-voix, lançant un regard rapide à l'enfant.

L'homme saisit l'anse du sac, passe la bretelle droite par-dessus son épaule gauche et s'éloigne sans un mot, son propre sac dans le dos et celui de la mère sur le torse.

La mère opine pour signifier au fils qu'il faut le suivre. Tandis que l'enfant emboîte à nouveau le pas au père, elle s'attarde près de la source et regarde en arrière, cherchant peut-être à évaluer la distance parcourue. La pente du sentier se dérobe vite au regard, engloutie par la végétation comme si la forêt s'était refermée derrière eux. Alors, plantant de nouveau au sol la pointe de son bâton de marche, elle hâte le pas pour rejoindre le fils et le père.

Une trouée de la forêt ouvre sur des prairies étagées en terrasses alluviales, façonnées par des contreforts de schiste gréseux. L'air est ici pur et vif, bien qu'il ne souffle aucun vent et qu'un brouillard dense recouvre ces étendues herbeuses, se mouvant lentement jusqu'à verser dans la vallée. Une bruine froide se dépose sur le visage des marcheurs tandis qu'ils suivent une piste ténue, peut-être tracée par d'anciens troupeaux, et progressent parmi les touffes d'ivraie jaune. La mère et le fils observent ces landes fantomatiques qui semblent flotter en apesanteur entre terre et ciel, le brouillard effaçant toute perspective.

Il apparaît au garçon qu'ils se trouvent au cœur de l'un de ces nuages qui étreignent les sommets et s'y étirent avec langueur puis, reportant son attention sur le père, il le voit marcher d'une ample foulée, disparaître peu à peu, estompé, soustrait à la réalité du monde.

Le fils ralentit sensiblement le pas jusqu'à ne plus distinguer qu'une silhouette informe, une ombre dans le brouillard, songeant que le père pourrait en effet se volatiliser et qu'il ne resterait que la mère et lui, l'enfant, pour parcourir seuls ces terres nébuleuses.

Mais une lueur se met soudain à sourdre devant eux, des lames de jour transpercent la brume, viennent toucher le sol et former dans l'herbe de larges flaques de lumière. Le brouillard tout entier se trouve dissipé en un instant, ouvre sur un ciel incandescent qui les contraint à détourner le regard, et lorsque leurs yeux se lèvent de nouveau, c'est pour contempler de nouvelles étendues verdoyantes, semées de perce-neige.

Vers l'ouest, ces prairies disparaissent, laissent place à des marnes parcourues de ravines sur lesquelles ont par endroits pris racine des pieds de graminées et des buissons adustes, puis de nouvelles étendues forestières s'enfoncent dans un val ombreux. Par-delà le val, par-delà d'autres monts et d'autres cols, s'élèvent des sommets où miroitent des cimes prodigieuses. Les jeunes pousses d'oignon sauvage et la terre froide qu'ils piétinent embaument l'air.

Le père fait halte, rejoint par la mère et l'enfant.

Il dit :

— Voilà.

Ils contemplent le paysage en silence.

Le garçon ne voit d'abord pas le toit de lauzes sombres, fondues sous le soleil parmi les blocs de roches migmatites et il se demande ce que désigne le père. Tandis qu'ils empruntent la pente du val, surgit le mur aveugle d'un bâtiment adossé au terrain, construit en plaques de grès assisées, l'une de ces granges ou bergeries aux formes sévères, entrevues plus tôt. Ils descendent le chemin, un raidillon bordé d'orties. Les tiges montées en graine à l'été dernier ont séché et sont désormais d'un blanc de craie.

Ils atteignent un replat du terrain stabilisé par des dalles de schiste de taille variable et par des éclats de lauze provenant probablement d'anciennes toitures, car à proximité du principal corps de bâtiment se trouvent des dépendances ou d'autres granges et bergeries de taille plus modeste. Il n'en reste désormais que les enceintes effondrées, un fatras de poutres, de chevrons équarris, de voliges pourrissantes. Ces gravats ont formé là encore un terreau fertile pour le lierre et les ronces dont les lianes jaillissent de portes charretières.

Le père et l'enfant se délestent des sacs à dos.

L'homme s'étire, fait rouler les muscles de ses épaules et craquer son cou.

— Voilà, dit-il encore. On est arrivés. C'est ici, les Roches.

Un sourire dévoile l'éclat manquant de son incisive lorsqu'il se place dans le dos du fils, empoigne ses bras et le serre brièvement contre son ventre.

La mère et l'enfant regardent le mur dévers en pierre claire, la porte au linteau cintré fermée par un volet de planches mal ajustées, les deux fenêtres aux encadrements de bois gris, chacune entravée par trois barreaux de métal puis, à l'endroit supposé de l'étage, l'ouverture fenière décentrée par l'inclinaison du bâtiment, son ventail aux gonds désaxés.

Une grande bâche noire couvre en partie la toiture à deux pentes disposée en pureau dégressif, les lauzes les plus larges au bas du toit, les plus petites à son faîte. Accolé au bâtiment se trouve un appentis, lui-même prolongé par une ancienne soue à cochons dissimulée par les orties.

La mère s'avance vers le bâtiment, regarde la façade minable, la bâche en partie soulevée sur la tuile plate du toit. Elle se retourne et contemple la vue, secouant lentement la tête. Elle passe ses deux mains dans ses cheveux, les attarde doigts croisés sur sa nuque, comme elle le fait lorsque le fils l'excède ou que quelque chose la contrarie.

Le sourire du père se tord en une grimace brève.

Il s'accroupit pour fouiller les poches latérales du sac, en tire un trousseau comprenant d'anciennes clés forgées et de petites clés d'acier blanc qu'il se met à passer en revue avec des gestes impatients, masquant le tremblement de ses mains.

Il s'empresse d'utiliser une des anciennes clés au métal rubigineux pour déverrouiller le volet de planches mal ajustées qui grince sur ses gonds, prêt à tomber en morceaux, puis il ouvre la porte principale à l'aide de l'une des petites clés étincelantes et s'engouffre dans la pénombre de la bâtisse.

L'enfant regarde la mère, espère d'elle un signe, mais elle ne prête pas attention à lui ; son regard continue d'embrasser l'horizon, les crêtes désolées, la cime des arbres, nue dans le contre-jour.

Le fils rejoint le père et entre après lui dans l'espace sombre et froid d'une pièce unique au sol recouvert d'une chape de ciment, seulement meublée d'une table, de deux bancs en bois de chêne, d'un canapé et d'un fauteuil à l'assise élimée, tapissés de velours sombre, d'un vaisselier et d'une cheminée.

Dans un coin de la pièce, près d'une cuisinière émaillée, une ancienne auge fait office d'évier alimenté par un container de plastique translucide, logé dans une niche du mur. Au fond à droite, un escalier de bois en pente raide gagne l'étage.

Le père repousse les battants des volets et la lumière du jour dévoile les murs en pierres scellées par un mortier à la chaux. Deux étais métalliques espacés de quelques mètres supportent une poutre maîtresse.
La pièce sent le grès humide, le ciment, la cendre et le tissu moisi.
Le père marche jusqu'à l'escalier, gagne l'étage et ouvre le contrevent de l'ouverture fenière. Des rais de jour jaillissent au rez-de-chaussée entre les lames disjointes du plancher et touchent le sol de ciment. De la poussière de bois chute des solives à mesure qu'il progresse, d'abord en une pluie dense, puis en fines particules formant de lentes circonvolutions dans les pans de lumière, dont le miroitement saisit pour un moment l'attention du fils.
Le père descend prudemment l'escalier de l'avant.
— Il faut faire gaffe. On a vite fait de s'y casser la gueule.
Le fils acquiesce.
— Va voir en haut. Ta chambre est au fond.
Le père se trouve au milieu de la pièce, devant l'escalier, et l'enfant n'ose pas bouger ; tous

deux restent un instant plantés là, se font face comme si l'un attendait que l'autre se désiste. L'homme au visage barré par un trait de lumière expire lentement, par dépit ou incompréhension, et marche en direction de la porte.

Le fils jette un œil par-dessus son épaule et voit le père sortir. Il avance vers l'escalier, pose un pied sur la première marche, les deux mains sur les marches supérieures, lève la tête vers l'étage.

La maison est silencieuse, hostile et froide. Un frisson parcourt l'échine du garçon lorsqu'un vent frais s'engouffre par la porte grande ouverte et balaie la pièce, entraînant des moutons de poussière qui roulent paresseusement sur la dalle.

Il se hisse à l'étage composé d'un palier donnant sur trois pièces de taille égale, cloisonnées par des plaques de plâtre. Des suspentes et des fourrures de métal ont été fixées aux madriers, des lés de laine de verre y ont été insérés et laissés à nu, bien qu'un lève-plaque repose dans un coin de la première chambre.

Un matelas recouvert d'un plastique transparent et rafistolé au scotch de déménagement est installé sur un sommier sans pieds posé à même le sol, baignant dans le plein soleil de l'ouverture fenière.

Un cendrier déborde de mégots sur les lames du plancher, près d'une petite lampe à piles. La pièce contient pour seuls meubles une armoire de bois sombre et l'une de ces grosses cantines en métal utilisées autrefois pour transporter des marchandises dans la soute des paquebots ou des avions long-courriers, peinte d'un vert sombre parsemé de multiples éclats laissant paraître le métal piqueté de rouille.

Sur la malle se trouvent un guide des plantes sauvages comestibles et toxiques, un ouvrage consacré à la faune régionale, un guide d'astronomie et un guide de survie en montagne. Les livres paraissent avoir été lus maintes et maintes fois ; la tranche en est striée de fines pliures, les pages cornées et décornées.

L'enfant s'avance dans la pièce. Au-dessus de lui, tissée entre deux chevrons, faseye une grande toile d'araignée, dense et tout empoussiérée, abandonnée depuis longtemps.

Les voix du père et de la mère parviennent au fils mais restent indistinctes. Il marche jusqu'à l'ouverture depuis laquelle il contemple le terrain en contrebas, le lent, austère, hypnotique balancement des mélèzes et des grands pins à l'orée du bois.

Il voit la mère et le père l'un face à l'autre.

La mère tient son propre bras d'une main et sa hanche de l'autre en une attitude de défiance absolue. Elle secoue la tête tandis que le père lui parle, comme si elle refusait d'entendre ce qu'il a à lui dire ou niait ses paroles, et le père acquiesce au contraire pour la convaincre ou lui faire entendre raison.

Il parle avec des gestes vifs, désigne tantôt la

maison, tantôt la prairie, les sommets dressés au-delà dans le ciel impavide, et lorsqu'il se tourne dans sa direction, le fils réprime un tressaillement. Le sang reflue dans ses mains, ses doigts sont pris de fourmillements ; il se pourrait que le père l'ait vu dans l'encadrement de la fenêtre et qu'il puisse penser qu'il les observe, les espionne même, cherche à saisir le sens des paroles que le vent rabat par bribes vers lui.

Le cœur battant, le garçon hésite à reculer dans l'ombre de la chambre et il lui faut se contraindre à ne pas bouger. Sans doute est-il trop tard, sans doute le père l'a-t-il vu, et il lui donnerait en fuyant la preuve indiscutable de son indiscrétion et même de sa culpabilité.

Mais le père – soit qu'il n'ait pas vu l'enfant, soit qu'il n'ait que faire de sa présence et ne se soucie pas d'être entendu – détourne le regard, pose à son tour une main sur le bras de la mère en un geste d'apaisement, et d'ailleurs la mère ne secoue plus inexorablement la tête, prête enfin attention aux propos que l'homme lui tient, bien que son visage soit toujours fermé, hostile à ses paroles.

Le garçon se détourne et regagne le palier.

Face à lui, deux autres pièces. La première est étroite, logée sous la soupente, aménagée en salle de bains. Un vieux bac de baignoire sabot en émail rose est posé contre la cloison. Un lavabo à la vasque fendue le jouxte, fait du même émail rose, surmonté d'un robinet en inox inutile car ni le lavabo ni la douche ne sont reliés à un système de distribution d'eau courante mais à un seul tuyau d'évacuation en polymère gris qui court au sol et disparaît dans un trou foré dans le mur, garni de laine de verre. Un miroir grossier, encadré de bois blanc, est suspendu au-dessus du lavabo par une vis à tête plate fichée dans le mortier entre deux pierres.

L'autre pièce fait office de seconde chambre, comme l'indique le petit matelas également protégé d'une housse de plastique, posé sur un sommier de bois brut au milieu d'un amoncellement de bâches, de seaux, d'outils et de sacs de plâtre.

Le garçon s'assied au bord du lit, passe une main sur le plastique froid recouvrant le matelas. De la buée s'est condensée sous le film translucide et de petites taches de moisissure ont par endroits colonisé le tissu. La pièce sent le plâtre humide, le tabac froid et quelque chose d'indéfinissable qui émane de la soupente chauffée par le soleil ou du plancher en bois.

L'enfant regarde la chambre : rien ne lui permet de concevoir que le père ait pu vivre un jour entre ces murs, en compagnie de son propre géniteur. Il s'allonge sur le dos et repose maintenant dans un bloc de lumière tombé d'une lucarne. Par-delà la vitre il contemple un morceau de ciel dense, et à mesure que la chaleur de la soupente irradie, embaume son corps las, le plonge dans une torpeur envoûtante, il lui semble que ce ciel déferle en lui.

\*

L'enfant s'extrait de sa chaise, étire ses muscles engourdis par l'immobilité, s'approche du plan de travail et regarde le plat délaissé, les os rongés par les mâchoires implacables du père. Il tire à lui la porte du placard renfermant la poubelle de table qui coulisse sur son rail, incline au-dessus le plat qu'il tapote contre le rebord de plastique jusqu'à ce que les blocs de graisse gélifiés et le restant de la carcasse de poulet s'en détachent.

Il dépose le plat dans le fond de l'évier, quitte la cuisine et s'avance dans le hall d'entrée depuis lequel il scrute un moment le silence de l'étage. Puis il gravit l'escalier avec une prudence extrême, posant le pied à l'endroit des marches qu'il sait être le plus fiable, afin qu'elles ne le trahissent pas d'un grincement.

Le couloir est plongé dans la pénombre, l'odeur poussiéreuse et réconfortante des moquettes, des lits défaits, des huisseries et du cuivre des vieilles canalisations de la salle de bains.

L'enfant marche sur la pointe des pieds, sa main le long du mur pour assurer son équilibre. Il sent sous la pulpe de ses doigts le relief molletonné des motifs floraux de la tapisserie qui recouvre les murs de toutes les pièces de l'étage. Dans le secret de sa chambre, quand il ne parvient pas à trouver le sommeil, il aime enfoncer la tranche de l'ongle dans ces reliefs du papier peint. Couché sur le flanc face au mur, il imprime de petites marques courbes, d'infimes croissants de lune connus de lui seul, sur la rosace infiniment répétée des fleurs et le savant enlacement de tiges et de lianes.

Cette tapisserie, la mère ne s'est jamais résolue à la remplacer, quand bien même elle en a d'abord eu le projet. En mettant un pied dans la maison, elle a juré de la rénover du sol au plafond, car il ne s'agissait après tout que de la rafraîchir d'un coup de peinture, un peu de décoration et de réagencement. Mais elle n'en a jamais rien fait, par manque de temps ou par manque d'argent, ou plus probablement parce qu'elle se moque en vérité d'habiter cette maison à la décoration vétuste, presque anachronique.

Elle n'a pas non plus cherché à remplacer les meubles délaissés par les anciens propriétaires, les cadres représentant d'obscures reproductions de gravures pittoresques qui, délogés de leur sempiternelle place, pivotés sur leur clou, laissent paraître une version antérieure du papier peint, aux contrastes plus marqués, aux couleurs plus vives, ressuscitant une époque lointaine, la maison rappelant à l'enfant que lui et sa mère ne sont jamais que de passage entre ses murs.

Un faisceau de lumière oblique s'étend sur le faux parquet depuis la chambre de la mère. Le garçon perçoit d'abord le pied du lit par la porte entrebâillée, la couverture froissée tombée au sol et les chaussures abandonnées par le père, deux godillots de cuir élimé, pareils à des chaussures de chantier ou à de rudimentaires chaussures de montagne, couvertes de traces de boue sèche qui se sont effritées sur la moquette beige car le père s'est aidé de la semelle de l'une pour se débarrasser de l'autre.

Il voit aussi les pieds du père dépasser du matelas, revêtus de chaussettes de sport originellement blanches mais désormais noires de crasse et dont le haut disparaît sous la toile du jean maculé de cambouis.

Le reflet du miroir de la penderie entrouverte face à la porte dévoile au regard du garçon le corps du père allongé sur le dessus-de-lit, la chemise à carreaux retirée, jetée en boule sur le matelas, les mains aux doigts entrecroisés sur son ventre, le bas du T-shirt relevé sur un triangle de peau blanche, la saillie perceptible de l'os du bassin et le flanc maigre qui s'abaisse et se soulève au rythme de sa respiration.

Mais le miroir de la penderie limite la vision dérobée du père par une ligne courant de son coude droit à sa clavicule gauche, tranche le matelas et une partie de la table de nuit où repose ce roman de gare sur la couverture duquel un couple s'enlace devant une mer démontée.

L'homme tient la femme aux épaules et la femme déjette la tête en arrière comme si elle se pâmait ou défaillait ou les deux à la fois, lui bien plus grand qu'elle, la peau mate, le visage couronné de cheveux noirs, ondulés, elle blonde aux yeux bleus, la paume de sa main posée sur le haut de sa poitrine et les lèvres entrouvertes sur une rangée de dents très blanches.

Cette image et ce couple sont inlassablement répétés, moyennant quelques infimes variations – tantôt un coucher de soleil ou un hôtel luxueux remplace la mer en arrière-plan, tantôt la femme est brune et l'homme blond –, sur les couvertures des dizaines de livres similaires que la mère conserve dans les cartons de déménagement qu'elle n'a jamais pris la peine de déballer ou qu'elle essaime dans la maison, passant indifféremment de l'un à l'autre selon la pièce dans laquelle elle se trouve.

Elle serait d'ailleurs incapable de dissocier les personnages et les intrigues de ces romans ; tous racontent avec les mêmes infimes variations que celles de leur couverture des histoires de femmes esseulées croisant la route d'un homme d'affaires célibataire et romantique avec lequel elles vivent une sempiternelle passion, si bien qu'elle a sans doute l'impression de lire une seule et même histoire sans cesse renouvelée, une longue et réconfortante lecture dans laquelle il lui suffit de se laisser glisser comme dans ces bains chauds et mousseux qu'elle prend le soir, une fois le fils endormi, pour apaiser les migraines qui la foudroient souvent, et où elle finit par s'assoupir à son tour, une canette de bière et une plaquette d'antalgiques posées sur le rebord de la baignoire, près de l'un de ses romans et du cendrier où achève de se consumer comme un bâton d'encens une dernière cigarette.

Le fils sent son cœur battre au fond de sa gorge lorsqu'il saisit la poignée de la porte et la repousse lentement. Il pose le pied sur la moquette qui recouvre un vieux parquet aux lattes traîtresses. Il serre les mâchoires, bascule le poids de son corps sur sa jambe droite et franchit le seuil de la chambre.

Il contemple le corps du père étendu dans un losange de lumière blafarde. Après l'ombre portée du cadre sur la moquette claire, le pan de jour touche la plinthe et s'élève le long du mur, éclaire un tableau sur lequel une femme à demi couchée dans une prairie d'un vert mordoré rampe en direction d'une maison lambrissée de bois clair.

La jeune femme porte ses longs cheveux bruns négligemment noués sur sa nuque. Elle est vêtue d'une robe à pinces d'un rose pastel, aux manches courtes à volant froncé d'où jaillissent deux bras à la peau blême et aux articulations anormalement saillantes. La robe est ceinturée à la taille par ce qui paraît être une chaînette de métal et la jeune femme est aussi chaussée de souliers de cuir gris à talons plats et de bas blancs.

Elle traîne comme deux poids morts ses jambes repliées sur sa gauche – sans doute a-t-elle déjà laborieusement progressé de quelques mètres car les herbes jaunies sont ployées derrière elle – et, en appui sur un bras dont le coude paraît former une protubérance noueuse, elle semble saisir de la main gauche une poignée d'herbe afin de se hisser vers la maison au sommet de la colline. Mais ses mains aux doigts difformes sont toutes deux refermées sur leurs paumes, pareilles à deux serres grisâtres.

Face à elle s'étendent les herbes caressées par le vent, probablement des graminées séchées par le soleil de l'été – le ciel qui domine la colline et la maison est d'un bleu limpide. Un vol d'oiseaux passe au-delà d'une grange, certains infimes dans le ciel blanc, d'autres franchissant la ligne du toit. L'un d'eux plane déjà sur la colline, ses ailes étendues évoquent l'un de ces petits rapaces solitaires qui surplombent les terres de culture à l'affût d'une proie, ou un corbeau prêt à se poser dans les chaumes.

Ce vers quoi tend tout entier le corps de la jeune femme à la robe rose et aux mains pierreuses, c'est la maison dressée au sommet de la colline, à la droite du tableau ; une ferme d'apparence coloniale, pourtant rudimentaire, élevée sur deux étages et vue de trois quarts. Il semble que la maison et la campagne tout entières soient désertées, que la jeune femme à la robe pâle et aux souliers de cuir gris soit condamnée à ramper indéfiniment vers cette maison fantomatique qui ne cessera de s'éloigner à mesure qu'elle gravira la pente douce de la colline, déchirant le tissu de sa robe et de ses bas, écorchant la peau de ses jambes inertes tandis que la prairie continuera de s'étirer et de se distordre.

Cette reproduction du *Monde de Christina* d'Andrew Wyeth, la mère l'a trouvée dans un magazine qu'elle feuilletait au hasard dans la salle d'attente d'un cabinet médical. Le fils se souvient de l'avoir vue lancer un regard autour d'elle et glisser le magazine dans son sac avec une indifférence feinte.

Plus tard, elle a soigneusement découpé la reproduction sur la table de la cuisine à l'aide d'une règle et d'un cutter avant d'en encoller l'envers, de l'apposer sur un morceau de carton et de l'encadrer dans un sous-verre à pinces métalliques acheté dans un magasin de décoration à bas prix.

Après avoir noué au dos du cadre un morceau de ficelle à rôti, elle est passée d'une pièce à l'autre, un petit marteau à la main et une cigarette au coin des lèvres, étudiant chacun des murs et tendant parfois le cadre devant elle pour se figurer l'emplacement. Elle a choisi l'un des murs de sa chambre recouvert par l'ancienne tapisserie aux motifs floraux dont les lés se décollent par endroits sur le plâtre jauni.

Elle y a planté une pointe d'acier à laquelle elle a suspendu le sous-verre, avant de l'équilibrer et de reculer de quelques pas pour contempler le tableau. Elle a glissé son pouce à la commissure de ses lèvres pour tapoter de l'ongle sa canine inférieure.

— Il est bien, là, non ? a-t-elle demandé,

tournant brièvement la tête en direction du fils assis sur son lit.

L'enfant a gardé le silence et la mère a continué d'étudier le tableau en tirant sur une Peter Stuyvesant *extra-light*, la main gauche logée sous son aisselle droite.

— Oui, a-t-elle ajouté d'une voix basse, c'est vraiment pas mal comme ça.

Elle a quitté la pièce, laissé le fils seul face au cadre qui maintenant repose dans la lumière grisâtre de la fin d'après-midi dévoilant le papier gondolé de la reproduction et la fine couche de poussière déposée sur le verre. Et tandis qu'il contemple le père assoupi, il apparaît à l'enfant que celui-ci a peut-être surgi de la reproduction car quelque chose – une sensation funeste, un présage – semble lier la menace indicible planant sur le monde de Christina et le retour du père.

*

Lorsque le fils rouvre les yeux, la mère est assise près de lui au bord du lit, une paire de draps posée sur les genoux. L'enfant s'étire et regarde la pièce qu'il ne reconnaît pas.

— Tu t'étais endormi, dit-elle avant de passer une main sur le front de l'enfant.

— On est où ? demande le fils.

— Aux Roches, tu te souviens ?

L'enfant hoche la tête, vient poser sa joue sur les cuisses de la mère. Elle porte une main à son cou, l'enfant bascule sur le dos et la main de la mère vole vers sa poitrine. Elle sent la cage thoracique du garçon se soulever paisiblement sous sa paume, son cœur battre tandis qu'il contemple à nouveau le rectangle de ciel bleu visible par la lucarne, traversé de pâles nuées qui s'étirent et se dissolvent.

— Est-ce qu'on va rester ici longtemps ? demande-t-il.

— Quelque temps, sans doute.

— Et l'école ?

— Ne te fais pas de souci pour l'école. Tu seras de retour pour la prochaine rentrée.

Ils restent silencieux, leurs respirations accordées.

— Tu m'aides à faire le lit ? demande la mère.

Ils entreprennent de déchirer les bandes de scotch qui maintiennent la bâche protectrice autour du matelas, la retirent et la déposent dans un coin de la pièce.

Ils tendent un drap de coton bleu par-dessus le lit, lèvent et abaissent les bras. Le drap se gonfle et agite une myriade de particules de poussière dans la lumière écoulée de la lucarne.

Le père apparaît au seuil de la pièce, s'appuie d'une épaule contre l'encadrement de porte.

— Tout va bien ? demande-t-il.

La mère passe le plat d'une main sur le drap pour le lisser.

— Oui, ça va. Il s'est un peu reposé.

Le père acquiesce et les observe encore un instant.

— Viens me donner un coup de main, dit-il à

l'intention du fils. On a encore pas mal de choses à faire avant la tombée de la nuit.

Il leur tourne le dos et disparaît dans le couloir. L'enfant interroge la mère du regard.

— Vas-y, dit-elle, je peux terminer seule.

Lorsqu'il le rejoint, le père attend devant la maison, fumant une cigarette sur le replat de terrain où scintillent les dalles de schiste. L'enfant franchit le seuil et plisse les yeux, ébloui par le soleil qui frappe la grange de plein fouet.

— Suis-moi, dit le père.

Il marche jusqu'à l'appentis attenant, également bâti de blocs de grès et couvert d'un toit d'ardoises. La porte composée d'un assemblage de planches travaillées au rabot est fermée par un ancien verrou que sécurise l'anse d'un cadenas à code.

Le père incline l'épaule, dérobe la vue du cadenas à l'enfant, fait tourner sous la pulpe de son pouce les quatre roues crantées, le déverrouille et repousse la porte qui libère un relent de cambouis.

L'enfant entre après lui dans la pénombre de l'appentis.

De vieux meubles ont été remisés là : un vaisselier, une armoire, des chaises à l'assise d'osier rompue, une table, tous faits du même bois sombre et empoussiéré.

Le père avance vers un groupe électrogène qu'il met en marche. L'appareil se met à vrombir, dégageant une forte odeur d'essence.

— Allume derrière toi, dit le père qui élève la voix et désigne du menton un endroit par-delà l'épaule du fils.

L'enfant se retourne, avise un interrupteur qu'il actionne.

Une ampoule occultée par d'épaisses toiles de tégénaires déverse une lumière jaune sur le fond de l'appentis où sont stockés des bidons de carburant, des containers de plastique opaque, tout un arsenal de boîtes de conserve, de cageots remplis de denrées non périssables – le fils distingue des paquets de riz, de pâtes, des bouteilles d'huile, des cartouches de cigarettes –, entassés presque à hauteur de plafond.

Plusieurs stères de bois ont été alignés le long du mur gauche près d'une bétonnière, d'un fourbi de sacs de ciment, de pelles, de pioches, de masses, d'outils divers, d'auges et de seaux, de truelles et de bâches maculées de plâtre.

Le père se tourne vers le fils.

— Avec ça, dit-il, je crois qu'on ne manquera de rien.

Il réunit les containers dans une brouette tandis que le fils s'approche du vaisselier, ouvre l'une des portes basses sur un empilement de vaisselle dépareillée, de nappes ou de draps mités, déposés sur des assiettes pour la plupart ébréchées. Il rabat la porte, fouille l'un des deux tiroirs supérieurs dans lequel se trouvent pêle-mêle des couverts, des vis, des boulons et de vieilles piles. Mais ce qui attire l'attention du garçon, c'est un objet enveloppé par un morceau de tissu taché de graisse mécanique.

Il s'apprête à le saisir lorsque le père dit :

— Tu veux savoir ce que c'est ?

Le fils lève ses yeux clairs vers l'homme qui le regarde sans paraître attendre aucune réponse, sans sévérité. Puisque l'enfant ne dit rien, il saisit le paquet qu'il dépose dans la paume de sa main gauche, rabat de la droite les pans de tissu souillé et dévoile au fils un revolver à la carcasse d'acier mate et lustrée, au canon rayé, surmonté d'un guidon, et à la crosse recouverte de plaquettes quadrillées. Malgré les effluves d'essence répandus dans l'appentis par le groupe électrogène, l'arme dégage une douce odeur de métal, d'huile et de poudre.

— Prends-le, dit le père.

L'enfant saisit l'arme prudemment et le père fourre le morceau de tissu dans la poche arrière de son jean.

— Regarde.

Il fait pivoter le fils sur ses pieds en direction de la porte, s'abaisse et passe les bras autour de ses épaules. Il enveloppe les mains de l'enfant de ses propres mains à la paume rêche, les guide pour manier l'arme à hauteur du visage du garçon.

— Tu vois le viseur sur le canon ? On appelle ça le guidon. Tu fermes l'œil gauche. Ici…

Il lâche la main droite de l'enfant pour indiquer le viseur près du chien.

— ... ici, c'est le cran de mire. Tu dois l'aligner avec le guidon. Prends ton temps. Tu les vois alignés, là ?

— Oui, dit le fils après avoir ajusté l'arme.

— Maintenant, regarde au-delà, comme si tu suivais un fil qui irait jusqu'à... disons jusqu'au tronc du petit pin, là-bas. Tu vois duquel je parle ?

— Oui.

— Tiens bien la crosse. Ta main gauche sécurise ta main droite. Ton index droit, tu le places d'abord ici, tendu le long du pontet. Tu armes le chien avec le pouce. Voilà. Quand t'as la cible en ligne de mire, tu mets ton doigt sur la détente...

Le père glisse son index et celui du fils dans le pontet.

— Tu respires lentement, pour ne pas bouger, tu te concentres sur ta cible, et lorsque t'es bien sûr de toi...

Pressant sur le doigt du fils, il actionne la détente. Le chien se rabat et l'arme émet un claquement sonore qui fait sursauter l'enfant.

— Boum, dit le père.

Il déverrouille la portière de chargement, fait jaillir le barillet dont ils contemplent les chambres vides.

— Il me reste des cartouches quelque part, dit-il. On ira tirer pour de vrai, si tu veux. Je t'apprendrai.

— D'accord, répond le fils.

— On verra ça plus tard. Pour l'instant, il faut aller chercher de l'eau.

Le père remballe le revolver dans le morceau

de tissu, dépose l'arme dans le tiroir du vaisselier et le referme.

Il ouvre la voie d'un sentier enherbé. Le fils marche derrière lui, un long bâton à la main avec lequel il fauche la tête de chardons brunis par l'hiver, et le père ne tarde pas à siffloter gaiement tandis que la roue de la brouette fait entendre un claquement régulier et que les containers de plastique ballottent contre les parois de la cuve.

Après avoir emprunté le raidillon bordé d'orties, ils traversent une prairie parsemée de pieds de consoude et de bourrache. Un parfum de racines et de sève laiteuse s'élève du sol comme d'un encensoir. Le soleil frappe leur nuque et la lande d'une lumière implacable.

Les arbres formant l'orée du bois vers lequel ils avancent sont eux aussi figés dans le plein jour. Il ne souffle plus aucune brise à cette heure. Lorsqu'ils parviennent au boqueteau, ils ressentent avant de l'atteindre la fraîcheur préservée par le sous-bois tapissé de pervenches en boutons, de lierre dont les feuilles ont des teintes d'écume glauque et montent à l'assaut des arbres.

Ils marchent parmi des pieds de primevères aux fleurs pâles, d'anciennes branches chues et recouvertes par le lierre qui cèdent sous leurs pas. La voûte des arbres scinde la lumière, forme des pans de jour autour d'eux. Certains sont couchés à terre, certains debout mais vidés de leur sève, avec leur silhouette sévère et grise, d'autres portent à leur tronc des amadouviers détrempés, pareils à de grands coquillages. D'autres encore semblent en attente de quelque chose, projetant vers le ciel leur ramée dépouillée. Beaucoup sont ornés au nord-est d'épaisses mousses et le fils s'arrête pour poser le plat de la main sur l'une d'elles. Un frisson lui parcourt l'échine lorsqu'il inspire, comme s'il avait absorbé par sa paume quelque chose de cette existence végétale, que le petit tapis de mousse lui ait communiqué son essence et que celle-ci ait parcouru en un éclair les muscles, les tendons et les fibres nerveuses complexes de son bras pour venir se loger à la base de son cou et y rayonner.

Ils quittent l'ombre du boqueteau, plongent à nouveau dans le jour dru d'une lande dégagée où sont enracinés dans un chaos granitique des arbustes noirs et des conifères tortueux. Le terrain monte en pente douce vers des crêtes formées de batholites qui paraissent blancs dans le plein soleil.

Au pied d'un grand rocher, jaillie d'une anfractuosité de la pierre, une eau tranquille s'écoule sur un lit de cailloux, suit en serpentant l'inclinaison du terrain. Le père s'agenouille, les mains posées sur un aplat de la pierre, et se penche pour aspirer l'eau à même la source.

— La meilleure eau du monde, dit-il. Goûte-la.

Le fils s'avance pour boire à son tour. L'eau est si froide que la racine de ses dents l'élance.

— Alors ? demande le père lorsqu'il se redresse.

L'enfant opine.

— Il y a d'autres sources plus proches de la maison, dit le père en saisissant un des containers de plastique qu'il couche au sol, le bec accolé au jaillissement. Mais je voulais te montrer quelque chose. Viens par là.

Il contourne le rocher, s'accroupit, désigne une forme spiralée jaillissant de la pierre, au diamètre équivalent à la largeur de sa main.

— C'est quoi ? demande le fils.

— Un fossile d'ammonite. Tu comprends ce que ça veut dire ?

Le garçon secoue la tête sans parvenir à détacher son regard du nautile.

— Ça veut dire que tout ce que tu vois autour de toi était sous la mer il y a très, très longtemps.

— Il y avait de l'eau jusqu'ici ?

Le père sort son paquet de cigarettes, le secoue pour en tirer la dernière qu'il porte à ses lèvres et écrase le paquet dans son poing.

Il explique qu'il y a d'abord eu, bien avant les hommes, bien avant ces montagnes, d'autres montagnes plus gigantesques encore ; que durant des millions et des millions d'années elles se sont usées et ont fini par disparaître. Il dit aussi que la mer, une fois l'ancienne montagne disparue, a tout recouvert, qu'il faut se figurer qu'il y avait là des flots démontés, des abysses insondables habités par des créatures extraordinaires, comme en atteste le fossile d'ammonite.

Le père dit que des mouvements tectoniques ont littéralement soulevé le fond de la mer, érigeant de nouvelles montagnes qui devaient être érodées à leur tour par les pluies et les glaciers jusqu'à former le massif sur lequel le fils et lui se trouvent aujourd'hui et qui a, autrefois, sans l'ombre d'un doute, été bien plus haut qu'ils ne peuvent l'imaginer.

— Alors, cette montagne aussi, elle va disparaître ? demande l'enfant.

— Bien sûr. Elle est en train de disparaître en ce moment même. Mais on ne peut pas s'en rendre compte, toi et moi. Il faudrait les vies et la mémoire de dix mille, de cent mille hommes mises bout à bout pour s'en apercevoir.

L'enfant approche une main du fossile et en effleure le relief du bout des doigts.

\*

Le visage de l'homme paraît étrangement juvénile, tourné vers la fenêtre, éclairé par le même jour maussade qui décline sur le mur. Un souffle régulier s'échappe de ses lèvres entrouvertes.

Longtemps, le fils captivé ne peut détourner le regard. Il ne sait et ne se rappelle presque rien du père : quelques impressions ténues, sans image, des réminiscences fragmentaires. Et, rangées dans une boîte à chaussures dans le tiroir d'une commode, deux photos conservées par la mère.

La première la montre avec le père, tous deux assis à l'ombre d'un parasol sur des chaises pliantes au dossier de tissu bleu clair et aux accoudoirs de plastique blanc. Ils sont installés autour d'une table de camping encombrée de bouteilles de bière, d'assiettes en carton dans lesquelles subsistent les restes d'une salade de riz et de tranches de melon.

La mère porte de grandes lunettes de soleil à monture noire de forme papillon et elle est vêtue d'un ample T-shirt blanc aux manches retroussées sur ses épaules hâlées. Elle porte aussi un short effrangé qui enserre ses cuisses, découpé dans une vieille paire de jeans, et elle a noué ses cheveux en arrière d'une simple torsion, les retenant avec un stylo ou une pique de bois. Le coude posé sur l'accoudoir, elle tient son avant-bras levé, sa main cache en partie sa bouche. Son visage basculé en arrière, elle rit aux éclats et ses jambes nues reposent à demi pliées, chevilles croisées, sur les cuisses du père.

Lui est vêtu d'un short de nylon sombre, son torse nu est maigre et imberbe. Penché sur sa chaise, la peau de son ventre forme trois plis à l'endroit du nombril. Il porte sur le haut du biceps gauche un tatouage aux détails indistincts qui représente un serpent enroulé autour d'une dague, la lame de celle-ci dirigée vers le coude, la tête du serpent reposée sur le manche en un mouvement de reptation ascendante.

De sa main gauche, il tient l'une des chevilles de la mère et passe son bras droit autour de ses cuisses pour la maintenir immobile. La bouche grande ouverte, les lèvres retroussées sur la mâchoire aux dents serrées, il fait mine de s'apprêter à mordre le mollet de la jeune femme. Lui aussi est hilare, les yeux tournés vers elle.

La deuxième photographie montre le père en compagnie de trois autres hommes posant près d'un 4×4 à la carrosserie grise stationné dans un champ labouré, devant l'orée d'une forêt dont on ne distingue en arrière-plan qu'un sous-bois buissonneux d'où émergent des troncs d'un brun luisant.

La photo paraît avoir été prise à l'automne ou à l'hiver : les quatre hommes sont baignés d'une lumière diffuse, portent des bottes et des pantalons de toile sombre, certains pourvus de poches aux cuisses. Ils ont également revêtu des chemises épaisses, des pulls montants, des parkas matelassées et des vestes imperméables.

L'un d'eux – l'homme le plus à gauche du cadre –, dépassant les autres d'une demi-tête et coiffé d'une casquette de couleur kaki, a relevé son bras gauche pour poser son poignet sur l'épaule de son voisin, un homme très blond aux yeux clairs, le visage mangé par une barbe également très blonde.

Torse bombé, il tient entre ses deux canines une cigarette roulée et la fumée rabattue sur son visage l'oblige à grimacer pour fermer l'œil droit. Il a passé un bras dans le dos de l'homme à la casquette kaki, l'autre autour des épaules du père qui se trouve au centre de l'image. Le père tient le poignet de l'homme à l'endroit de son pectoral et regarde en direction de l'objectif, menton levé, incline son visage empreint d'un air de suffisance ou de satisfaction, un sourire esquissé sur les lèvres.

À gauche du père se trouve un dernier homme au crâne tondu, vêtu d'une chemise à carreaux rouges et verts, manches relevées sur deux avant-bras tatoués. Il tient entre le pouce et l'index de la main droite une cigarette également roulée qu'il porte à ses lèvres et sur laquelle il doit être en train de tirer car ses joues assombries par une barbe naissante se creusent tandis qu'il fixe lui aussi l'objectif. Il enserre dans sa main gauche la crosse d'un fusil, le canon repose contre son cou, en équilibre sur son épaule, l'extrémité de l'arme disparaissant derrière son crâne.

L'homme le plus à gauche du cadre tient lui aussi un fusil dans la main droite qui repose de la même façon sur son épaule, et le père tient une arme dont la crosse de bois lustrée repose au sol tandis qu'il saisit à pleine main le double canon de métal sombre.

À leurs pieds se trouve la dépouille d'un cerf adulte étendu sur le flanc, l'abdomen tourné vers eux, les membres antérieurs repliés et les postérieurs étendus dans les chaumes, le large cou rabattu en arrière en une étrange torsion, la tête disposée de biais, à plat sur le sol, de telle façon que son imposante ramure, dont l'empaumure compte quatre andouillers à l'un des bois et cinq à l'autre, se tient dressée devant les chasseurs et dévoile son œil gauche. Un dernier fusil

– on peut supposer qu'il appartient à l'homme blond, le seul désarmé – est posé sur l'abdomen de l'animal.

À l'endroit de la hampe, le pelage brun, humide et dru du cerf est marqué d'un trou rouge qui commence à sécher et noircir à mesure qu'il s'épanche pesamment vers le poitrail. Un morceau de langue jaillit de sa gueule à la commissure de ses lèvres et son œil gauche, le seul visible, sur lequel les paupières ciliées ne sont pas rabattues, paraît contempler avec indifférence la jubilation des hommes et la plane étendue des champs alentour.

Jamais la mère ne lui a parlé de ces photographies, jamais, après son départ, elle n'a fait mention de l'existence du père autrement que par hasard, au détour d'une conversation, paraissant le regretter aussitôt, comme si cette seule évocation lui faisait l'effet d'une petite lame affûtée, plantée entre ses côtes. Sans doute ces photos ont-elles été prises avant la naissance du fils – la mère et le père y paraissent plus jeunes et l'enfant n'y figure pas –, mais il a souvent contemplé ces images en secret et il ne peut en dissocier sa mémoire.

Il lui semble avoir vécu ces instants, vu le père mordre la jambe de la mère et imprimer sur sa peau la marque irrégulière de ses dents. Il croit avoir éprouvé la moiteur de cette journée d'été sous l'ombre du parasol, partagé leur joie et leur complicité, perçu l'odeur de terre froide du champ couvert de chaumes et celle du pelage du cerf souillé de son sang. Il croit aussi avoir senti l'odeur de la fumée de tabac exhalée par les hommes, celle de leurs vêtements humides, lourds de pluie et de sueur.

Il ne garde pas de souvenir précis du départ du père. Il n'a conservé de la vie auprès de lui qu'une suite d'impressions morcelées, peut-être fictives et en partie façonnées par les photographies enfouies dans la commode. Il est en revanche plein, comme pétri de la présence physique de la mère, de son ubiquité, tant elle apparaît et colore, à chaque instant, chaque recoin de l'inextricable maillage qui déjà compose sa mémoire.

S'il devait la décrire – ce qu'il ne saurait faire par le recours aux mots –, il invoquerait sans doute des images d'elle, des réminiscences précieusement gardées par-devers lui, des instants, des bribes de phrases lancées à travers le temps, des sensations télescopées et simultanément saisies, qui finiraient par esquisser non pas un portrait, mais une évocation, un précipité, et par délivrer quelque chose de son essence.

Ainsi, à vingt-six ans, la mère est encore jeune. Elle a donné naissance au fils à l'âge de dix-sept ans seulement, avant même d'avoir éprouvé l'éventuel désir d'être mère, ce qu'elle lui dit un jour abruptement, après s'être emportée contre lui puis être venue frapper à la porte de la chambre où elle l'avait congédié un instant plus tôt.

Elle est assise au bord du lit, près de lui. Le jour entré par la fenêtre éclaire le côté droit de son visage et son cou est encore marqué par l'une de ces plaques rouges qui y apparaissent brusquement lorsqu'elle se met en colère. Elle dit qu'elle ne voulait pas d'enfant, qu'elle n'avait pas même songé à avoir un jour un enfant, qu'elle-même n'était qu'une gamine un peu paumée et que ça lui est tombé dessus comme un malheur, un coup du sort. Elle reconnaît qu'elle est emportée et maladroite, qu'elle ne sait pas toujours comment faire, comment s'y prendre, que personne ne lui a jamais appris.

Les tout premiers temps, après le départ du père, ils ont habité un petit appartement partagé avec la mère de la mère, une femme grise et résignée, portant toujours au visage une grimace souffreteuse et soupirant à n'en plus finir au moindre geste, à la moindre parole. La vie même, dans son absolue banalité, lui était une épreuve et une souffrance perpétuelles, et elle ne pouvait témoigner d'attention à sa fille qu'en l'accablant d'une litanie de conseils, de reproches incessants, si bien que toutes deux – pour une raison inconnue de l'enfant, mais qu'il devine suffisamment pour n'avoir jamais éprouvé le besoin ou la curiosité d'interroger la mère à ce sujet – ont fini par se fâcher de façon irrémédiable et que la jeune femme est partie un beau matin, traînant son fils d'une main et de l'autre une valise à roulettes contenant tout ce qu'elle possédait.

Dès lors, l'enfant ne revoit la vieille mère que de loin en loin lorsque, passant par hasard ou à dessein près de l'école municipale, elle l'observe depuis la clôture de la cour, à l'heure de la récréation, lui fait parfois signe d'approcher afin de lui tendre un bonbon tiré du sac à main verni rouge qu'elle serre sous son bras contre son flanc maigre.

Elle raccourcit au maximum l'unique lanière qu'elle porte sur l'épaule, tenant ainsi le sac curieusement haut, comme s'il s'agissait là d'une chose précieuse que le monde entier lui envierait, alors que – l'enfant le sait pour l'avoir déjà exploré – il ne contient rien de mieux qu'un étui à lunettes, un porte-monnaie du même cuir rouge, verni et élimé, un mouchoir de tissu, un répertoire téléphonique, peut-être encore cette broche plaquée or à l'épingle dessoudée et une boîte métallique bleue de laquelle elle extrait une pastille à la sève de pin que le fils accepte par quelque obscur devoir ou par commisération, porte à sa bouche puis recrache dès qu'il le peut, dès que la vieille mère a tourné le dos, après avoir glissé entre les mailles du grillage une de ses petites mains à la paume sèche afin de caresser la joue constellée de taches de rousseur du garçon, la bouche tremblante, en le regardant de ses yeux délavés, bordés de paupières humides et rougies de n'avoir jamais versé une larme.

La mère, assise au bord du lit, pleure, elle, abondamment. Elle implore son pardon, et dès qu'il le lui accorde, le sang reflue en elle et la plaque rouge à son cou s'estompe. Un poids terrible vient d'être ôté de sa conscience. Le visage encore baigné de larmes, elle rit maintenant pour une bêtise prononcée par le fils, l'attire à elle et le serre dans ses bras, embrasse avec ferveur son crâne et son front, jure qu'elle l'aime plus que tout, qu'il est son fils à elle, et à elle seule.

Depuis la naissance du garçon, il lui arrive d'être atteinte de violentes migraines qui l'obligent à se réfugier dans son lit ou dans le canapé, parfois durant plusieurs jours consécutifs.

Elle ne supporte ni la lumière, ni le bruit, calfeutre la maison – trouvant les volets clos au retour de l'école, l'enfant sait qu'une crise s'annonce ou bat son plein –, demande au fils de vider tous les cendriers dont l'odeur la révulse soudain, de remiser dans un placard l'horloge murale de la cuisine, la montre mécanique qu'elle porte au poignet puisque même le son de la course de l'aiguille des secondes lui devient intolérable.

Il lui apporte des gants de toilette mouillés d'eau froide et de Synthol qu'elle applique sur son front, repousse hors du lit lorsqu'ils sont tièdes, et qui continuent longtemps d'embaumer la maison d'effluves médicinaux de menthol et de géranium.

Il lui presse les tempes de l'extrémité de ses petits doigts, à l'endroit de la saillie d'une veine battant la mesure de son pouls, pour réguler l'afflux sanguin qui la fait souffrir.

Le fils a tôt appris à se doucher, s'habiller, cuisiner seul car elle en est alors incapable. Elle lui dit que la douleur est telle qu'elle pourrait se taper la tête contre les murs ou qu'elle préférerait crever sur-le-champ ; même parler lui est une épreuve.

Il apprend à vivre dans l'ombre de la douleur de la mère : ses gestes se font plus lents et précautionneux, ses jeux chuchotés dans la pénombre de sa chambre. Il reste sans cesse à l'affût de ses mouvements à elle, de son corps retourné dans le lit, de ses appels, de ses gémissements.

Lorsque la crise s'apaise et la laisse épuisée, hagarde mais infiniment soulagée, elle demande au fils de venir s'allonger près d'elle. Elle l'enlace, pétrit ses bras, ses mains, ses pieds. Elle tient son visage entre ses paumes, comme si elle s'assurait de son existence matérielle ou cherchait à façonner un petit pain d'argile, à lui donner forme, à le corriger.

— Mon petit rouquin, dit-elle, mon renardeau.

Elle revient à la vie, et les choses lui paraissent plus vraies, plus intenses, plus fragiles aussi. Elle demande parfois fiévreusement à l'enfant de promettre qu'il ne la laissera pas, ne l'abandonnera pas, ne se détournera jamais d'elle.

La mère est tempétueuse, entière et passionnée, sans cesse tiraillée par le doute, le remords, des élans de gaieté et de profonds abattements.

Elle garde dans le tiroir de sa table de nuit un tarot divinatoire de Marseille et prétend avoir appris à lire les arcanes lorsqu'elle était adolescente, ou qu'un don la prédispose à en saisir le sens secret, mais il lui faut s'aider d'un petit guide glissé dans l'emballage cartonné bleu blanc jaune rouge pour interpréter les cartes qu'elle étale devant elle, assise en tailleur sur son lit, une Peter Stuyvesant entre les dents, cherchant toujours la promesse d'argent, de travail, de jours meilleurs, d'amour, surtout.

Elle se réjouit lorsqu'elle tire l'Étoile, le Soleil ou la Force, mais lorsque la Mort sort du jeu, elle s'empresse de lire au fils la description du livret annonçant que la carte n'est pas si funeste qu'on pourrait le croire mais symbolise le changement, la transformation en une vie meilleure, une forme de renaissance.

Parfois, elle se contente de la replacer précipitamment dans le tas et de piocher une autre carte. Rien ne l'enthousiasme plus que de tirer l'Amoureux, bien que le livret la laisse sceptique, n'évoquant que l'altruisme, la confiance, l'honnêteté.

Elle rêve de rencontrer un homme qui l'aimera, dit-elle, comme le père l'a aimée, c'est-à-dire de cet amour tumultueux, impitoyable, qui lui semble être le seul possible, le seul valable.

Puis, dans le même élan, elle prétend que n'importe quel autre amour lui serait préférable, n'importe quel autre homme qui ne l'aurait pas laissée seule avec un gosse sur les bras.

*

Lorsqu'ils regagnent les Roches, la mère est assise sur un tas d'ardoises déposé contre la façade. La porte grande ouverte libère un parfum de savon noir et la dalle de ciment est assombrie d'avoir été lessivée à grande eau.

Le fils s'avance vers la mère, lui tend une branche de châtaignier.

— Regarde, dit-il.

Elle saisit le morceau de bois, le fait tourner entre ses doigts. Le père passe près d'eux, pousse la brouette jusqu'à l'appentis, déverrouille le cadenas et décharge les bidons d'eau.

— Qu'est-ce que c'est ? demande-t-elle.

— On va faire une fronde avec.

— Ah oui ? Et qu'est-ce que tu vas faire avec une fronde ?

Le père sort de l'appentis, allume une cigarette en contemplant le paysage et s'assied à même le sol, à quelques mètres d'eux, les avant-bras reposés sur les genoux, poignets lâches.

La braise dirigée vers lui rougeoie contre sa paume et la fumée un instant retenue dans le creux de sa main s'échappe nonchalamment entre le pouce et l'index réunis. Il regarde l'enfant qui parle à la mère et la mère feindre de l'intérêt pour le morceau de bois.

Il sort de l'une de ses poches un couteau dont il déplie la lame.

— Approche voir.

Le fils vient vers lui et le père plante la cigarette au coin de ses lèvres. Il saisit le morceau de bois, commence d'en retirer l'écorce, le gras de son pouce appuyé sur le contre-tranchant de la lame maintenue de biais.

— À toi, maintenant.

Il tend le manche du couteau à l'enfant qui s'installe près de lui, jambes repliées en tailleur. Par instants, le père se penche pour guider ses gestes. La mère appuie l'arrière de sa tête contre la pierre du mur et, les yeux clos, laisse le jour baigner son visage. Elle entend les voix du père et du fils appliqués à dénuder le morceau de bois. Elle respire l'odeur du grès chauffé par le soleil, du savon noir et de la menthe sauvage.

— Demain, dit le père tandis que le fils se relève et débarrasse son pantalon des morceaux d'écorce, on y passera un coup de chalumeau pour durcir le bois.

Le fils mime la tension d'un élastique, vise autour d'eux des cibles imaginaires en sifflant entre ses dents. Le père et la mère l'observent s'éloigner dans les herbes.

— Il sera bien, ici, tu verras, dit le père.

Leurs regards se croisent et la mère sourit vaguement. La lumière de la fin de l'après-midi est venue à bout de sa contrariété, de ses réticences. Une lassitude s'est emparée d'elle. Le père se relève, s'approche et s'accroupit à ses côtés. Il pose sa main sur la joue de la mère, la laisse glisser sur sa mâchoire et saisit son menton entre ses doigts.

— *On* sera bien.

Elle porte une main sur celle du père. Son regard levé vers le sien, elle dit :

— Je voudrais juste que tu arrives à te défaire de cette colère, de cette ombre qui plane tout le temps sur toi.

Sans ciller, l'homme paraît détailler son visage. Ses yeux se déplacent par d'infimes à-coups, comme s'il cherchait à reconnaître ou mémoriser chaque détail, chaque millimètre de peau, avant de venir se planter à nouveau dans ceux de la mère.

— Je vais allumer un feu, dit-il. Les nuits sont froides par ici.

Après un silence, il ajoute :

— Je pense qu'il est temps que tu lui parles.

La mère acquiesce et il s'éloigne en direction de l'appentis, à l'ombre duquel elle le voit disparaître pour resurgir un instant plus tard, les bras chargés de bûches.

Elle prend appui sur le sol, se relève à son tour, s'avance de quelques pas et cherche le fils du regard. Ne le voyant pas, elle emprunte le chemin que les pas de l'enfant ont ouvert dans la prairie. Elle le trouve plus loin, allongé sur le dos dans les herbes, sa fronde levée vers le vol lointain d'un oiseau.

— Tu viens marcher avec moi jusqu'au bois ?

Elle tend une main au fils. De la couche ménagée par l'enfant monte, lorsqu'il se relève, une odeur de transpiration juvénile et de terre froide.

Ils marchent un moment, main dans la main, leurs corps se rapprochent ou s'éloignent selon la cadence de leur pas, les obstacles réels ou imaginaires que le fils évite par des sauts, des esquives, tirant sur le bras de la mère.

Le soleil décline, baigne la prairie d'une lumière biaisée qui les aveugle, hivernale encore. Le fils lâche la main de la mère et court vers la lisière du bois où le tronc crevassé des pins tout éclaboussé d'or exsude un parfum de résine. Ils marchent dans l'ombre éparse des arbres, sur une couche d'aiguilles rousses qui craque sous leurs pas. Le fils se baisse pour ramasser des cônes de mélèzes qu'il examine et, après une minutieuse sélection, fourre dans ses poches ou lance devant lui.

Parfois la mère le dépasse, lève les yeux vers le camaïeu des branches où poussent de nouvelles aiguilles, son visage tavelé d'ombre et de lumière ; parfois c'est le fils qui la devance pour atteindre un arbre auquel une branche basse lui permet de se suspendre et de se hisser.

Elle s'appuie de l'épaule contre le tronc.

— J'ai quelque chose à te dire.

Depuis son perchoir, le fils baisse le visage vers

elle et la mère détourne le regard vers le sous-bois tranquille.

— Je vais avoir un bébé, dit-elle.

Le fils ne répond pas, porte son attention sur l'écorce crevassée de l'arbre et s'affaire à en détacher un morceau.

Elle ajoute :

— Je ne sais pas encore si ce sera un petit frère ou une petite sœur.

Le fils grimpe sur l'une des branches supérieures, s'y assied à califourchon, dos contre le tronc.

— Fais attention, dit la mère. Ne monte pas trop haut.

— Il va naître ici ? demande l'enfant.

— Non. On sera de retour à la maison. Il naîtra à l'automne.

Depuis son poste d'observation, le fils distingue la prairie par-delà les arbres, la forme monolithe, lointaine, tout juste esquissée, de la maison dans la verdure.

Il reste immobile dans l'odeur froide des pins. La mère se tient elle aussi au pied de l'arbre, patiente et recueillie, attentive à ne pas brusquer l'enfant, jusqu'à ce qu'il regagne prudemment la branche la plus basse, de laquelle il se laisse glisser, se réceptionnant près d'elle à pieds joints.

Elle prend les mains du garçon entre les siennes, semble vouloir lui dire quelque chose mais renonce. Le fils se dérobe et s'éloigne. Elle reste un moment seule dans le silence embaumé, lumineux du sous-bois.

Au soir de leur arrivée aux Roches, ils dînent sous une ampoule nue alimentée par le groupe électrogène qu'ils entendent vrombir derrière l'épaisseur du mur de pierre.

Le feu allumé plus tôt par le père chauffe désormais la pièce unique, inhospitalière quelques heures plus tôt, maintenant animée du crépitement des bûches et de l'aura des flammes. Le conduit de la cheminée a d'abord refoulé une épaisse fumée, il en subsiste un voile qui densifie la lumière.

Ils ont réchauffé des conserves de raviolis que la mère sert dans de vieilles assiettes en faïence dépareillées. Ils dînent aussi de biscottes, d'une boîte de pâté de campagne et de cœurs de palmiers en vinaigrette mais, si frugal que soit le repas, rien ne peut entamer la bonne humeur du père que le vin rend affable et volubile. Il leur détaille ses projets pour la maison, les travaux qu'il compte effectuer durant les mois de leur présence aux Roches : la toiture qu'il veut d'abord consolider, le pavage de la dalle du rez-de-chaussée, la peinture des cloisons de l'étage ; tant de petits chantiers auxquels il dit s'être consacré de loin en loin depuis la mort de son père, lorsque le temps et l'argent le lui ont permis.

— Et monter tout ce bordel ici, les outils, les matériaux, je peux te dire que c'était pas une mince affaire, confie-t-il au fils en s'adossant à l'un des deux étais qui jouxte la table.

Il allume une cigarette, tire une bouffée qui le fait frissonner, exhale sa fumée par les narines, plongé dans ses pensées.

— Mais je savais que ça en valait la peine, dit-il. Je savais qu'on viendrait un jour ici, tous ensemble.

Il se tait à nouveau, saisit son verre de vin.

— À nous. À notre nouveau départ.

La mère hésite.

— Tu trinques avec nous ? demande-t-elle au fils.

L'enfant acquiesce et ils lèvent leurs verres qu'ils entrechoquent au-dessus de la nappe cirée. Le père repousse brusquement sa chaise et dit :

— Il faut fêter ça. Je reviens.

Il quitte la maison, laissant la mère et le fils assis l'un face à l'autre. Elle tend la main droite par-dessus la table pour passer son pouce à la commissure des lèvres de l'enfant, barbouillées de sauce tomate.

— Regarde-toi, dit-elle, tu t'en es mis partout.

Le fils s'essuie d'un revers de main lorsque le père resurgit. Il tient un petit poste de radio à piles constellé de plâtre ou de peinture, et en déplie l'antenne télescopique. L'appareil chuinte lorsqu'il l'allume et parcourt en vain la FM. Ils ne perçoivent d'abord que de lointaines fréquences, puis il bascule en AM et parvient à capter une station musicale diffusant *A Whiter Shade of Pale* de Procol Harum. Le signal s'éclaircit lorsqu'il lève le poste au plafond et le père s'empresse d'éteindre la lumière, laissant la pièce uniquement éclairée par le rougeoiement des flammes dans le foyer de la cheminée.

— Grimpe, dit-il au fils en tapant sur la nappe du plat de la main.

— Où ça ? demande l'enfant.

— Là, sur la table, dépêche-toi !

Le garçon lance un regard à la mère qui secoue la tête pour signifier son impuissance et, acceptant la main que le père lui offre, le fils monte sur la table, les pieds plantés au milieu des assiettes. Le père pousse au maximum le volume du poste de radio et le tend à l'enfant.

— Tiens-le bien haut et ne bouge surtout pas.

Il saisit les mains de la mère qui résiste, proteste en vain, finit par céder puis se lever et, blottie entre ses bras, sa tempe posée contre son épaule, esquisse les pas d'un slow langoureux tandis que la voix grésillante de Gary Brooker emplit la pièce :

> *And so it was that later*
> *As the miller told his tale*
> *That her face, at first just ghostly*
> *Turned a whiter shade of pale*

Plus tard, le fils épuisé s'assoupit devant la cheminée, sur le canapé. Le père et la mère veillent longtemps, attablés devant des tasses de café refroidi. Le père fume une cigarette après l'autre et la mère tire parfois sur l'une d'elles. Le poste de radio posé sur la nappe cirée diffuse à bas volume une lointaine station castillane. Les voix de la mère et du père parviennent confusément au fils, ainsi que l'odeur et le rougeoiement du feu que le père vient attiser en y jetant une nouvelle bûche.

Quelque chose, depuis son demi-sommeil, lui semble apaisé, possiblement confondu avec l'une de ses réminiscences d'un temps ancien, peut-être même imaginaire, où le père et la mère s'aimaient d'un amour tranquille, sans menace, et même la présence des Roches, de ces murs porteurs autour d'eux, du vieux toit d'ardoise au-dessus de leur tête, lui procure cette sensation diffuse de confort et de joie.

*

Quand la mère rentre du travail, elle trouve le fils assis sur les marches du perron. Elle porte un sac de provisions dans chaque main et repousse du pied le portillon de métal couvert de rouille. Elle avise l'enfant, s'immobilise un instant tandis que le portillon derrière elle se rabat sur ses gonds, puis elle traverse la cour.

Parvenue au pied des marches, elle demande :
— Qu'est-ce qu'il t'arrive ?
— Il est là, répond le fils.
La mère secoue la tête.
— Il est là ? De quoi tu…
Elle s'interrompt lorsque le fils lève le visage en direction de la fenêtre de sa chambre, à l'étage, gravit lentement les marches du perron, passe le seuil de la maison et se dirige vers la cuisine. Elle

dépose les deux sacs de courses sur la table et reste immobile, tête baissée, sans prononcer un mot. Elle se redresse enfin et se tourne vers le fils qui, entré à sa suite, se tient derrière elle.

— Il est arrivé quand ? demande-t-elle à voix basse.

— Tout à l'heure.

— Qu'est-ce qu'il fait ?

— Il dort, je crois.

La mère hoche la tête à plusieurs reprises, s'approche du fils dont elle prend le visage entre ses mains. Elle saisit la mèche de cheveux qui barre son front pour l'en dégager et, du pouce, caresse sa tempe.

— Reste ici, dit-elle. D'accord ?

Elle sort de la cuisine, s'arrête au pied de l'escalier où elle se tord les doigts. Elle paraît plus petite et fragile dans la lumière du vestibule, mais son corps est tendu par une raideur fière, belliqueuse, comme si elle s'apprêtait à en découdre avec le père. Elle gravit les marches, le fils la voit disparaître, engloutie par la ligne du palier. Il prête l'oreille aux pas qui remontent le couloir jusqu'à la chambre au seuil de laquelle lui-même s'est tenu pour contempler le sommeil du père.

Quand elle reparaît, elle passe près du fils sans lui accorder un regard. Elle entre dans le salon, saisit un paquet de cigarettes laissé sur une commode, en allume une et s'adosse au mur près du téléviseur. Elle fume, tantôt portant le filtre à ses lèvres, tantôt rongeant l'ongle de son pouce, sans parvenir à dissimuler le tremblement de ses gestes. Les volutes de sa cigarette l'enveloppent de strates bleuâtres.

Elle l'écrase à demi consommée, tourne le visage vers le fils et dit :

— Je vais ranger les courses et commencer à préparer le dîner. Pourquoi tu n'irais pas jouer dehors un moment, en attendant ?

Le jour a décliné derrière le toit et la cour est désormais plongée dans l'ombre. L'enfant ramasse le ballon de cuir déchiré qu'il lance sans conviction contre le mur, guettant la maison par-dessus son épaule. Grelottant, il finit par s'asseoir au bas du perron pour chercher à saisir quelque chose des bruits qui pourraient lui parvenir de l'intérieur, mais seul gronde le murmure indifférent de la ville – une alarme de voiture, les pleurs d'un enfant, l'aboiement du berger allemand enchaîné à un bloc de parpaing dans l'une des cours de la rue parallèle –, tous ces sons qui d'ordinaire composent une voix familière, consolante, et semblent désormais œuvrer contre lui.

Le ciel est un lavis sombre sous lequel stagne la luminescence orange de la ville. De lourdes gouttes de pluie commencent à tomber, éclatant sur le goudron des trottoirs, les pavés de la cour, la carrosserie des voitures. L'enfant ramène ses jambes contre son torse, enlace ses genoux. Lorsque des bourrasques de vent rabattent la pluie contre la maison, il laisse les gouttes fouetter son visage et assombrir peu à peu le tissu de son survêtement.

Les lampadaires de la ruelle s'allument, jettent sur le pavé leur lumière capturée par l'averse. Le ciel s'obscurcit encore, le froid qui s'est abattu sur la ville ne tarde pas à pénétrer les fibres gorgées de pluie du survêtement et à traverser la peau du garçon, si fine que la mère y suit parfois du bout des doigts le réseau des veines affleurant au-dessous de sa clavicule.

Il reste longtemps immobile, le visage rincé par la pluie. Lorsque la lumière du porche jaillit sur lui et que la porte d'entrée s'ouvre sur la mère, le fils n'est plus qu'un bloc de chairs algides, une petite pierre posée là sur le perron, et il lui faut fournir un effort considérable pour parvenir à tourner la tête dans sa direction.

Elle s'est changée et porte maintenant ce pull à capuche trop large et délavé qui la fait paraître une adolescente, avec une poche unique sur le devant, dans laquelle elle fourre sans cesse ses mains, ses paquets de cigarettes, ses briquets, tout un tas d'autres choses ramassées çà et là : des pièces de monnaie, un ticket de caisse, un Playmobil ou une boucle d'oreille.

— J'allais t'appeler. Je pensais que tu étais parti rôder.

Elle sort sur le pas de la porte, rabat la capuche sur sa tête et allume une cigarette. Elle s'assied près de l'enfant, passe un bras autour de ses épaules.

— T'es trempé, dit-elle en l'attirant vers elle. Tu vas attraper mal.

Le fils laisse sa joue reposer contre le coton du pull à capuche qui sent le tabac et l'eau de toilette du père.

— Il était où? demande-t-il à mi-voix.

La mère tire sur sa cigarette, tourne la tête pour souffler sa fumée loin du visage de l'enfant.

— Il est là, dit-elle. C'est ce qui compte pour le moment, non?

— Est-ce qu'il va rester avec nous?

— Je ne sais pas. Tu en penses quoi, toi?

Le fils ne répond pas et la mère reporte son regard vers la rue.

Un chat au pelage sombre saute sur le muret de la cour et les fixe, résigné sous l'averse. Ils restent un moment l'un contre l'autre dans la lumière du porche à contempler la pluie tomber; leur ombre unique s'étire le long des marches du perron et des pavés luisants.

La mère passe une main dans les cheveux humides du fils et dit:

— Allez, rentre et file te changer.

L'enfant grimpe l'escalier quatre à quatre et referme la porte de sa chambre derrière lui. La pluie redouble d'intensité, bat la fenêtre de laquelle la lueur du lampadaire le plus proche s'écoule en ondes liquides sur le mur.

Du rez-de-chaussée lui parviennent les bruits assourdis du téléviseur et de ce qu'il devine être un jeu télévisé, de la présence de la mère dans la cuisine, de plats entrechoqués, de portes de placards claquées, du débit d'eau projeté dans le bac de l'évier ; un rire, enfin.

Le garçon balaie du regard la chambre paisible, les posters sur les murs, le tapis automobile sur lequel il ne joue plus depuis longtemps – les voiturettes reposent désormais sous le sommier de son lit dans une boîte à jouets –, et qui lui a toujours paru posséder sa propre logique, ses propres lois. La nuit, en particulier, lorsqu'il lui arrive de le contempler depuis son lit, le rectangle du tapis lui apparaît comme une fenêtre ouverte sur une autre réalité figurant un quartier ou un lotissement, ou même une petite ville avec ses parcelles bâties de pavillons à toit rouge et murs jaunes – les maisons inclinées en arrière pour dévoiler leurs façades paisibles, ajourées de larges fenêtres à croisillons –, ses routes anthracite aux marquages réguliers dont les lignes et les jonctions à angle droit se répètent et forment un parfait agencement géométrique – le tapis, originellement vendu à la découpe, répète par deux fois un motif identique –, ses passages piétons, ses bordures d'arbres vus du ciel, représentés par un semblable moutonnement vert, mais aussi son centre commercial et sa caserne de pompiers.

Dans la pénombre de la chambre, depuis le refuge chaud du lit, la douceur des draps élimés et la somnolence qui le gagne, il semble à l'enfant que le monde du tapis est aussi réel que celui qu'il habite – le quartier ouvrier avec ses voiries défoncées, ses maisons défraîchies, ses containers à poubelles qui déversent leur haleine aigre dans la solitude des arrière-cours, son terrain vague cabossé semblable à un champ de mine, parsemé de détritus, de crottes de chiens et de tessons de bouteilles –, et il peut sans peine, par un simple exercice de l'esprit, se projeter dans les rues paisibles, dans l'ordre parfait du tapis, accessible à lui seul.

Là, rien ne menace l'enfant. Il n'y vit aucune âme et rien n'y change, la ville semble s'être élevée et pérennisée par elle-même. Dans ce monde-là, il ne serait pas possible au père de resurgir selon son bon vouloir, ni même d'exister, et jamais dans aucune de ces maisons à la curieuse inclinaison et aux frontons accueillants la mère ne préparerait un dîner autour duquel réunir, comme s'il s'agissait là d'un fait banal et attendu, le père, le fils et elle, au premier soir de ce retour.

Le fils s'éveille, étire ses membres engourdis par le sommeil, repousse les draps et s'assied au bord du matelas. De la plante des pieds, il effleure le tapis automobile qui n'est plus qu'un triste rectangle de moquette illustrée dans la lumière de l'aube. Il se lève, traverse la chambre en évitant les figurines de plastique qui jonchent le sol, tombées au combat et abandonnées au beau milieu d'un champ de bataille.

Le couloir est faiblement éclairé par une lame de jour tendue depuis la porte entrouverte de la salle de bains, traçant une ligne diffuse sur le papier peint dont la végétation paraît plus sombre, assoupie. L'enfant entre dans la pièce, s'assied sur la lunette des toilettes, somnolant encore, les coudes plantés dans les cuisses, le visage enfoui entre ses mains.

Il reste là, assoupi, dodelinant de la tête, son menton glissant de sa paume. Il sursaute, se relève et remonte son bas de pyjama. Une petite auréole d'urine assombrit le tissu du pantalon tandis qu'il tire la chasse comme la mère lui rappelle souvent de le faire, car rien ne l'exaspère plus que de trouver la cuvette sale – c'est elle, aussi, qui lui commande de faire pipi assis afin qu'il n'éclabousse ni la lunette ni le petit tapis rose et moelleux qu'elle dispose au pied du W-C – et il l'entend souvent crier depuis les toilettes de l'étage ou du rez-de-chaussée : « la lunette ! », « la chasse ! », « combien de fois je vais devoir te le dire ! », « je suis pas ta boniche » ou encore : « mais qu'est-ce que j'ai fait au bon Dieu ? ».

L'enfant sort de la salle de bains lorsque son regard est attiré par la porte rabattue de la chambre de la mère. D'ordinaire, elle ne la ferme pas, et la serrure brille d'une lueur diffuse, à peine perceptible. Le fils se fige : lui revient brusquement le souvenir de la présence du père que la nuit avait effacé, relégué au rang de ces impressions fragiles qui subsistent au réveil, des lambeaux de rêve, des sensations indicibles qu'un détail – un mot, une image, quelque chose même qu'on ne saurait nommer – ravive pourtant et recompose avec une exactitude foudroyante. Le garçon s'approche de la porte et se penche.

Il ne perçoit qu'une lumière vive quand son œil s'aligne sur le trou de la serrure, puis sa pupille se rétracte et il discerne la chambre en partie, le dos nu de la mère allongée sur le ventre dans les draps, le visage tourné sur sa gauche, les yeux clos.

Il lui faut incliner la tête pour voir le père assis au bord du lit, face à la fenêtre, dos tourné à la mère, les poignets reposés sur ses cuisses velues, juste au-dessus des genoux. Il est nu lui aussi, son corps dans le jour blême, son dos voûté, la peau plus blanche encore à l'endroit de la hanche où s'arrête abruptement le poil dru de sa cuisse.

Le père paraît scruter quelque chose par-delà la fenêtre, mais le fils sait qu'il n'y a rien à voir depuis cet endroit du lit sinon le ciel bas de la ville. Il baisse les yeux au sol, tend un bras et ramasse un slip qu'il enfile avec des gestes lents, remonte sur ses hanches en se levant et, tandis qu'il s'avance vers la porte, le fils détale sans bruit pour regagner sa chambre.

Lorsque le garçon entre dans la cuisine, le père est attablé devant une tasse de café. Il a revêtu un T-shirt et un pantalon de jogging. Adossé au mur, il a posé ses pieds sur l'assise d'une chaise et fume déjà une énième cigarette.

— Ne reste pas planté là, dit la mère en voyant le fils. Viens prendre ton petit déjeuner.

Le fils s'assied à table et elle dépose devant lui un bol, une boîte de céréales et une brique de lait. Elle travaille dans une cantine d'entreprise de la zone industrielle à l'autre bout de la ville et fait des ménages dans une école maternelle en fin de journée. Elle s'apprête à partir et termine d'emballer quelques biscuits dans un morceau de papier aluminium.

— Essaie de ne pas les oublier, cette fois, dit-elle en retirant du cartable de l'enfant un paquet plus ancien au contenu réduit en miettes et une banane noircie.

Elle dépose un baiser sur la tête du fils.

— Et moi ? demande le père.

Elle rit en boutonnant la fermeture du blouson en jean qu'elle vient d'enfiler, contourne la petite table et se penche pour l'embrasser sur les lèvres. Le père saisit ses fesses entre ses mains et elle se dégage d'un mouvement nerveux en riant à nouveau, jette au fils un regard plein de gêne qui le contraint à détourner le sien pour fixer la liste des ingrédients sur la boîte de céréales.

— À ce soir, dit-elle.

Mais elle reste immobile, debout près de la porte, son vieux sac à dos à l'épaule retenu d'un pouce par la bretelle lâche, et elle fait cliqueter son trousseau de clés dans sa main droite, promenant son regard du fils au père et du père au fils.

Elle revient sur ses pas pour embrasser l'enfant sur le crâne, se détourne et quitte la pièce. Ils entendent claquer la porte d'entrée et ses pas précipités résonner sur le dallage de la cour.

Sans oser relever les yeux vers le père, le fils termine son bol de lait avant de le porter à l'évier pour le rincer, le dos tourné à l'homme dont il sent derrière lui la présence irradiante.

Il dépose le bol sur l'égouttoir et s'apprête à sortir à son tour lorsque la voix du père le retient :

— Tu sais quoi ? Oublie l'école pour aujourd'hui. On va passer la journée ensemble, toi et moi, entre gars. Va donc t'habiller.

Ce matin-là, ils vont à pied jusqu'à l'un des derniers salons de coiffure pour hommes du centre-ville et le père demande que les cheveux du garçon soient coupés court, tondus sur les tempes, dégagés autour des oreilles, nuque rasée.

Le propriétaire du salon est un vieil homme à la moustache sévère et au fort accent italien. Il installe le fils au bac à shampoing et passe une serviette rêche autour de son cou.

Assis à proximité dans la lueur triste de la vitrine, le père feuillette un magazine automobile.

— Depuis combien de temps tu n'as pas vu de peigne, mon garçon ? demande l'Italien à l'enfant.

Le père sort son paquet de cigarettes.

— On peut fumer ici ?

— Ouvrez la porte.

Le père se lève. Le carillon tinte lorsqu'il tire

la porte vitrée et s'adosse à l'encadrement pour allumer sa cigarette en contemplant la rue déserte.

— Viens t'asseoir là, mon petit.

Le coiffeur installe le fils devant un miroir et déploie sur lui une blouse noire dont il noue les liens sur sa nuque.

— Je crois me souvenir de vous, dit-il en observant le reflet du père dans le miroir.

— C'est bien possible.

Le coiffeur hoche la tête et démêle les cheveux du fils.

— Votre visage me dit quelque chose.

— Je venais me faire couper les cheveux ici de temps à autre avec mon père. C'était il y a longtemps.

— C'est ça, c'est ça. Ça ne serait pas l'homme qu'on a retrouvé dans la montagne, par hasard ?

Le père tire sur le filtre de sa cigarette, recrache la fumée dans la rue.

— Je me disais bien, continue l'Italien. C'est que vous lui ressemblez. Maintenant, je me souviens de vous. Il vous emmenait vous faire couper les cheveux une fois par an, au printemps.

— Oui.

— Voilà, voilà, c'est bien ce que j'ai pensé en vous voyant entrer, mais on n'est jamais sûr. Un petit garçon avec les cheveux longs qu'il me disait de couper ras pour pas que vous ayez de poux.

Le père détourne ostensiblement le visage et ne répond pas.

— Pardon de vous le demander, continue

l'Italien d'une voix hésitante, mais c'est bien vrai, ce qui s'est raconté par ici à son sujet ?

— Qu'est-ce qui s'est raconté à son sujet ?

— Il est bien mort d'un cancer, n'est-ce pas ?

— Et ?

— On dit qu'il aurait erré dans la montagne comme un fou pendant des semaines, qu'il avait perdu les pédales, et qu'il serait mort après avoir enduré des souffrances terribles.

Le père ricane en soufflant sa fumée par le nez. Il évite le regard du fils que lui renvoie le reflet du miroir.

— C'est en partie pour ça qu'il s'était retiré dans la montagne, répond-il. Il ne supportait plus ces ragots, la médisance des gens.

— Je n'en sais rien, moi, vous savez, je ne fais jamais que répéter ce que j'ai entendu dire. Il y avait même eu un article dans la presse locale, je m'en souviens.

— Les gens feraient mieux de la fermer.

— Bien sûr, bien sûr. C'est difficile d'empêcher les gens de parler. C'est une petite ville. Et puis, il était connu comme le loup blanc, votre père.

Le père lance son mégot dans la rue et crache un filet de salive sur le trottoir. Le carillon tinte à nouveau quand il rabat la porte vitrée et vient se rasseoir sur sa chaise. Près de lui, un bégonia végète sur un tabouret haut, ses feuilles désespérément tournées vers la lumière de la vitrine, et le fils regarde dans le miroir leur envers rougeâtre, pailleté, les nervures translucides.

— Il n'était pas comme ça quand je l'ai connu, continue l'Italien. C'était un homme affable. C'est la mort de votre mère, puis cet accident qu'il a eu… Il ne s'en est pas remis, ça lui a sans doute fichu un gros coup. Se retrouver dans cet état, avec un gosse en bas âge, bon Dieu, qui peut l'imaginer…

Seuls bruissent pour un temps le cliquetis des ciseaux que le coiffeur promène sur les tempes de l'enfant et le son assourdi d'un poste de radio.

— C'était son choix, de rester là-haut, dit soudain le père. Il savait certainement qu'il allait en baver, mais ça lui semblait préférable. Le pire, pour lui, ça aurait été de finir à l'hôpital, à se faire donner la becquée et torcher le cul.

L'Italien retire la blouse noire du cou de l'enfant et la fait claquer dans l'air.

— Quand même, quand même, finir seul, comme ça, c'est pas humain. On peut le souhaiter à personne.

Le père ne répond rien et le coiffeur saisit un sèche-cheveux dont le souffle répand dans l'espace étroit du salon une odeur de résistance surchauffée et de cheveux brûlés. Puis il oriente un petit miroir rond derrière le crâne de l'enfant afin de lui laisser contempler sa nuque.

— Voilà, dit-il. Le portrait craché de ton père.

Le père se lève et contemple le fils dans le miroir en hochant la tête de satisfaction.

— Combien je vous dois ? demande-t-il.

Lorsqu'ils sortent, emportant avec eux un peu de l'odeur du salon de coiffure, une camionnette équipée de haut-parleurs passe près d'eux et annonce la présence d'une fête foraine à proximité de la zone commerciale, au sud de la ville.

— On pourrait aller y faire un tour, s'exclame le père gagné par une excitation juvénile.

Le fils acquiesce et passe ses doigts dans le col de son pull pour se débarrasser des cheveux qui le démangent.

Ils marchent jusqu'au break du père, une Citroën BX d'un bleu électrique avachie sur sa suspension hydraulique. Le capot et l'aile avant droite semblent avoir été remplacés et grossièrement repeints d'une couleur approchante.

— Monte devant, dit le père quand l'enfant s'apprête à ouvrir la portière arrière du véhicule. Attends, laisse-moi dégager tout ça.

Il devance le fils, se penche par-dessus le siège conducteur pour débarrasser le côté passager d'un amoncellement de paquets de cigarettes vides, de canettes de bière et de papiers huileux roulés sur des restes de sandwiches qu'il jette sur la banquette arrière, elle aussi encombrée d'un duvet, d'un bidon d'essence, de vieux paquets de chips et d'autres emballages non identifiables.

L'habitacle empeste le mégot froid, l'huile de vidange et l'eau de toilette.

— Voilà, dit-il, invitant le fils à s'asseoir. C'est un peu le bordel, il faut que je la nettoie.

Ils s'installent et le père rouvre sa portière pour déverser le contenu du cendrier à même le bitume. Lorsqu'il démarre le break et que celui-ci s'élève pesamment sur sa suspension, il adresse un sourire au fils avant de manœuvrer pour quitter la place de parking.

Sur le chemin de la zone commerciale, un crachin persistant se met à tomber. Autour d'eux défile la ville monotone, les maisons des anciens quartiers ouvriers, fenêtres offrant une vue brève sur des cuisines ou des salons étroits, trempés de lumière grise ; les nouveaux lotissements où la vie doit être aussi ordonnée et enviable que dans la réalité du tapis automobile, avec leurs devantures crépies de beige rosâtre, leurs toits éclatants de tuile rouge, les mille mètres carrés jalousement enclos sur une herbe rase, çà et là une balançoire immobile sous la bruine et une piscine bâchée, promesses de jours radieux.

Le père ne dit rien, ne se soucie pas du silence du fils auquel il lance un regard en coin, opine du chef comme s'ils venaient de parvenir à un accord tacite ou comme s'il se félicitait de la compagnie de l'enfant.

Il tend le bras pour fouiller l'arrière du siège passager, saisit une cartouche de Marlboro qu'il tire à lui et laisse tomber sur les genoux du fils. Le break dévie de sa course et manque heurter le bas-côté.

— Tiens, file-moi un paquet, dit-il en rétablissant la trajectoire du véhicule d'un coup de volant.

Le fils déballe la cartouche, le père enclenche

l'allume-cigare et la résistance se met à rougeoyer tandis qu'il ouvre à l'aveugle le paquet déposé sur sa cuisse droite.

— Tu sais, ce qu'il a dit, tout à l'heure, sur mon vieux ? Sur ton grand-père ?

L'enfant se garde de répondre.

— C'est vrai, continue le père en allumant une cigarette. Il a été très malade. Il est mort tout seul, aux Roches. C'est comme ça qu'on appelle cette maison dans la montagne, et c'est là que j'ai grandi. Mais je n'y suis pour rien, moi. Je n'ai pas eu d'autre choix que d'en partir quand j'avais quinze ans pour des raisons que je ne peux pas t'expliquer ici et maintenant, mais dont je te parlerai peut-être un jour.

Le fils gigote, se renfonce dans son siège, tripote le repose-bras de sa portière.

— Je peux te dire que je lui en ai voulu pendant des années. J'ai même souhaité qu'il meure, et pas qu'une fois en passant. Mais quand j'ai appris qu'il était vraiment mort, ça m'a foutu un de ces coups. J'ai été dévasté, mis au tapis. Il paraît que c'est un randonneur qui l'a trouvé. Il était au pied d'un arbre, à moitié à poil, roulé en boule comme un chien crevé.

Il baisse la vitre en faisant tourner par saccades la poignée grippée à sa gauche, esquisse quelques gestes dans l'air pour chasser en vain la fumée à l'extérieur du véhicule.

— Il est resté plusieurs jours au pied de l'arbre et une bestiole, un sanglier ou un renard, ou peut-être même un loup, lui avait dévoré la moitié du visage et la cuisse. Il a fallu que j'aille reconnaître le corps quand ils l'ont descendu de là-haut.

Le père secoue lentement la tête et écrase son mégot dans le cendrier.

— Peut-être que je ne devrais pas te raconter tout ça. C'est juste pour dire qu'avec le temps, j'ai compris que j'avais mes torts moi aussi, que j'étais loin d'être parfait et que c'est assez facile de déconner. C'était un vieux salaud, pour sûr, mais il avait ses blessures, lui aussi. Et il n'y a pas pire qu'un homme blessé.

Il se tait, tapote le volant avec le creux de sa main droite en secouant la tête, passe la langue sur la tranche de son incisive cassée. Par la vitre abaissée, quelques gouttes de pluie entrent dans l'habitacle et viennent toucher le fils dans le cou.

\*

Le père l'a porté dans ses bras ou hissé sur son dos, peut-être avec l'aide de la mère, et il a gravi les marches de l'escalier pour déposer le fils dans son lit.

Lorsqu'il s'éveille au milieu de la nuit, il ne garde pas le souvenir d'avoir été transporté jusque-là et n'a aucune réminiscence de la journée précédente. Il croit d'abord s'éveiller dans la petite maison du quartier ouvrier, mais la lueur de la rue devrait y filtrer, même volets rabattus, esquisser la forme des objets familiers autour de lui : la commode en bois blanc, les figurines au sol. Or, il ne distingue absolument rien, pas même les mains qu'il lève devant son visage, et l'effroi d'être devenu aveugle le saisit. Un long gémissement s'élève au-delà des cloisons de plâtre et les bandes de laine de verre frémissent sur la soupente. Le fils appelle la mère à l'aide en criant. Il entend des corps bouger dans la chambre attenante, le froissement de draps, la voix du père marmonner des mots indistincts. La mère surgit, une lampe de poche à la main. Le faisceau balaie la pièce, et le fils se souvient : le voyage hors de la ville, l'ascension dans la montagne, la marche jusqu'aux Roches.

La mère s'assied au bord du lit. Elle lui dit qu'il n'a rien à craindre, que le gémissement n'est que le son du vent engouffré quelque part dans la charpente. Elle est prise d'un tremblement. Le feu doit s'être éteint au rez-de-chaussée et il règne maintenant à l'étage un froid tel que ses paroles blanchissent.

— Fais-moi une place, que je te réchauffe un peu le temps que tu te rendormes.

Le fils soulève la couverture et la mère vient se blottir contre lui. Longtemps, ils écoutent la maison siffler et craquer comme un vieux rafiot malmené par la tempête, le vent porter jusqu'à eux le cri de chouettes effraies qui ululent dans le creux d'un arbre mort, avec leurs faces blanches et mystérieuses. Mais, rassuré par la présence et la chaleur du corps de la mère, rien ne peut plus atteindre l'enfant, et tous deux finissent par retomber jusqu'au matin dans un sommeil tranquille.

Le lendemain, le père honore sa promesse et passe le bois de la fronde à la flamme d'une lampe à souder pour le durcir. Il équipe l'arme d'un morceau de cuir et d'une bande élastique, ramasse au sol une pierre qu'il soupèse dans la paume de sa main et dont il arme la fronde. Le projectile file droit vers le ciel.

— Si tu vises bien, dit-il, tu peux tuer des oiseaux ou des écureuils. J'en avais une à ton âge, je ne sais plus où je l'ai rangée, sinon je te l'aurais donnée. J'en ai descendu, avec ça.

— Tu les mangeais ?

— Un peu, qu'on les mangeait ! Ici, tu manges ce que tu trouves. Rapporte-les si tu en attrapes.

Le fils acquiesce, glisse le manche de la fronde dans la poche arrière de son pantalon.

— Et fais gaffe aux ours, dit le père en allumant une cigarette.

— Aux ours ? demande le garçon, incrédule.

Le père ricane en soufflant sa fumée par salves de ses narines et se détourne pour gagner l'appentis. L'enfant hésite encore, mais la sensation du bois du lance-pierre contre sa fesse et de l'élastique battant l'arrière de sa cuisse à chacun de ses pas le rassure. Gonflé de l'orgueil des hommes qui portent une arme, il s'éloigne d'un pas franc.

L'horizon est lourd de brume, la montagne alentour détrempée par l'humidité de la nuit.

Les pierres sont noires, luisantes, elles affleurent à la surface comme la carapace de quelque bête enfouie dans un profond sommeil, ou comme si la montagne tout entière n'était elle-même qu'une immense créature assoupie, sur le dos de laquelle l'enfant cheminerait.

La crête brune des arbres se perd dans le brouillard et tout semble feutré : le pépiement des merles dans les bosquets lugubres, la lueur du jour, monotone sous la gaze occultant le ciel.

De la prairie que le fils traverse s'élève une odeur de boue, de racine et de ciboulette sauvage. La mère l'a revêtu d'une parka à doublure molletonnée pour qu'il ne prenne pas froid et d'une paire de bottes dont la semelle émet un bruit spongieux dans les herbes que la rosée fait paraître bleues dans les dépressions du terrain.

Lorsqu'il parvient à l'orée du bois, l'enfant marque un temps d'arrêt. Il se tourne en direction de la grange désormais invisible. Rien ne bouge, pas même une ondulation sur la prairie. Dans cet apparent silence, le fils éprouve violemment sa solitude et, dans le même temps, l'impression de sa présence au monde, de la nature déployée autour de lui, de l'immensité et de la multitude dans laquelle son existence a pris forme et se trouve à cet instant précis.

Il est alors saisi par sa vulnérabilité : ne se peut-il pas que l'ours rôde vraiment dans la montagne ? S'il venait à surgir et l'emporter, la mère et le père ne l'entendraient pas crier ; sans doute n'en aurait-il pas même le temps. Retrouverait-on son corps quelque part dans les bois, dévoré à demi, comme la dépouille de l'aïeul ?

Même la tranquillité qui l'entoure lui semble maintenant receler un danger. L'enfant saisit la fronde, s'accroupit et tâtonne le sol à l'aveugle, à la recherche d'une pierre, sans cesser de balayer les alentours du regard. Sa main rencontre un caillou qu'il jauge du bout des doigts ; il se redresse, arme la fronde, vise les ombres et les bosquets immobiles, mais son bras fatigue bientôt et il le rabaisse : que pourrait de toute façon une pierre contre un ours ?

Il longe prudemment la lisière de laquelle monte une haleine froide, la fermentation humide du sous-bois. Le terrain suit longtemps une courbe ascendante sur le flanc de la montagne, en direction de l'adret, puis un léger déclin qui s'accentue à mesure que le garçon progresse. La brume se dissipe, une lumière sourd d'on ne sait où, déposant sur toute chose une douce clarté.

La pinède cède lentement la place à la hêtraie et les buissons d'épine noire sont ici mouchetés de fleurs blanches. La prairie prend fin, et si l'enfant veut aller plus loin il lui faut s'avancer dans la forêt silencieuse. Il en sonde d'abord les profondeurs visibles, la fronde toujours serrée dans le poing. Sans doute s'est-il enhardi au cours de sa marche car, après une brève hésitation, il s'engage dans la pénombre.

Passant de l'espace dégagé de la prairie à la

densité poisseuse de la forêt, il bascule dans un autre univers, comme s'il ne s'était pas contenté de fendre l'air vif du petit matin pour s'avancer dans le parfum vert-de-gris du sous-bois, mais avait traversé une frontière matérielle, une membrane invisible et perméable. Les contes pour enfants que la mère lui lit parfois lui reviennent en mémoire, avec leurs forêts enchevêtrées, recelant mystères, périls et secrets.

Il s'avance, suivant une éclaircie de la végétation, s'arrête et tend l'oreille. Sous la quiétude que couvrait le bruit de ses pas, quelque chose gronde dans le cœur de la forêt, par-delà la masse d'abord clairsemée, puis densifiée, inextricable des arbres – un chuchotement auquel se joignent des sons étrangers aux oreilles de l'enfant : le heurt d'un pic noir, le gémissement d'arbres rompus suivi d'un effondrement feutré, le cri d'une martre, pareil à un éclat de rire.

Un frisson traverse le garçon et il se précipite hors de la forêt, court à toute vitesse pour échapper à l'ombre des arbres qui le talonne. Parvenu au milieu de la prairie, il fait volte-face, contemple la lisière impassible d'où semblent le guetter mille yeux tapis dans la coulisse sombre, qui tous ensemble formeraient le regard de la montagne. L'enfant recule de quelques pas et s'enfuit en direction de la grange.

Durant les premières semaines passées aux Roches, le père se montre d'humeur affable, attentif à la mère et au fils, redoublant de soins à leur égard.

Il enjoint à la mère de ménager ses efforts, n'évoque pourtant jamais l'enfant à naître, si bien qu'elle apparaît dès lors, aux yeux du fils, nimbée de l'aura de ceux que l'on soupçonne atteints d'un mal ou d'une affliction sérieux sans en connaître la véritable nature et que l'on couvre de prévenances, dont on cherche à devancer les besoins, dans l'espoir de les alléger de leur propre désir avant même qu'ils ne l'aient éprouvé, ou de leur épargner la fatigue et l'ennui d'avoir à le formuler.

Le secret planant autour de la grossesse de la mère lui confère aussi un mystère, une gravité nouvelle. Tandis que les jours passent, elle est gagnée par une tristesse diffuse. Elle cherche à en préserver le fils, sourit dès que son regard se pose sur elle, affecte en sa compagnie une joie inhabituelle.

Tout cela n'atteint jamais l'enfant que de façon occulte, colorant d'une teinte tout juste perceptible les premiers temps de leur nouvelle vie dans la montagne, qui sont néanmoins pour lui ceux d'un apaisement, d'une insouciance inespérés, d'une découverte chaque jour renouvelée.

Trois soirs par semaine, elle fait frémir de l'eau dans une cocotte-minute placée sur le brûleur à gaz, la verse dans un seau et y ajoute l'équivalent d'une autre cocotte-minute d'eau froide. Elle mélange le contenu du seau avec une cuillère en bois à manche long, évalue la température de l'eau en y plongeant les doigts.

Elle monte prudemment l'escalier, son corps devance le balancement du seau qu'elle tient par l'anse de la main gauche, s'assurant de la droite sur les marches. L'eau paraît noire dans le contenant de plastique sombre – un seau de chantier –, elle oscille et clapote à chacun de ses mouvements, dessine sur les rebords un niveau toujours plus haut, menace de s'épancher.

Parvenue à hauteur suffisante, elle le hisse sur le palier de l'étage, parfois aidée par le fils s'il n'est pas déjà en train de se dévêtir dans la salle de bains logée sous la soupente. L'enfant attend, nu dans le bac de douche, claque des dents, sa peau très pâle parcourue par la chair de poule, jusqu'à ce que la mère puise l'eau dans le seau à l'aide d'un ancien gobelet de fer-blanc et la verse sur une épaule puis l'autre, la nuque et le torse, la tête enfin.

Elle s'assied près de lui à même le sol pendant qu'il se savonne et interrompt par moments ses bavardages de recommandations : « savonne derrière les oreilles », « sous les bras », « rince-toi, il te reste de la mousse dans les cheveux ».

La pièce étroite est bientôt saturée de vapeur d'eau et d'une douce odeur de savon. Ses ablutions terminées, la mère se relève pour verser sur sa tête l'eau restante au fond du seau. Il ferme les yeux, se bouche le nez et a la sensation d'être enveloppé par une caresse chaude avant que la mère ne le drape d'une serviette de bain rêche.

Après avoir posé les plaques de plâtre sur la soupente, le père s'attelle à réparer la toiture. Il demande au fils d'assurer l'échelle à deux pans qu'il déplie et dépose contre la façade. Le garçon le regarde s'élever au-dessus de lui, l'échelle ployant sous son poids, atteindre la toiture et disparaître de sa vue.

Il recule de quelques pas, le voit progresser sur le toit, parvenir à la bâche que les bourrasques ont malmenée et qui, déchirée par endroits, repose désormais piteusement sur les lauzes, plus bleue que le ciel, d'un bleu de lagon sale, aux plis et replis encrassés par ce que les pluies et les vents y ont déposé de terre, de pollen, de brindilles.

Le père tire vers lui la bâche qui claque dans l'air et tombe au sol près du fils dans un nuage de poussière. À genoux sur la pente, il inspecte les lauzes brisées ou disjointes, s'applique à les desceller une à une et à les déposer près de lui, met à nu les voliges sur lesquelles elles ont été cloutées et qui, exposées aux ruissellements, ont pourri par endroits. Le père y enfonce sans mal les premières phalanges, arrache des morceaux pulvérulents qu'il écrase entre ses doigts.

— Regarde-moi ce bordel, dit-il.

Il replace les lauzes, descend l'échelle sur le pied de laquelle le fils cherche à peser de tout son poids. Si elle venait à basculer en arrière ou sur le côté, il lui serait impossible de la contrebalancer. Il lui apparaît que le père ne lui a certainement pas demandé de l'assurer car il estime qu'il pourrait lui être d'un quelconque secours, mais pour l'occuper ou lui donner l'illusion de son utilité. Face au corps du père qui le surplombe, à sa silhouette sombre découpée sur le ciel clair, l'enfant se sent soudain petit, frêle, dérisoire.

Il s'écarte lorsque le père pose le pied au sol, fait un pas hors de l'ombre de l'ancienne grange et reste planté dans la lumière, le visage levé vers le toit, ébloui, yeux mi-clos et poings sur les hanches. L'homme et l'enfant se tiennent immobiles. Le père évalue les moyens de réparer le toit, le fils cherche à deviner les pensées du père et s'applique à reproduire les mimiques de sa perplexité.

— Il faudrait déposer la toiture pour voir l'ampleur des dégâts et changer une partie des voliges, dit le père.

Il se tait, essuie sur son poignet une goutte de sueur qui glisse le long de sa nuque.

Il ajoute :

— J'ai pas ce qu'il faut.

Il va chercher un épais rouleau d'adhésif noir, ramasse la bâche, monte à nouveau à l'échelle et entreprend de l'étendre sur la partie fragilisée du toit avant d'en scotcher les déchirures.

La mère sort de la maison, vient se placer près du fils pour l'observer à son tour. Lorsque le père redescend, il les regarde l'un et l'autre, étrangement penaud, comme si tous deux venaient de le prendre en flagrant délit.

— Ça tiendra le temps qu'il faudra, dit-il, sans que ni la mère ni le fils n'aient la moindre idée de la temporalité à laquelle il se réfère, des conditions qui la définissent, ni même des tenants et aboutissants de leur présence aux Roches.

Peut-être le père veut-il par là signifier que la bâche tiendra jusqu'à ce qu'il décide d'aller chercher le matériel nécessaire à la réfection du toit. Ou jusqu'à ce que le temps soit venu pour eux de regagner la ville à la fin de l'été. Ou encore, avant les pluies et les vents de l'automne et de l'hiver prochains, s'il décidait de revenir aux Roches pour y entreprendre les travaux. Ils l'ignorent, mais la mère, décontenancée par l'air de contrition du père – ou redoutant intuitivement la réponse qu'il lui donnerait si elle venait à l'interroger –, ne pose aucune question et se contente de hocher la tête.

Ils regardent tous trois le toit rafistolé, jusqu'à ce que le père allume une cigarette et s'éloigne dos voûté, jurant entre ses dents.

\*

Ils remontent l'unique allée de la fête foraine semi-déserte. Autour d'eux, les attractions sont pour la plupart encore couvertes de bâches ruisselantes de pluie, les enseignes de néons éteintes révélant leur agencement d'ampoules et de tubes poussiéreux. Quelques forains s'affairent ici et là à déployer les panneaux latéraux de stands de tir ou de machines à pinces.

Le père est à nouveau d'humeur taiseuse depuis qu'ils sont descendus de voiture. Il marche auprès du fils sans lui prêter de véritable attention, fume en regardant les stands d'un air absent, ébahi, comme s'il se demandait par quel hasard ou quelle suite logique d'événements il s'est retrouvé là en pleine matinée, au milieu d'une fête foraine, dans cette triste ville de province, et ce qu'il est supposé y faire.

Les forains dévisagent ces deux visiteurs surgis inopinément au milieu de la fête à une heure du jour où sa magie, que seules révèlent la nuit et les lumières artificielles, ne saurait opérer, à une heure où la fête foraine paraît extraordinairement triviale, contraire à son principe même – une certaine idée de l'enchantement, peut-être même de l'éternité –, un vulgaire agencement de tôles, de plastique, d'enseignes aux couleurs criardes, de baraques à churros empestant le carburant et l'huile à friture.

Un enfant brun en bas âge que des narines pleines de morve contraignent à respirer par la bouche, yeux vert d'eau, est installé sur les genoux d'une femme à la longue chevelure blanche, assise sur les marches de métal à l'arrière d'une remorque. Elle est vêtue d'une grande jupe dont l'enfant enroule le tissu autour de ses doigts et qu'il porte à sa bouche pour le mastiquer, l'imprégnant de salive. Tous deux considèrent avec insistance le père et le fils tandis qu'ils passent d'un pas lent, désaccordé, étrangers l'un à l'autre, existant et progressant chacun dans une réalité qui exclut leur présence respective, ne s'adressant pas un mot, pas un regard, à tel point qu'il est difficile de les croire liés d'une quelconque façon et qu'ils en deviennent suspects, sans que l'on sache précisément de quoi, mais suspects tout de même, d'avoir commis, de feindre ou de manigancer quelque chose.

Dans un manège abrité par un chapiteau rouge et jaune, des poneys déjà harnachés somnolent, éventant une odeur de sueur, de crottin, de cuir rompu. Le fils s'attarde à passer la main dans le toupet de l'un d'eux, robe baie claire, salières creuses, croupe osseuse. Son œil cilié renvoie le reflet convexe du garçon penché sur lui puis le ciel d'ardoise au-delà, et le garçon perçoit la totale hébétude, le renoncement de l'animal qui, encolure basse, repose son poids sur son antérieur gauche, dans l'attente indéfiniment répétée des petits cavaliers qui surgiront aux premières heures de l'après-midi.

Le père patiente derrière, mains dans les poches de son blouson, jusqu'à ce que le fils se lasse de caresser la rosse poussiéreuse. Ils continuent de remonter l'allée de la fête foraine, avec une indifférence réciproque. Le père marche d'une foulée ample et désabusée, le fils suit d'un pas plus lent, promenant le regard d'un manège à l'autre.

L'homme avise les autos tamponneuses encore

garées sur la piste de métal noir, leurs couleurs distinctes, leur carrosserie pailletée scintillant dans la pénombre, puis le toit bâché jaune et les rampes d'accès en tôle d'acier larmée. Il tourne vers le fils un visage radieux et lui enjoint par un geste de hâter le pas.

Le garçon patiente au pied de l'attraction tandis que le père s'entretient avec un homme occupé à brancher des câbles sur une borne d'alimentation électrique ; sa panse velue jaillit entre un jean élimé et un T-shirt Levi's pour retomber sur le haut de ses cuisses. Le fils devine qu'il s'agit du propriétaire des autos tamponneuses quand le père le désigne d'un mouvement de la tête. Il tire de ses poches quelques billets froissés que le forain considère un instant, acquiesçant à ses paroles sans quitter le fils du regard. Il saisit les billets, prend appui sur la borne d'alimentation pour se relever, ses mouvements entravés par sa bedaine, s'éloigne vers une petite cabine de tôle dorée d'où il resurgit un instant plus tard, une poignée de jetons à la main.

Le père lui tape l'épaule comme s'ils étaient désormais deux bons amis, ou avaient conclu un accord juteux, puis rejoint le fils, triomphant.

— Il ouvre pour nous !

L'attraction s'illumine tout entière, tirée de sa torpeur d'épave, l'armature de métal est parcourue d'un frisson, transfigurée par les lumières multicolores, et les haut-parleurs disposés aux quatre coins de la piste déversent un tube disco dont les basses traversent le fils de part en part, telle une déflagration qui fait vibrer ses os et battre son cœur à contretemps.

Le père saute d'un bond agile sur la rampe d'acier, ses pas claquent en un fracas de tôles et l'enfant monte après lui, s'aidant des quelques marches hautes d'un escalier fait du même métal terne. Ils s'installent dans l'une des autos choisie par le fils pour son carénage bleu sombre, le père assis au volant, lui à sa droite sur le siège en mousse polyuréthane noire.

Le père insère le premier jeton et l'auto glisse sur la piste parcourue par les lumières stroboscopiques qui colorent leurs visages d'éclats rouges, bleus et jaunes. Bientôt le fils est gagné par le vertige, la fête foraine autour d'eux se fond en un arrière-plan de lignes fuyantes, d'éclats de couleurs indistincts.

La musique tonitruante continue de battre à ses tympans et sous sa peau. Il se tient fermement à la carrosserie de l'auto, le bras du père touche son bras et lorsqu'il donne un coup de volant, son poids bascule sur lui. Il sent l'odeur de cuir et de cigarette de son blouson, son haleine rendue âcre par le tabac lorsqu'il rit ou s'exclame. La présence physique du père, la densité de son corps près de lui, la certitude de son existence, de son retour, ne lui semblent plus si obscures et menaçantes.

Quelque chose cède en lui, une réserve, une crainte, qui le pousse à s'abandonner aux mouvements de l'auto, à rechercher furtivement le contact du père, de son bras sous l'épaisseur du blouson, en une infime, hésitante et maladroite tentative de lui signifier son affection – ou ce qu'il conçoit être l'affection attendue d'un fils pour son père, d'un enfant à l'endroit de l'homme, de l'étranger qu'on lui a brusquement désigné comme étant son père.

Il voudrait partager un peu de sa joie et emprunte à la tendresse qu'il témoigne d'ordinaire à la mère, la transpose à l'égard du père, avec la prescience de cet empêchement, de cette gêne qui président de tout temps aux manifestations des sentiments entre les hommes, entre les pères et leurs fils.

Et lorsque l'homme passe son bras au-dessus des épaules du garçon, derrière le repose-tête, ne dirigeant plus l'auto que d'une main souple et experte, il semble au fils être parvenu à conquérir un peu de sa considération, peut-être même de sa sollicitude, que le père qui, quelques instants plus tôt, représentait encore pour lui un bloc ésotérique, hostile, s'ouvre à lui, ou lui signifie par ce geste enveloppant qu'il le reconnaît et lui laisse entrevoir l'accès à cette part secrète qu'est son cœur solidement muré, inatteignable, mais aussi qu'il le protège désormais.

Il en éprouve une bouffée d'orgueil ; toute chose est soudain à sa place en ce monde dont le centre et le point d'équilibre seraient précisément l'auto tamponneuse au carénage bleu nuit scintillant au cœur de la fête foraine désertée, dans le petit matin gris, assourdi par le tremblement des haut-parleurs.

Rien ne lui paraît plus enviable que d'être lui et d'être là, sous les auspices du père.

\*

Le printemps survient, affûté comme une lame.

Un matin, ils découvrent la montagne embrasée par une lumière vibrante. L'air sent la terre poisseuse, le trèfle et les herbes lourdes de suc. Les pierres miroitent sous le soleil blanc, enchâssé dans un ciel d'un bleu très pur que l'astre dissout autour de lui.

Partout s'élèvent des chants d'oiseaux, des chants d'insectes, le crissement des bêtes invisibles retranchées dans ce qu'il reste d'ombre, au creux des racines, au revers des feuilles persistantes, à l'entrée du dédale de terriers patiemment creusés ou âprement conquis, que dissimule au regard une tige ployée.

Propulsée aux branches des arbres, la sève fait éclore par myriades les bourgeons dont les écailles chutent, infimes, silencieuses, révèlent la chair glauque des feuilles qui se déploient et constellent les ramures d'un vert intense.

La forêt, hostile et nue la veille encore, se pare de courbes vaporeuses, d'ombres pommelées qui la font paraître moins redoutable. Sur l'étendue des prairies, les fleurs s'ouvrent, avec leur multitude de nuances, de corolles ouvertes ; les insectes butineurs vrombissent furieusement de l'une à l'autre, ivres de nectar. Le vent souffle dans les rameaux des pins, soulève des nuées de pollen jaune qui emplissent le ciel et déferlent par bourrasques.

Dans le secret de souches pourrissantes, des nymphes préparent leur transformation ; partout se lève l'armée des êtres minuscules – foules grouillantes, rampantes, industrieuses – affairés à cette mystérieuse entreprise qui les accapare jour et nuit.

Comme les environs lui deviennent familiers, le fils s'aventure de plus en plus loin. Il ne redoute plus la menace de l'ours. Il ne sent plus peser sur lui de la même façon l'œil profond de la forêt. La montagne paraît avoir accepté sa présence et le contempler désormais avec une attention placide.

Lorsqu'il traverse les prairies, des oiseaux perchés aux tiges des graminées qu'ils picorent s'envolent par dizaines, effrayés sur son passage. Il ouvre au gré de ses allées et venues des sentiers dans les herbes, aménage un dédale connu de lui seul.

S'enfonçant dans le sous-bois, il découvre sur un dévers un vieux noyer à demi mort, aux racines épaisses, entre lesquelles un renfoncement, peut-être déblayé par un animal ou un affaissement du terrain, forme une niche obscure. Après l'avoir longuement examiné, tiraillé entre sa curiosité et la crainte de s'y trouver coincé, le garçon parvient à s'y glisser.

Les genoux ramenés à sa poitrine, son crâne

reposé sur la courbe polie d'une racine, il contemple la voûte que soutient la souche de l'arbre, les parois de terre ocre où affleurent des pierres lustrées. Il y somnole dans un parfum d'argile et de bois mort, plein de la sensation d'être protégé par l'arbre, de ne faire qu'un avec lui.

Au fil de ses explorations, il établit une cartographie mentale des lieux. À près d'une demi-heure de marche de la maison en direction de la vallée, il visite la ruine d'une bergerie où loge sous la toiture affaissée une colonie de barbastelles qui prennent leur envol frissonnant dans le rougeoiement du crépuscule. Il trouve aussi, engloutie par les ronces, l'entrée d'une ancienne mine d'extraction de fer devant laquelle il reste pétrifié, scrutant la noirceur du trou duquel s'échappe un air poisseux et froid. Il y lance une pierre mais la mine ne lui renvoie aucun écho.

Au soir, le père lui raconte l'histoire de la Came cruse, un croque-mitaine qui rôde la nuit, emporte et dévore les enfants et les imprudents qui s'attardent dans la montagne après le coucher du soleil. Il décrit une jambe seule, arrachée il y a longtemps au corps d'un mort, et pourvue d'un œil à l'endroit du genou. Peut-être, dit le père, est-ce là qu'elle loge, dans les profondeurs insondables de l'ancienne mine, au milieu des ossements de ceux qu'elle est déjà parvenue à y entraîner.

Comment peut-elle se nourrir, demande l'enfant, si ce n'est qu'une jambe dotée d'un œil unique ?

Le père hausse les épaules, répond qu'elle doit bien trouver un moyen, cacher quelque part une bouche et des dents, gober les enfants comme un serpent avale sa proie, et le fils frissonne d'épouvante car l'existence de la Came cruse attendant la nuit au fond de la mine lui semble étrangement plus probable que celle de l'ours contre lequel le père l'a mis en garde. Dès lors, il évite avec soin le chemin de la mine et regagne la maison sitôt que le soleil décline derrière la ligne obscure des arbres.

Plus loin vers l'ouest, en remontant vers les crêtes, sur des pentes herbeuses, il découvre la présence d'un troupeau de Mérens trapus à la robe moirée.

Un vieil érable sycomore aux branches couvertes de lichen les abrite : la terre au pied y est tassée, le tronc de l'arbre dépouillé de son écorce. Sans doute ces chevaux ont-ils autrefois appartenu à l'Homme, mais ils semblent être retournés à l'état sauvage. Des nœuds alourdissent leurs crinières, leurs sabots, s'ils l'ont jamais été, ne sont plus ferrés et la corne en est par endroits fendue. L'un d'eux a perdu un œil. De sa paupière close aux longs cils bruns s'écoule sur sa joue une larme à laquelle viennent s'abreuver les essaims de mouches.

Parmi eux, une jument allaite un poulain au

duvet clair, encore fragile sur ses jambes. Lorsqu'il voit l'enfant pour la première fois, l'étalon borgne hennit et le troupeau s'éloigne d'un trot soutenu à l'extrême opposé de la prairie. Le garçon s'avance jusqu'à l'ombre dorée du sycomore, dans l'odeur suave des chevaux, du sol jonché de crottin et des bouquets de lichen chauffés par le soleil. Il passe sa main sur le tronc, les courbes du bois dénudé par les dents, les frottements appliqués du troupeau.

Malgré l'excitation de sa découverte, poussé par une indéfinissable appréhension, il se garde de parler des chevaux au père ou à la mère. Mais il y revient souvent, sensiblement à la même heure et, peu à peu, ils s'habituent à sa présence, ne le fuient plus que mollement, sans conviction, se tiennent à distance et guettent ses mouvements.

Le poulain s'avance, frémissant, prêt à bondir loin de lui. Il peut bientôt poser sa main sur son chanfrein, ses naseaux, sentir son souffle humide et chaud dans le creux de sa paume.

Il passe de longues heures près du troupeau, adossé au tronc du sycomore, étrille les flancs avec une brosse de balai apportée des Roches et les robes et les crins débarrassés luisent à nouveau aux dernières minutes du jour, quand le soleil englouti par la ligne des crêtes laisse dévaler sur l'adret un dernier faisceau de lumière.

Il les nomme et leur parle de cette voix universelle, celle des enfants s'adressant aux bêtes. Il leur raconte la vie aux Roches, auprès du père et de la mère, les excursions dans la montagne, les parcours secrets et les cachettes, l'ombre tapie de la Came cruse, l'ours qui rôde.

Les chevaux l'écoutent, conciliants, jusqu'à ce qu'il se lasse de leur silence ou n'ait plus rien à leur dire et qu'il s'éloigne, les rendant à cette vie secrète qui est la leur, loin du regard des hommes, rythmée par les jours et les nuits de la montagne.

La mère l'accompagne souvent pour une longue promenade, au gré des déambulations de l'enfant qu'elle suit sans jamais s'impatienter. Elle accepte les détours, les arrêts durant lesquels il contemple la toile orbiculaire d'une argiope à l'abdomen strié, ou joue avec un orvet semblable à un bronze lustré à la lumière du soleil, lové dans la paume de sa main.

Ensemble ils construisent une cabane, passent des heures à enchevêtrer des branches dans le sous-bois, à calfeutrer par des feuillages le moindre interstice. Ils s'y étendent et parlent, suivent du regard les taches de lumière qui pommellent les feuilles, leurs visages, leurs mains et leurs bras nus.

— Est-ce que tu es heureux, ici ? demande un jour la mère à brûle-pourpoint tandis qu'ils reposent sur le creux de terre fraîche que le fils a patiemment épousseté pour délimiter le territoire de la cabane.

N'ayant aucune idée précise sur la nature du bonheur, il opine et voit passer sur le visage de la mère l'expression d'une vague désillusion, comme si elle avait secrètement espéré une autre réponse. Ou peut-être n'est-ce qu'une légère variation de lumière, car elle dit « tout va bien, alors », se penche sur lui et dépose un baiser sur chacune de ses paupières closes.

C'est avec elle aussi qu'il découvre l'origine du grondement au cœur de la forêt, qu'il a d'abord pris pour la voix de la montagne.

Suivant le lit rocailleux d'un ancien cours d'eau bordé de fougères ombreuses, ils parviennent à un chenal au creux duquel écume un torrent bordé de pieds de rhubarbe des moines. De gros rocs recouverts de mousses retiennent l'eau vive et noire à l'ombre des arbres tandis qu'elle dévale sa pente, tantôt contenue par un engorgement pierreux, tantôt déversant sa course bouillonnante dans des terrasses et des cuves où elle s'attarde, apaisée, translucide, foisonnante d'éclats de lumière et de morceaux de ciel.

Le fils abandonne ses vêtements à la fourche d'une branche, s'avance en slip sur les rochers, bras tendus en équilibre tandis que la mère se déshabille à son tour. Elle le badigeonne de crème solaire, ils entrent dans l'eau avec la même prudence et rient de la morsure du froid à leurs chevilles. Ils se tiennent par la main à mesure qu'ils s'enfoncent dans l'onde, prenant garde à poser les pieds sur le plat de galets moussus.

Le jour morcelé par les branches des arbres et

réfracté par le frémissement du courant éclabousse la peau blanche de la mère, l'ovale plein de son ventre, l'engorgement de ses seins aux larges aréoles sombres. Sous le coton mouillé de sa culotte, à mesure qu'ils s'enfoncent dans l'eau, le fils devine la toison noire, le renflement du sexe.

Jamais elle n'a devant lui de pudeur inutile. Elle considère le corps de l'enfant comme le prolongement naturel du sien, prend indifféremment le bain en sa présence, rince son entrecuisse au bidet dans lequel elle laisse parfois tremper pour la nuit, dans une eau savonneuse et bientôt rose, ses dessous tachés de sang. Elle urine porte des toilettes ouverte avant de s'essuyer avec deux carrés de papier prestement repliés l'un sur l'autre, sans cesser de babiller avec le fils, chacun de ces gestes accompli avec une insouciance égale, contrevenant aux principes jamais énoncés de l'éducation reçue de sa propre mère selon lesquels le corps ne saurait qu'être contraint, privé, honteusement dissimulé au regard, dépouillé de toute sensualité – la chair revêche de sa génitrice toujours enserrée dans des jupes strictes ne remontant jamais au-dessus du genou, des chemisiers boutonnés au col et aux poignets, les jambes prises dans la toile opaque d'invariables bas beiges, si bien qu'elle ressemble à une bourgeoise de province dont la fortune familiale aurait été dilapidée, n'ayant reçu pour seul héritage qu'une garde-robe austère et désuète ou, de façon anachronique, à une intendante, à une institutrice sévère des années d'après-guerre.

Tout, dans le corps de la mère, est entré en résistance contre celui de l'aïeule : ses formes pleines, sa peau souple, ses cheveux teints au henné qu'elle ne coiffe pas et laisse sécher à l'air libre après le bain, son odeur même. Elle porte depuis l'adolescence ce parfum capiteux aux notes de vanille et de patchouli qui subsiste sur ses vêtements, ses oreillers, et se mêle à celui de ses cigarettes.

Elle s'habille indifféremment de vieux pantalons de jogging et de pulls trop larges puis, l'été venu, de débardeurs échancrés, de robes et de tuniques de coton qu'elle porte seins nus. Il semble la plupart du temps qu'elle n'accorde pas de véritable attention à son apparence, ou qu'elle soit consciente du charme qui est naturellement le sien : sa joie, sa nonchalance orageuse, ses sursauts de mélancolie qui la rendent brusquement ténébreuse, dévoilant les courants profonds de son âme.

Puis elle s'affaire soudain à maquiller ses yeux, à peindre ses ongles, à passer en revue les vêtements rangés dans l'armoire, les cartons. Elle contemple son reflet dans le miroir en pied de sa chambre, tâte le galbe de ses fesses, de ses bras, soupèse sa poitrine. Elle veut savoir si le fils la trouve belle, s'il l'épouserait. Elle lui demande comme elle le fait avec son jeu de tarot s'il pense qu'elle rencontrera bientôt quelqu'un pour l'aimer et qu'elle aimera en retour.

Et lorsque l'enfant hoche la tête, occupé à passer à ses poignets et à ses doigts les bracelets, les bagues qu'elle a répandus sur le plateau en bois laqué d'une coiffeuse, elle lui lance un grand sourire, minaude, esquisse un défilé de quelques pas sur la moquette exténuée de la chambre, s'arrête et devient brusquement silencieuse.

Elle retire les boucles qu'elle a mises à ses oreilles, range ses breloques dans la petite boîte à bijoux, se laisse tomber sur le dessus-de-lit, et allume une cigarette :

— Oh, et puis, je m'en fous, dit-elle en soufflant la première bouffée au plafond, c'est toi, mon homme.

Elle se baisse en frissonnant dans le courant qui encercle sa poitrine et lui coupe le souffle. Son reflet vibre à la surface de l'eau. Leurs mains et leurs pieds s'engourdissent. Ils s'installent sur les rochers, dans un pan de jour. Ils ne parlent pas. À l'endroit où ils se trouvent, il leur faudrait hausser la voix pour couvrir le grondement du torrent. Les feuillages immobiles s'étagent au-dessus d'eux en dégradé de vert et fourmillent d'oiseaux fébriles.

La mère est étendue sur le dos, un bras ramené derrière sa tête, une main sur le ventre. Elle tourne le visage vers le garçon qui empile des pierres pour élever un barrage à un endroit calme du cours d'eau.

Elle le surveille comme une louve son louveteau, nonchalante, sans crainte. L'onde se heurte paisiblement à l'obstacle assemblé par le fils, s'ourle, ruisselle entre ses jambes et dévie sa course. Une clarté oblique illumine les troncs noueux, les strates mouvantes des feuillages. L'air sent la pierre moite, la décomposition du sous-bois, l'écorce tiède.

Le ciel se couvre au-delà des cimes, une ombre s'étend sur le torrent et les lèvres du fils bleuissent. La mère lui frictionne vivement les bras et le dos pour le réchauffer avant qu'ils ne se rhabillent. L'enfant peine à enfiler son T-shirt au col trop étroit et elle doit lui venir en aide en tirant sur le vêtement qui laisse ses oreilles rougies, une marque de couture sur son front.

— Tu grandis trop vite, dit-elle. Est-ce que tu ne pourrais pas attendre un peu ? Tu n'as pas besoin de te dépêcher comme ça.

L'eau qui perlait encore sur la peau du garçon assombrit par endroits le coton du T-shirt. Ils prennent le chemin du retour. À mesure qu'ils avancent sous la voûte bleue des pins, le visage de la mère se ferme et elle semble à nouveau en proie à une humeur maussade. Au-dessus d'eux, quand ils quittent le bois, le ciel est traversé de nuages charbonneux et bas. La prairie irradie de chaleur.

Le fils tend une main vers la main de la mère. Il saisit dans sa paume le bout de ses doigts, mais elle ne paraît pas s'en rendre compte.

Le père délimite un espace d'une centaine de mètres carrés, orienté au sud, à proximité de la maison, qu'il entend transformer en potager. Accroupi, il étend sur le sol de l'appentis, sous les yeux du fils, des sachets de graines de tomates, courges, concombres, poivrons, mais aussi d'estragon, de livèche, d'origan ; tout ce qui, explique-t-il à l'enfant, est susceptible de pousser à cette altitude dans une terre acide et pauvre, et de leur fournir en abondance, une fois l'été venu, une nourriture fraîche dont ils pourront faire provision.

Au premier coup, le tranchant de sa bêche heurte un bloc de granit solidement enfoui. Il repousse du bout du pied le morceau de terre soulevé, met à nu un pan de pierre grise qu'il regarde durant de longues secondes avant de s'en retourner vers l'appentis.

Lorsqu'il revient, le manche d'une pioche repose sur son épaule. Il se place à l'endroit exact où il se trouvait quelques instants plus tôt, lève l'outil au-dessus de sa tête et l'abat de toutes ses forces, disloquant le bloc de granit. Il se penche, saisit un éclat qu'il soupèse dans la paume d'une main et jette sur le côté.

Dès lors, il pioche sans répit, retourne à grand-peine le sol avare, récalcitrant. À chaque coup ou presque, il lui faut se baisser, arracher un morceau de roche. Il le balance rageusement et un empilement commence de se former, duquel les pierres dégringolent, gluantes de cette glaise qui ne tarde pas à maculer ses mains, ses avant-bras et les jambes de son pantalon.

Il retire son T-shirt détrempé, le noue autour de son crâne, dévoilant au regard du fils son torse pâle. Ses tendons, ses muscles et ses os saillants se meuvent sous sa peau. Le dos et les flancs striés de sueur, il ressemble à une bête de somme accablée de soleil. Une toison sombre jaillit du pantalon ceignant sa taille et remonte en ligne étroite sur son ventre, vers le creux du nombril, le renflement de l'ombilic sous un repli de peau.

Il apparaît à l'enfant que le père a un jour été lié au corps d'une femme dont le garçon ignore tout, qu'il a probablement reposé entre ses bras – alors vulnérable, inoffensif –, qu'il s'est nourri à son sein, et que rien ne laissait présager l'avènement de ce corps laborieux, abattu avec une fureur soudaine sur ce pan caillouteux de montagne.

Le fils remarque aussi sur le flanc gauche du père une cicatrice qui parcourt la peau sur une vingtaine de centimètres, remonte en biais vers l'omoplate, comme si l'homme avait été touché par une lame et que celle-ci, ricochant sur l'os, avait dévié de sa course. L'épiderme à cet endroit est lisse d'aspect, semblable à la peau d'un nouveau-né ou à celle d'un grand brûlé.

Fasciné, le garçon ne peut longtemps s'en détourner, et lorsque le père s'interrompt pour passer le revers d'une main sur son front et allumer une cigarette, il surprend le regard de l'enfant sur la balafre mais ne dit rien.

Il paraît s'être mis en tête d'en découdre avec ce lopin de terre dont la résistance lui serait un affront, d'en extraire coûte que coûte tout ce qui ferait obstacle à son projet, ou de défouler à chaque coup de pioche une colère aveugle, aux raisons mystérieuses à l'enfant.

La mère lui apporte de l'eau. Le père saisit la bouteille, boit avidement, se rince le visage en versant l'eau dans le creux de sa main. Des gouttes restent prises à ses cils, aux poils drus de sa barbe. Un vaisseau sanguin s'est rompu dans son œil gauche et borde sa pupille d'un éclat rouge, mais il ne s'en aperçoit pas et retourne piocher, face et torse ruisselants.

La mère et le fils se tiennent à distance, elle méfiante et désemparée, lui accroupi, occupé à triturer le sol à l'aide d'un bâton mais levant sans cesse les yeux vers le père de la même manière qu'il surveillerait un animal imprévisible. La mère demande à l'enfant de se tenir à l'ombre. Elle finit par regagner la maison, marque un temps d'arrêt et se tourne vers eux puis disparaît à l'angle du bâtiment.

Le jour passe, étire l'ombre du tas de pierres qui s'élève chaque heure un peu plus. Le soleil brûle le dos, les bras, la poitrine nus du père, mais lorsque le fils s'aventure à vouloir lui prêter main-forte et s'empare de la bêche, l'homme lui fait signe de s'écarter d'un geste sec, désignant le périmètre du morceau de terre.

Le soir venu, sous un ciel crépusculaire, béant comme une plaie, il continue de bêcher, front et pupilles baignés par la lumière rougeoyante et, plus tard encore, quand la voûte céleste se constelle, que la forêt repose dans la pénombre bleue, le père tire une rallonge depuis l'appentis, branche un projecteur de chantier qui jette sur l'emplacement du potager un faisceau blanc et cru dévorant la nuit, et continue de piocher.

La mère et le fils dînent seuls. Elle touche à peine à son plat, ronge l'ongle de son pouce en regardant son fils manger, de cet air soucieux qui plisse l'espace entre ses sourcils.

Après avoir couché l'enfant, elle porte une assiette au père.

— Tu devrais manger quelque chose, dit-elle. Tu ne veux pas t'arrêter et reprendre demain ?

— Non, répond-il entre ses dents.

Elle observe le père, sa silhouette auréolée par des nuées d'insectes voletant en tous sens, débraillée, décharnée dans la lumière halogène qui creuse les sillons de ses côtes, les salières de ses clavicules, ses orbites profondes.

Son ombre s'étend démesurément, donne à voir de lui cette vision aux membres disproportionnés, un double maléfique qui se déverserait de lui et le talonnerait, imitant ses gestes, chaque coup d'outil, chaque lancer de caillou, d'une façon outrée, terrifiante.

La mère frissonne, étreinte par la fraîcheur de la nuit, dépose l'assiette sur le plat d'une pierre et rejoint la maison d'un pas pressé.

Elle reste longtemps éveillée dans le lit, l'oreille tendue vers le bourdonnement du groupe électrogène qui lui parvient depuis la porte entrouverte de l'appentis. Lorsqu'elle finit par s'endormir, elle sombre dans un sommeil intranquille, peuplé de formes hostiles.

Aux premières heures du lendemain, le père entre dans la chambre.

Il se déshabille, appuyé d'une main sur le mur, et s'effondre près d'elle. Il empeste la sueur, la terre, l'épuisement. Allongée sur le côté, elle regarde son profil inerte, les premières rides encrassées qui barrent son front et le coin de ses yeux, le mouvement des globes oculaires sous les paupières closes, le souffle aux expirations de plus en plus profondes. Des cloques sont apparues dans le creux de ses mains et suintent sur le gras terreux de ses paumes.

Elle attend qu'il se soit endormi pour se lever, ramasse les vêtements sales, abandonnés au sol, et quitte la chambre à pas de loup.

Lorsqu'elle sort de la maison, la montagne fertile et noire repose encore dans l'aube détrempée de rosée que vrillent les chants d'oiseaux. L'air colle à sa peau comme une langue humide. Elle marche jusqu'à l'emplacement du potager. Les herbes mouillent ses chevilles nues. Elle contemple la terre scarifiée, l'imposant tas de pierres élevé comme un cairn sinistre. Quelque chose monte en elle pour la submerger, le sentiment d'un destin en train de se nouer malgré elle et dont elle ne saurait infléchir la course.

Au-dessus d'elle, dans le ciel maintenant pâle,

un faucon pèlerin lance un cri que la montagne lui renvoie.

*

Après avoir utilisé tous leurs jetons, ils quittent les autos tamponneuses et remontent en sens inverse l'unique allée de la fête foraine rincée par une nouvelle averse dont ils n'ont rien perçu depuis le tournoiement vertigineux du manège.

La vieille aux longs cheveux blancs et l'enfant au nez plein de morve ont disparu. Les hommes ont fini de déployer les remorques et quelques visiteurs errent maintenant à leur tour d'une attraction à l'autre, par dépit ou par curiosité.

Le père achète des churros. Ils s'asseyent sur la margelle bordant une plate-bande pauvrement plantée. Le fils tient entre ses mains le cône de carton maculé d'huile dans lequel reposent les beignets encore fumants. Le père allume une cigarette, regarde l'enfant saisir du bout des doigts un premier churro qui barbouille ses lèvres et son menton de sucre.

— Pendant tout ce temps où j'étais pas là, elle a fait comment? demande-t-il de but en blanc. Elle a bien dû avoir quelqu'un pour l'aider de temps à autre, non, avec la maison, tout ça? Pour lui tenir compagnie?

Le fils lance un regard au père avant de sembler se perdre dans la contemplation du cône de carton, de la pâte dorée et luisante des churros, du scintillement des cristaux de sucre.

— Allons, insiste le père. Tu peux me le dire. Je la connais, ta mère. Je la connais même mieux que personne. Elle est pas vraiment du genre à rester seule aussi longtemps. Pas du genre à attendre si longtemps.

Il tire sur sa cigarette, forme un cercle blanc qui s'élève devant eux et disparaît dans l'air gris, expire la masse informe de la fumée encore contenue dans ses poumons. Un petit tas de cendres tombe sur la toile de son jean, il le chasse d'un geste distrait, négligent, étrangement féminin, du dos des dernières phalanges de ses doigts.

— Elle a bien dû avoir d'autres hommes, non ? Dis-moi qui tu as déjà vu lui rendre visite.

Le fils récolte un peu de sucre à l'extrémité de son index, le porte à sa bouche. Du bout de sa langue, il éprouve la solidité granuleuse et sitôt dissoute des cristaux, la saveur de l'huile de friture qui emplit sa bouche de salive. Il se contorsionne sur place, s'apprête à saisir un autre beignet dans le cône de carton blanc quand la main du père vient se poser sur son poignet pour retenir son geste, avec ses longs doigts aux cartilages saillants, sa paume froide et sèche.

— L'oncle Tony, dit le fils dès qu'il l'effleure, d'une voix qu'il aurait voulue désinvolte, moins empressée, atone, mais qui jaillit de ses lèvres en un souffle, avec la ferveur sèche d'un aveu.

Bien qu'il n'ait aucune idée de la réponse attendue par le père, ni la conscience de lui livrer un secret qui puisse nuire à la mère, il ressent, à l'instant où sa langue touche son palais pour former le nom de l'oncle Tony, la conviction confuse et pourtant lancinante de l'avoir trahie.

L'oncle Tony n'est pas l'oncle de l'enfant.
Il ne lui est lié par aucun lien du sang. L'oncle Tony est l'un des hommes figurant sur la photo de la partie de chasse conservée par la mère dans une boîte à chaussures, dans la profondeur secrète et odorante d'un tiroir de la commode de la chambre laissée vacante, à l'étage de la petite maison ouvrière.

C'est celui qui, cheveux et barbe blonds, yeux clairs, torse bombé, aveuglé par la fumée de sa cigarette, passe un bras autour des épaules du père et dont le père saisit le poignet de sa main gauche, de la même façon qu'il tenait le poignet du fils un instant plus tôt – mais ici sans intention de contraindre l'homme, de lui enjoindre quoi que ce soit, le retenant simplement d'une étreinte souple, bienveillante, affectueuse –, leurs poings liés reposant sur sa poitrine à l'endroit de son cœur, de sorte que l'on comprend à la simple vue de la photographie qu'une complicité particulière les unit.

D'aussi loin qu'il se souvienne, l'enfant l'a dénommé oncle Tony. D'aussi loin aussi que remonte sa mémoire, l'oncle Tony a existé dans sa vie et dans celle de la mère, surgissant par périodes, s'éloignant à d'autres, jamais aussi longuement que le père, jamais de façon que l'un d'eux ait pu croire à un départ définitif, mais toujours présent de loin en loin, croisé au détour d'une rue du centre-ville, trouvé dans la cuisine en compagnie de la mère, au retour de l'école, installé à la table de la pièce enfumée malgré la hotte bourdonnant à pleine puissance, une boîte à outils posée sur l'assise d'une chaise, les cendriers pleins devant eux attestant des heures passées à parler – de quoi, l'enfant l'ignore –, et ce regard que tous deux posent sur lui quand il se tient dans l'encadrement de la porte, son cartable à l'épaule, la mère ramenée à une réalité de laquelle elle serait parvenue à s'échapper l'espace d'un instant, tirée d'un songe dont elle émergerait en s'ébrouant, un peu honteuse, s'animant brusquement, débarrassant la table des cendriers, des tasses de café qui s'y sont amoncelés, et son regard à lui, Tony, délavé, deux trous d'eau claire bordés de cernes sombres, son visage anguleux, toujours blême, rongé par une infinie tristesse ou un éternel regret aux raisons imprononçables et qu'aurait ravivés la seule vision du garçon.

L'oncle Tony, dit un jour la mère, en l'une de ces rares occasions qui la voient confier au fils les souvenirs qu'elle garde de lui, était l'un des plus vieux amis du père.

Elle lui raconte qu'ils étaient inséparables, toujours prêts aux quatre cents coups, allant bras dessus, bras dessous comme larrons en foire (elle dit : comme cul et chemise), le blond à la peau diaphane – une veine saillant à chacune de ses tempes –, avare de ses mots, lèvres vives et charnues, enfouies sous la broussaille claire de sa barbe, regard perçant, prompt à vous sonder le fond de l'âme, et le brun tempétueux, hirsute, indomptable, toujours prêt à donner du poing à la sortie des bars et à cracher son propre sang.

Le père semblait être descendu de la montagne avec la seule perspective d'en découdre avec la ville et il avait trouvé – ou cru trouver – en Tony un alter ego, un double en négatif, du moins un compagnon de beuveries, de bals de village battant dans la nuit comme un cœur secret, de règlements de comptes à la lueur sale de lampadaires ou d'aubes avinées, de courses au volant de 405 GTI, de Polo G40 (parfois d'Audi Quattro ou de Toyota MR2 volées) sur les routes en lacets des cols de montagne, phares jetant leur lumière crue tantôt sur des falaises abruptes, tantôt sur des blocs d'obscurité vertigineux.

La mère dit que ce qu'il voulait, c'était vivre dangereusement, qu'il n'avait de cesse de tenter le diable. C'était l'idée qu'il se faisait de la liberté, de son affranchissement, et c'était peut-être avec la vie, tout compte fait, qu'il voulait en découdre – la ville n'ayant jamais été que le décor de sa revanche puis de ses dommages collatéraux –, pour rattraper le temps qu'il estimait avoir perdu là-haut, sous l'autorité inflexible, annihilante de son géniteur.

Elle dit aussi que le père n'était pas du genre à se laisser rouler, qu'il valait mieux y réfléchir à deux fois avant de s'y frotter. Il lui semblait entier, brûlant d'un feu inassouvi. Il jouait sans cesse avec les limites. Il trempait dans des choses pas toujours claires qu'il appelait ses « affaires » et dont elle n'a jamais vraiment connu les détails.

Elle lui disait bien qu'il finirait par s'attirer des ennuis, mais il lui riait au nez, par orgueil ou par bravade.

Elle dit :

— J'ai pris sa colère, sa violence et son avidité pour de la passion. Je me suis trompée.

Si le fils entend la voix de la mère, si la voix de la mère forme à son esprit des images, invoque des voitures crevant la nuit, des silhouettes intrépides, il ne comprend pas précisément ce dont elle lui parle – c'est en réalité à elle-même qu'elle s'adresse, plus qu'à l'enfant, peut-être pour voir si les mots une fois prononcés ont une saveur particulière, peuvent arrêter la marche du monde ou conjurer les fantômes du passé –, et il oublie pourtant ces fois où, de loin en loin, elle s'est confiée en sa présence, lui a livré des anecdotes, des détails de leur jeunesse et de leur vie commune qui lui auraient permis, s'il les avait retenus, de se figurer le père, de renforcer l'esquisse fragile de son souvenir, de superposer aux deux photographies de la commode une autre mémoire, même fabriquée elle aussi de toutes pièces.

À moins que les paroles de la mère ne se soient élevées dans l'espace d'une chambre et, après être restées en suspens un instant au-dessus d'eux, ne l'aient atteint tandis qu'il était occupé à jouer sur le tapis automobile ou à contempler les breloques entremêlées dans la boîte à bijoux. Peut-être ont-elles coulé au fond de lui pour s'y sédimenter, de sorte que, même en ne se souvenant pas, il se souvienne quand même, mais des tréfonds d'une mémoire primordiale, inexprimable.

Il oublie et, ce qui lui reste, c'est la certitude que l'oncle Tony a connu le père, qu'il lui a même été étroitement lié – bien que le fils eût été incapable de définir la nature de ce lien si la question lui avait été posée.

De cette proximité antérieure, de cette mystérieuse complicité, il conçoit une fascination, un respect presque sacré dont il auréole l'oncle Tony comme s'il était revenu de périples lointains et exotiques, avait survécu à une guerre ou accompli quelque exploit.

Le trou noir créé dans la vie de l'enfant par l'absence du père – par le non-dit régnant sur cette absence – étend sur l'oncle Tony un peu de son emprise, de son magnétisme, de sa force d'attraction, et il semble au garçon qu'il puisse subsister en lui, par rémanence, quelque chose du père.

Chaque fois qu'il le rencontre, le fils étudie son attitude, ses postures, sa façon de se tenir dans la cuisine ou le salon avec cette nervosité perceptible. Il paraît ne jamais se sentir tout à fait à sa place, ne pas savoir quoi faire de son corps, tape du pied sans relâche, glisse ses mains dans ses poches pour en fouiller le fond, fait tournoyer une cigarette entre son index et son majeur, et l'enfant se demande lesquels de ces gestes il emprunte au père.

La mère aussi, lors des visites de l'oncle Tony, est à l'affût ; non pas de ce qu'elle retrouverait du père à travers lui, mais de son irruption dans le quotidien réglé, consacré, presque liturgique qu'elle partage avec l'enfant, des modifications infimes que sa seule présence – son corps et son odeur mâles, son silence rétif – impose à l'atmosphère de la maison, écrin pétri de parfums domestiques et d'intentions maternelles. L'absence du père laisse planer sur eux, sinon une lointaine menace, du moins un avertissement, trace entre eux une ligne imaginaire qui tient lieu de barrière, de garde-fou, se meut avec eux, s'interpose et les empêche, donnant à chacun de leurs gestes, à chacun de leurs mots, une signification plus grave.

Le père attarde sa main sur le poignet du fils. Quand il le lâche, le garçon s'empresse de mordre dans la pâte étoilée, dorée et gorgée d'huile d'un des churros, à défaut de pouvoir ravaler ses propres mots.

Le père passe la langue sur l'angle brisé de sa dent, détourne le regard pour fixer un point face à lui et porte machinalement une nouvelle cigarette à ses lèvres.

— L'oncle Tony, répète-t-il à mi-voix, non pas à l'adresse du fils, auquel il demanderait de confirmer ce qu'il vient d'entendre, mais à lui-même et sans surprise.

Un constat maussade, désabusé, peut-être même attendu, qui le fait pourtant déglutir comme si une gorgée de bile lui était brusquement remontée dans la bouche.

\*

Il semble bientôt au fils qu'ils ont toujours vécu là, aux Roches. Il n'a plus aucune notion du temps mesuré. Les jours passés se fondent en une suite d'impressions, de parfums, d'images, de lumières, de sensations toujours liées à la présence enveloppante de la montagne.

Les aubes parme succèdent aux nuits étincelantes que le fils n'a jamais connues si pures, avec leurs astres enchâssés dans une obscurité parfaite. Il reste parfois dehors, le soir, au début de l'été, dans le parfum des herbes fermentées, lorsque la terre exhale la chaleur accumulée tout le jour, par moments traversée de courants d'air froid, et que les ténèbres bruissent du frissonnement et des cris perçants des oiseaux de nuit.

Il s'assied au-delà de l'aura de clarté diffuse qui émane de la maison, pour contempler la voûte enténébrée où brillent des feux d'avant même le monde, sentant sous lui la présence de la terre, l'immensité de la terre. Il songe confusément aux vies qui s'y consument au même instant et en tous lieux, sachant qu'un enfant marche pieds nus quelque part, qu'un autre s'endort dans un lit profond, qu'un chien agonise dans la poussière à l'ombre d'une tôle, qu'une ville brille dans la nuit d'un pays lointain, que des êtres innombrables se meuvent animés par cette force mystérieuse et péremptoire qu'est la vie, et qui pulse en chacun d'eux.

Il sent aussi, inexplicablement, le grand mouvement qui les entraîne tous, lui compris, imperceptible, pourtant vertigineux, à travers le temps et à travers l'espace, toutes vies mêlées, hommes et bêtes, et avec eux les pierres, les arbres, les astres ignés.

De ces instants, il gardera le souvenir d'une épiphanie, la conviction d'avoir été frappé par la véritable nature des choses, qu'aucune langue, aucun mot ne saurait dire ; il n'en subsistera pourtant rien de plus que l'impression d'un rêve, le sentiment de quelque chose qui lui aurait été donné puis aussitôt repris.

La mère finit toujours par surgir pour l'appeler depuis le seuil de la maison, sa silhouette arrondie découpée dans le rectangle lumineux de la porte. Tout est alors dissipé, englouti par la nuit.

Après être venu à bout du lopin caillouteux, le père dort jusqu'aux premières heures de l'après-midi.

Lorsque le fils se lève, il trouve la mère assise devant la maison. Le regard fixé sur la ligne lointaine de la forêt, l'extrémité de ses doigts dessinant distraitement un cercle léger sur le coton de son T-shirt à l'endroit du ventre, elle ne le voit d'abord pas.

Quand elle tourne le visage vers lui, il comprend qu'elle s'était absentée d'elle-même, que seule son enveloppe reposait là, sur la chaise, dans la lumière du petit jour, et que son esprit divaguait au-delà de la cime dorée des arbres.

Elle l'attire vers elle, embrasse sa tempe chaude, aussi parfumée qu'un ventre de chat.

— Tu as bien dormi, renard ? demande-t-elle.

L'enfant opine en se frottant les yeux, se laisse aller contre elle et s'assied sur ses genoux. Elle l'enlace de ses bras, joint ses mains aux siennes. Ils contemplent la montagne enluminée, le soleil pris et réfracté par la rosée du matin, comme si partout dans les herbes était venu se loger quelque chose de dérisoire et précieux à la fois.

Le fils sent la respiration de la mère dans son dos. Elle serre ses doigts et sa main tremble un peu. Elle lui raconte un rêve récurrent qu'elle a fait durant les premiers mois qui ont suivi sa naissance.

Dans ce rêve, dit-elle, ils se trouvaient tous deux dans un jardin ou un parc, et elle le voyait à distance, lui, le fils, plus âgé qu'il ne l'était alors, jouer sur une balançoire.

— Je ne distinguais pas vraiment ton visage, mais je savais, sans aucun doute possible, que c'était toi.

Elle dit que tout était en apparence heureux et apaisé, mais qu'elle sentait planer sur le parc une ombre, une menace impalpable.

Elle voyait l'armature de la balançoire trembler étrangement, prête à se disloquer tandis que le fils s'élevait de plus en plus haut dans les airs, et elle était frappée par la certitude d'un malheur imminent.

Elle se levait du banc sur lequel elle était assise et se mettait à courir vers lui. Une course lente, entravée, tout en sachant qu'elle n'aurait pas le temps de l'atteindre, que la balançoire allait inéluctablement tomber en morceaux.

Elle dit que deux sentiments contraires cohabitaient en elle à cet instant : un effroi terrible à l'idée de la mort de l'enfant, indissociable de sa culpabilité (« Je pensais : tout ça arrive par ma faute, uniquement par ma faute »), et un immense soulagement : celui de voir disparaître, à l'instant où la vie du fils lui serait enlevée, toute obligation, toute responsabilité à son égard.

Elle dit aussi qu'elle pensait, au fond d'elle-même, au fond de cette conscience fragmentée du rêve, que tout s'évanouirait avec la mort du fils, qu'il ne lui resterait plus qu'à s'allonger sur cette pelouse mouvante et à ne plus rien redouter du tout, car elle n'aurait plus aucune peur ; la pire de toutes lui aurait été arrachée.

— Je n'aurais même plus le devoir ni le besoin d'être en vie pour toi.

Elle pose son menton sur l'épaule du fils et il sent sa joue mouillée contre la sienne.

— J'avais oublié ce rêve, dit-elle encore, mais il m'est revenu ce matin.

Quand le père surgit, il ne leur adresse pas un mot. Il sort de la maison et s'en va contempler le carré de terre labourée devant lequel il se tient longtemps immobile pour s'assurer de n'avoir pas rêvé, d'être bel et bien parvenu à ses fins, puis il pisse nonchalamment sur le tas de pierres, s'en revient vers la maison en sifflotant – un sifflotement qui n'en est pas vraiment un, la langue posée sur le palais laissant passer un filet d'air, un souffle aigu et discordant –, verse l'un des bidons d'eau dans un seau et se déshabille.

Le fils l'observe tandis qu'il recueille l'eau entre ses deux mains jointes, la porte à son visage, souffle et s'ébroue, se frotte vivement, verse l'eau sur le sommet de son crâne, s'ébroue à nouveau comme une bête, porte l'eau à ses aisselles noires, à sa nuque et son torse cramoisis. Il se débarrasse de son slip crasseux, expose à la vue du garçon un sexe broussailleux qu'il rince sans ménagement.

Si la nudité de la mère lui est familière, désincarnée, la vision du corps du père lui paraît en revanche obscène et fascinante ; il ne peut en détourner le regard. L'homme se savonne avec le vieux pain de savon craquelé qui reposait près de l'évier. Des amas de mousse grise s'écoulent le long de son dos, de ses fesses blafardes, de ses jambes velues, et se posent sur les herbes comme des crachats de coucou.

Sur son bras, le serpent et la dague frissonnent, sous-tendus par le roulement du biceps. L'encre que le temps a fait fuser dans l'épiderme a bleui, les traits se sont épaissis ; il semble qu'il porte un grossier tatouage de marin, de taulard.

Il se rince avec le fond du seau qu'il verse sur sa tête, visage levé au ciel. L'eau ruisselle sur la cicatrice à son flanc. Il s'essuie avec ses vêtements sales quand il surprend le regard du fils posé sur lui.

Il passe son T-shirt sur son visage et dit :

— Je t'avais promis que je t'apprendrais à tirer, hein ? Alors, habille-toi. On va faire un tour.

Il entraîne le garçon en direction de la source, vers les dévers granitiques, brillants sous le soleil de juillet, tout hérissés de lames. Il le suit cette fois de près tandis qu'ils cheminent à travers la montagne harassée de lumière, sous un ciel chauffé à blanc.

Ils restent d'abord absorbés par la marche, mais le silence du père est en vérité plein de mots, habité d'une voix provenant de ses tréfonds et dont la montagne tout entière se ferait l'écho, ou bien d'au-dehors de lui ; une voix sans âge, monotone, désincarnée, dispersée dans l'éther où elle continuerait d'exister.

Et lorsque le père se met effectivement à parler dans le dos du fils, celui-ci n'éprouve aucune surprise ; la voix semble s'être elle-même précédée, avoir plané sur eux depuis longtemps, peut-être avant même qu'ils n'aient quitté la maison des Roches, avant même qu'ils n'aient quitté la ville pour la montagne, si bien qu'il pourrait en prononcer les paroles à sa place, et le garçon comprend, à l'instant du premier mot formé par ses lèvres, que le revolver et l'apprentissage du tir ne sont jamais qu'un prétexte à ce que la langue du père s'incarne et se déploie, ne visant, n'ayant pour seule cible que le cœur du garçon.

Le père dit qu'il n'a et n'aura jamais qu'un seul fils et qu'il n'est pas le père de l'enfant porté par la mère.

Il dit que la mère a trompé non pas sa vigilance mais sa confiance, chose pire encore, car il n'a jamais, durant tout le temps qu'a duré son absence, imaginé qu'elle puisse un jour le trahir. Et s'il est une chose, dit encore le père au fils – de cette voix atone, sourde, erratique –, une chose qu'un homme ne peut souffrir, c'est d'être trahi en amour.

Sans doute le fils est-il trop jeune pour savoir ce qu'est l'amour, trop jeune pour être même capable d'imaginer ce que c'est que l'amour, mais le père le met en garde de croire quoi que ce soit de ce que l'on raconte communément sur l'amour, les boniments, les fadaises qui sans doute remplissent les pages des romans pour bonnes femmes que lit la mère avec cette avidité malsaine, complaisante.

— Et qui peut-être ont fini par lui corrompre l'esprit.

Non, continue le père, de ce même monologue fantomatique, il ne faut rien croire de tout cela, l'amour n'est jamais animé que par le désir, l'amour n'est jamais que l'autre nom, acceptable celui-ci, donné au désir, autrement dit à la convoitise, et il fait feu de tout bois pour obtenir ce qu'il convoite.

L'amour est une maladie, un virus inoculé dans le cœur des hommes, ce cœur déjà malade, déjà pourrissant, déjà perverti, rongé de tout temps par la gangrène et dont il serait vain de vouloir sonder le fond.

— Je te le dis aujourd'hui pour celui que tu deviendras plus tard : garde-toi bien d'aimer, tu n'en tireras rien de bon.

Car les hommes, plus qu'aucune autre bête peuplant cette foutue terre, naissent avec ce vide en eux, ce vide vertigineux qu'ils n'ont de cesse de vouloir désespérément combler, le temps que durera leur bref, leur insignifiant, leur pathétique passage en ce monde, tétanisés qu'ils sont par leur propre fugacité, leur propre absurdité, leur propre vanité, et quelque chose semble leur avoir fourré dans le crâne l'idée saugrenue qu'ils pourraient trouver dans l'un de leurs semblables de quoi remplir ce vide, ce manque qui préexiste en eux.

— Comme on comble d'une pelletée de terre le trou d'une fosse.

C'est oublier trop vite que celle-ci n'a pas de fond, dit le père, que cette plaie béante dans le cœur des hommes n'est jamais rassasiée, jamais pansée.

On aime et on a l'illusion de la vie, on aime et

on croit avoir trouvé un sens à tout cela, une raison, un ordre au chaos, mais l'amour en vérité nous infecte, nous corrompt l'âme et le cœur. Il faudrait tout aimer également, ou ne rien aimer du tout, car placer tous ses espoirs en un seul être aussi faillible, aussi défaillant, aussi sournois qu'un être humain, portant lui-même en son sein un vide d'une profondeur aussi abyssale, ce n'est pas autre chose que de la folie pure.

— Ce n'est pas autre chose que l'expression d'une totale désolation.

Et bien que le père dise tout cela, il concède n'avoir pas été capable d'appliquer à lui-même ces préceptes, puisqu'il s'est pris d'amour pour la mère, d'un amour qu'il prétend absolu, irrémédiable, et qu'elle a pourtant trahi en lui étant infidèle, en faisant le choix de garder un enfant qui n'est pas de lui, dont la promesse lui est déjà une injure mais dont l'existence lui sera un affront pire encore, indélébile, une avanie chaque jour exposée à son regard et qui lui rappellera inlassablement la trahison de la mère.

C'est pourtant pour cela qu'il les a conduits aux Roches, poursuit le père d'une voix rauque, désormais presque éteinte, éreintée par son propre souffle, son propre débit, tandis qu'ils pénètrent dans l'ombre bienfaisante du bois aux mousses, pour cela qu'il les a entraînés loin de la ville. Pour trouver en lui la force du pardon et offrir à la mère la possibilité d'une rédemption.

Mais le père a beau puiser dans les dernières ressources de sa clémence, de sa mansuétude, il ne sait pas s'il parviendra à lui pardonner, non seulement de l'avoir trompé – le temps aidant et leur amour renaissant de ses cendres, le souvenir finirait peut-être par s'estomper et même par disparaître –, mais de lui infliger la présence d'un enfant sur lequel elle s'attend sans doute à ce qu'il pose le regard d'un père ; un petit bâtard qui sera l'incarnation de sa déloyauté et un coup de couteau assené sans relâche à l'orgueil du père.

— Un coup de couteau assené sans relâche.

Ils quittent le bois lorsque la voix se tait, dissoute, évaporée par la lumière. Le fils en vient à douter que le père ait effectivement parlé, qu'il ait même rompu le silence depuis qu'ils ont quitté la maison, mais après qu'ils ont parcouru quelques mètres dans les herbes amollies par la chaleur, léchant leurs chevilles nues, il dit au garçon qu'il attend de lui son soutien, celui d'un homme à un autre.

— Mais aussi et avant tout celui d'un fils à son père.

Il ne lui demande pas de s'élever contre la mère, il ne parle pas non plus de faire front contre elle ; tous doivent œuvrer pour préserver les liens qui les unissent, quand bien même ils ont été malmenés, quand bien même ils ont été usés par le temps, l'absence du père, l'inconstance et la déloyauté de la mère, pour maintenir à flot, contre vents et marées, cet équipage qu'ils forment ensemble.

Non, si le père lui confie tout cela, affirme-t-il, ce n'est pas pour faire de lui un allié dans une vindicte qui viserait la mère, mais seulement par souci de justice.

— Je pense que tu mérites désormais que l'on s'adresse à toi comme à un adulte.

Il le croit en âge d'entendre et de comprendre cette réalité qui appartient au monde des adultes, un monde au seuil duquel il s'est jusque-là tenu, ou bien au seuil duquel il a jusque-là été soigneusement gardé par la présence, par l'emprise, par la toute-puissance de la mère.

Mais le père entend maintenant le traiter d'égal à égal, sans ménagement, le fils lui en sera un jour reconnaissant, assure-t-il, et c'est pour cela qu'il se livre à lui, afin qu'il puisse juger, en son âme et conscience, de ce que le père a enduré, de ce que le père endure et endurera encore, des sentiments contraires avec lesquels il lui faut lutter, de l'humiliation qui lui a été infligée et de sa grande miséricorde.

— Avec toi à mes côtés, je pourrai peut-être lui pardonner.

Le fils hoche la tête, non pas pour approuver ce que dit le père, mais pour le faire taire, pour que cesse ce déferlement de paroles énigmatiques, auxquelles il n'entend rien, mais dont le sens profond l'atteint et le marque au fer rouge.

Et le père se tait en effet, purgé de sa propre voix, maintenant réfugié dans un silence morose tandis qu'ils parviennent à ce dégagement rocailleux, parcouru d'arbustes malingres, à proximité de la source.

Le front perlé de sueur, le père s'accroupit devant le sac à dos qu'il portait d'une bretelle à l'épaule. Il en tire des conserves, des bouteilles vides et, sous l'œil attentif du fils, s'éloigne pour les déposer à une distance d'une vingtaine de mètres, au pied de troncs calcinés par le soleil, sur le plat de roches noires, incrustées de mica.

Le fils le suit du regard, contraint de plisser les yeux par le miroitement des pierres. La chaleur réverbérée est telle qu'il lui semble respirer son propre souffle, et lorsque le père revient dans sa direction, il ne distingue pour un temps que sa silhouette tremblante, découpée dans le paysage.

L'homme sort du sac le revolver et les balles, charge le barillet, décompose ses gestes sous le regard de l'enfant, sans un mot, sans lever les yeux vers lui, avant de lui tendre l'arme.

Le fils regarde le revolver, puis le père.

— Souviens-toi de ce que je t'ai dit.

L'enfant saisit l'arme dont il avait oublié le contact mort et froid, l'odeur mécanique. Le père attend près de lui, mains sur les cuisses, d'une patience presque obséquieuse, recueillie, et le fils se remémore les instructions précédemment reçues à la lumière d'une ampoule dans le bourdonnement du générateur de l'appentis, lève le revolver et vise l'une des cibles installées par le père.

Il place l'index le long du pontet, arme du pouce le chien qui cliquette de son horlogerie secrète, implacable, dans l'air frémissant, ferme l'œil gauche pour aligner sa vision sur le guidon.

Au loin, la bouteille de bière verdoie au soleil, triviale, projette un orbe glauque sur la pierre ; tout est calme.

Il pose l'index sur la détente, retient son souffle et tire.

L'instant d'après, il ne voit plus que le ciel opalescent, dépouillé, empli d'un sifflement continu, puis la silhouette ombrageuse du père qui se penche sur lui.

Le recul du tir l'a fait tomber en arrière, son crâne a heurté le sol caillouteux et l'arme repose à ses pieds. Le père tend une main vers lui et le fils la regarde, abasourdi, avant de la saisir. L'homme le relève avec une force telle qu'il se trouve aussitôt sur pieds, vacille tandis qu'il lui époussette sans ménagement le dos du plat de la main, parlant d'une voix presque inaudible, du moins indéchiffrable, encore couverte par le sifflement. Le garçon porte une main à l'arrière de sa tête, éprouve du bout des doigts un renflement dur, indolore, niché dans ses cheveux.

Le père le contraint à baisser le menton pour l'ausculter.

— C'est rien, dit-il.

L'enfant perçoit la voix à nouveau tandis que le sifflement reflue et il croit entendre l'écho du coup de feu répercuté par les pierres.

Le père s'abaisse pour ramasser l'arme, la placer à nouveau entre ses mains, mais il l'entoure cette fois de ses bras comme il l'a fait quelques jours plus tôt dans la pénombre empoussiérée de l'appentis, et il guide à nouveau ses gestes, lève l'arme avec lui, arme le chien avec lui, vise avec lui la bouteille de bière intacte, rayonnant toujours de son aura verdâtre.

Lorsque l'index du père presse sur la détente, le fils ferme les yeux et le bruit de la bouteille volant en éclats suit de si près celui de la détonation qu'il ne voit ni n'entend la cible exploser, simplement disparue, évanouie dans la lumière.

Il éprouve dans ses mains, ses avant-bras, ses coudes, la convulsion de l'arme désormais chaude, contenue par l'étau des mains du père, enfin le sentiment d'une tension libérée avec le coup de feu. Quelque chose a été emporté hors de lui, un petit fardeau lui aussi volatilisé dans le fracas.

— Il appartenait au vieux, ce revolver, dit le père après qu'ils ont tiré sur trois autres cibles. Il le gardait près de lui jour et nuit, juste au cas où, qu'il disait, on sait jamais ce qui peut advenir, qu'il disait aussi, sans que j'aie jamais su de quoi il parlait précisément, des bêtes sauvages qui finiraient par lui dévorer la moitié de la gueule ou de randonneurs qui auraient pu s'aventurer près des Roches. Une chose est sûre, c'est que l'idée qu'on puisse approcher de cette ruine et empiéter sur le terrain qu'il avait acheté à je ne sais qui, mais sans aucun doute pour une bouchée de pain, ce terrain et cette ruine dont personne à part lui n'aurait voulu sauf à devoir mener un troupeau de moutons aux alpages – ce pour quoi le bâtiment a certainement été construit à l'origine, afin d'accueillir des bergers ou même leurs bêtes durant les mois de transhumance –, l'idée donc que quiconque puisse mettre un pied sur ce pan de montagne sans y avoir été convié, autorisé par lui, lui était insupportable. La première chose qu'il a faite avant même d'empiler deux pierres pour relever un de ces murs croulants, avant même d'avoir sorti une seule des multiples charrettes de gravats qu'il devait en tirer par la suite pour en déblayer le sol, c'est de poser un panneau de bois avec, inscrit au pinceau et à la peinture rouge, l'avertissement : Propriété privée / Défense d'entrer / Attention, pièges. Alors qu'il aurait été bien évident pour quiconque se serait aventuré dans ce coin par hasard – on ne pouvait y venir que par hasard, on ne pouvait qu'y passer pour continuer sa route vers les crêtes, une route d'ailleurs improbable sinon pour un randonneur chevronné, personne ne serait jamais venu à dessein aux Roches pour contempler ce tas d'éboulis englouti par la végétation –, il aurait été bien évident, donc, qu'il n'y avait là rien à protéger, rien à privatiser, même pas de porte à franchir pour le seul plaisir de braver une interdiction d'entrer, et encore moins de pièges dissimulés alentour. Mais il a tout de même planté son panneau péniblement confectionné, avec ses lettres tremblantes, tracées de sa seule main valide, la gauche, alors qu'il était droitier, et il était clair, à le voir scruter son tas de pierres et son lopin de broussailles, qu'il y régnerait en seul maître et ne tolérerait aucune intrusion. Au cours des presque dix années passées aux Roches auprès de lui, je l'ai toujours vu avec ce revolver glissé dans la ceinture de son pantalon, un bas de bleu de travail qu'il ne retirait jamais sinon pour le lessiver une fois de temps à autre, lorsqu'il l'estimait suffisamment dégueulasse pour le troquer contre un autre bas de bleu de travail – tous deux provenant certainement de ses années passées à la scierie –, le temps que le premier dégorge sa crasse dans une bassine de savon noir dont l'eau ne tardait pas à devenir grise, puis qu'il sèche au soleil, et ainsi de suite, alternant l'un et l'autre des pantalons dont les ourlets et la ceinture ont fini par s'élimer, les coutures par céder, et qu'il reprisait laborieusement au soir de sa main gauche débile, le vêtement posé sur sa cuisse, maintenu avec son coude ou son avant-bras droit. Jamais il n'aurait voulu que je l'aide, jamais il n'aurait toléré que je lui fasse seulement l'offense de lui proposer mon aide. Je l'ai toujours su et je n'ai jamais essayé de la lui proposer. Il avait depuis l'accident ce regard, cet orgueil ou cette colère désespérés des bêtes sauvages dont une patte est prise dans un piège et qui préfèrent se la ronger plutôt qu'accepter de se laisser approcher pour qu'on les en libère, parce qu'elles ne savent pas distinguer précisément l'origine de leur souffrance. Et même lorsqu'il a relevé les Roches, lorsqu'il a tiré les Roches de terre, pierre après pierre, il n'a jamais accepté mon aide que sur le principe de mon apprentissage. À aucun moment il n'a attendu de moi que je le secoure en quoi que ce soit, même lorsqu'il lui a fallu charrier des moellons un à un. Il préférait y parvenir seul, parfois au prix d'effroyables efforts, d'effroyables contorsions qui m'emplissaient de pitié et de honte, et bien plus tard de respect, plutôt que de demander de l'aide à un enfant, plutôt que de demander de l'aide à son propre fils. S'il portait le canon de ce revolver sempiternellement passé dans sa ceinture, je savais que c'était aussi le terrible aveu de sa faiblesse, de son infirmité, que ce qu'il craignait profondément c'était de n'être plus capable de se défendre par lui-même et de me défendre, moi, contre tout ce qu'il pouvait imaginer rôder autour de nous, menacer de surgir aux Roches pour nous en dépouiller, lui qui, avant la mort de ma mère et avant l'accident de la scierie, avait été un type gaillard, arrogant, téméraire, et qui était devenu en l'espace d'une année ce vieillard prématuré de pas même cinquante ans, inquiet, épouvanté par sa propre impuissance, humilié par son impotence, par ce bras qu'il traînait avec lui comme un tas de viande morte, une bûche, et contre lequel il semblait entrer en lutte à l'aube de chaque jour. Durant ces années passées aux Roches auprès de lui, je l'ai vu user du revolver à trois reprises. La première, c'est lorsque enfin l'événement aussi improbable que redouté s'est produit en la personne d'un petit homme sec, habillé comme un représentant de commerce, qui a surgi des bois sa mallette en cuir à la main, ses souliers initialement vernis et le bas de son pantalon de ville désormais couverts de boue, empiétant sur les terres du vieux, et que le vieux a vu s'avancer vers lui d'un pas décidé dès qu'il a aperçu les deux tentes installées en guise de campement près de la ruine. L'homme s'est présenté comme un agent de la Direction départementale de l'équipement et a expliqué à bout de souffle, éreinté par sa marche, qu'il avait été missionné par son service pour porter au vieux la lettre qu'il tenait à la main, lettre qui aurait dû lui être adressée par voie postale si le facteur avait délivré le courrier jusque-là – ce qu'il ne faisait bien évidemment pas –, lettre dans laquelle il était précisé qu'en cas de transformation d'un bâtiment initialement destiné à l'exploitation agricole en bâtiment d'habitation, une demande de permis devait au préalable avoir été effectuée après retrait d'un dossier en mairie, que ledit dossier devait avoir été dûment complété et renvoyé afin d'être examiné par la mairie et la Direction départementale de l'équipement, seules instances habilitées à délivrer le permis. Une formalité dont le vieux, à en croire le cadastre que l'agent dit avoir consulté en mairie pour s'assurer du classement de la parcelle et des travaux de rénovation déjà entrepris, ne s'était visiblement pas acquitté. Et tout le temps que l'homme a parlé d'une voix procédurière et réprobatrice, mon père n'a pas bougé d'un pouce, sa main valide tenant encore le manche d'une pelle, son bras estropié ramené contre son estomac comme s'il le tenait en écharpe, et il n'a pas cillé non plus lorsque l'agent a expliqué qu'il n'avait pas eu d'autre choix que de garer son véhicule plus bas dans la vallée et de monter jusqu'aux Roches quand bien même il n'était de toute évidence pas équipé pour une telle marche, laquelle lui avait coûté une demi-journée de travail, une paire de chaussures neuves et un pantalon désormais bon pour le pressing. Devant le vieux toujours imperturbable, il a ajouté qu'il n'avait d'ailleurs ni l'âge ni la constitution physique nécessaires à une telle ascension – son regard allait successivement du bras infirme de mon père à la main tenant le manche de la pelle, ahuri, il lui semblait probablement impensable que ce fût là, devant lui, l'homme qui avait pour projet de relever ce tas de pierres –, mais aussi que tout cela (d'un geste vague de la main, il a désigné à la fois la montagne, le vieux, les Roches) dépassait de loin ses attributions d'agent de la fonction publique à la Direction départementale de l'équipement. Lorsqu'il a eu fini de parler, il a agité la lettre qu'il tenait d'un geste sec en direction du père, comme s'il lui ordonnait de la prendre, et le vieux a lâché le manche de sa pelle qui est tombée au sol, a pris l'enveloppe de sa main gauche avant de la porter à sa bouche, de la coincer entre ses dents et de la déchirer en deux d'un coup de tête sous le regard éberlué de l'agent. Il a jeté les morceaux de la lettre qui ont voleté par terre après s'être pris un instant dans les ourlets maculés de boue du fonctionnaire et il l'a invité à les ramasser et à se les fourrer bien profond à l'endroit auquel il pensait, ajoutant qu'il n'était pas dupe et se doutait bien que si l'agent venait lui chercher des emmerdements, c'est parce que quelqu'un, là-bas, à la ville, l'avait dénoncé, sinon jamais la Direction départementale de l'équipement n'aurait eu vent de son projet de réfection, jamais l'agent n'aurait eu à se déplacer jusque-là, à faire irruption aux Roches pour le menacer de sa petite lettre, de sa mesquine, méprisable et servile mise en demeure. Et jamais, a juré le vieux, il n'accepterait de se soumettre à la tyrannie d'une bande de collabos dont le fonds de commerce n'était autre que la délation et l'exploitation sans vergogne des pauvres et honnêtes gens, dissimulées sous la prétendue respectabilité, la prétendue légitimité de l'administration publique. Rien ne le révulsait plus que la seule présence de l'agent, qu'il appelait maintenant tour à tour sbire, sous-fifre, subalterne, et qui devrait avoir honte d'être venu ici sous le prétexte d'une quelconque procédure administrative de laquelle il prétendait n'être que l'instrument, honte de se plier aux ordres d'une obscure hiérarchie comme un petit nazillon et de venir menacer un homme infirme – c'est la seule fois où je l'ai jamais entendu prononcer ce mot, la seule fois où je l'ai entendu évoquer son infirmité –, titulaire d'une pension d'invalidité, et le menacer qui plus est devant son fils. Un homme qui avait acheté un terrain en pleine montagne avec ses propres économies, ne dérangeant personne, ne spoliant personne, n'empiétant sur la propriété de personne, avec la seule intention de restaurer pour lui et son enfant une vieille grange afin qu'ils aient un toit sur la tête, afin qu'ils aient un logement décent comme tout être humain devrait être en droit d'en posséder. Oui, la présence, la vue de l'agent était pour le vieux une insulte, la manifestation d'un système corrompu, inéquitable, et il le mettait en garde de pousser dans ses derniers retranchements un homme qui déjà avait tout perdu, un homme que la vie avait essoré, conduit aux confins du désespoir, en lui arrachant une épouse qu'il avait aimée et vue agoniser pendant deux ans, deux ans, vous vous rendez compte, deux années d'une lente, insoutenable et pathétique agonie, une épouse dont la mort l'avait laissé à ce point terrassé qu'il n'était plus certain d'être lui-même toujours en vie, se réveillant chaque matin avec ce sentiment de stupéfaction d'être toujours là, d'accablement de devoir affronter un jour nouveau, ce dont il n'était pas sûr d'être capable, même pour son propre fils, car à dire vrai il n'avait même plus la conviction que la vie de son enfant soit une raison suffisante pour seulement sortir de son lit. Est-ce que ça n'est pas une chose terrible à entendre de la part d'un père, ça, Monsieur le subalterne – elle l'était pour moi, qui me tenais pétrifié à quelques pas de là, observant le visage de l'agent de la Direction départementale de l'équipement se décomposer tandis que mon vieux lui parlait, des larmes mouillant les deux sillons profonds qui s'étaient creusés de chaque côté de ses lèvres –, est-ce que ça n'est pas toucher le fond du trou quand vous vous couchez au soir avec l'idée que la meilleure chose à faire, la chose la plus sensée, la plus acceptable, serait d'allumer le gaz alors que votre fils dort déjà ? C'est comme ça, dit le vieux, dans cet état de sidération, d'anéantissement, de désolation, qu'il lui avait fallu continuer de prendre chaque jour le chemin de la scierie pour laquelle il travaillait déjà depuis plus de vingt ans sans qu'aucun accident ne lui soit jamais arrivé, et il pouvait dire sans se vanter qu'il était l'un des ouvriers les plus qualifiés, les plus aguerris, les plus estimés de l'usine, jusqu'à ce jour où, lors d'un déchargement tout ce qu'il y avait de plus ordinaire, son bras s'était retrouvé coincé entre des grumes, plusieurs centaines de kilos de bois sec qui avaient dégringolé de la remorque et lui avaient réduit le coude et le poignet en charpie en une fraction de seconde. Et, a dit le vieux à l'agent toujours plus déconfit, contemplant son bras pris en étau entre ces troncs, il avait senti monter en lui un fou rire irrépressible, une incommensurable envie de rire, comme jamais il n'en avait éprouvé auparavant, et lorsque ses collègues s'étaient précipités pour le secourir et dégager les troncs, il riait à gorge déployée, d'un rire malade, d'un rire qui insultait la providence, cette providence qui, non contente de lui avoir arraché une épouse, lui broyait maintenant un bras, et sans doute aurait-il continué de rire comme un forcené lorsque l'ambulance l'avait emporté si la douleur ne s'était pas révélée, remplaçant l'engourdissement du bras, irradiant d'une indicible façon, une douleur pareille à l'explosion d'un astre dont le souffle aurait déferlé en lui et sur le monde, au point qu'il avait perdu connaissance pour ne s'éveiller que quarante-huit heures plus tard dans une chambre d'hôpital, le bras transpercé de broches, apprenant de la bouche d'un médecin que les opérations et la rééducation n'y changeraient rien, que les nerfs avaient été salement endommagés et qu'il ne retrouverait jamais plus sa mobilité d'antan. Trois jours plus tard, il était sorti de l'hôpital contre l'avis du même médecin et il était rentré chez lui car il avait un gosse dont il devait s'occuper, et jamais plus après ce jour-là, celui de la venue aux Roches de l'agent de la Direction départementale de l'équipement, je ne l'ai entendu faire mention de son bras, même lorsque des douleurs terribles le faisaient gémir dans son sommeil ou le tiraient hors du lit au milieu de la nuit, le contraignant à s'abrutir d'alcool, de tabac et d'antalgiques. Et s'il lui racontait tout ça, a dit le vieux au fonctionnaire qui semblait prêt à se liquéfier, ça n'était pas pour l'apitoyer sur son sort ; il se foutait bien de sa pitié, sa pitié lui aurait même été une offense supplémentaire, non, s'il lui faisait le récit circonstancié de cette vie de labeur et de misère, c'était dans le seul but que lui, le sous-fifre de l'administration publique, l'exécuteur des basses œuvres de l'État, comprenne qu'il n'avait réellement plus rien à perdre et qu'il préférerait descendre en ville et aller loger une balle entre les deux yeux des cafards qui avaient cru bon de le dénoncer – et de tous ceux, quels qu'ils soient, qui comptaient l'empêcher de relever cette ruine de terre – plutôt que d'être humilié, piétiné, dépossédé de son bien et de son droit. Il y a des choses qu'un homme, s'il veut rester un homme, ne peut accepter et il appartient à chacun de définir où se situe son honneur, laquelle de ces choses lui est acceptable et laquelle ne l'est pas, où se situe en somme la limite infranchissable de sa dignité. Voilà ce qu'a dit le vieux avant de soulever un pan de chemise pour montrer au fonctionnaire le revolver passé dans la ceinture de son pantalon, dont la crosse reposait contre son ventre velu et crasseux, et le petit homme, qui avait fini de blêmir, a assuré qu'une solution pouvait être trouvée, que tout cela n'était jamais qu'une simple formalité, que d'ailleurs ses prérogatives à la Direction départementale de l'équipement lui permettaient de classer le dossier, chose qu'il allait s'empresser de faire si le vieux lui assurait que la grange serait rebâtie à l'identique, mais il ne lui a même pas laissé le temps de lui assurer quoi que ce soit car il a pris ses jambes à son cou, dévalé la prairie au pas de course, sa sacoche en cuir serrée contre sa poitrine, jetant de temps à autre un œil par-dessus son épaule pour s'assurer de n'être pas mis en joue, jusqu'à ce qu'il disparaisse finalement dans l'ombre des arbres et que l'on n'entende plus jamais parler de lui. Mais mon vieux n'a pas oublié la visite de l'agent et il la ruminait encore des années plus tard, jurant dans sa barbe hirsute contre l'administration et, pire encore, contre ceux qui l'avaient dénoncé à la mairie de la ville. Cet événement – le souvenir de cet événement –, plutôt que de s'atténuer puis de disparaître avec le temps, a semblé croître, comme s'il avait continué d'exister et de se répéter dans une réalité parallèle, le vieux le revisitait sans cesse, l'envisageait sous tous les angles possibles, imaginait de nouveaux tenants et aboutissants, répétait les mêmes répliques, concevait d'autres reparties mieux senties qu'il aurait pu placer, maugréait contre les complots ourdis contre lui depuis la ville, décuplait la liste des conspirateurs anonymes, des traîtres qui n'avaient pas hésité à le vendre, sans doute parce qu'il touchait une pension d'invalidité et n'avait plus à travailler, ou parce qu'il avait cassé la gueule à quelques-uns, de bonne guerre, du reste, du temps qu'il était encore vaillant et en pleine possession de ses moyens, ou encore parce qu'il leur avait tout simplement tourné le dos une bonne fois pour toutes, leur lançant un soir de beuverie qu'ils n'étaient qu'une bande de beaux fils de pute, accusant les uns ou les autres d'être responsables de l'accident de la scierie qui lui avait coûté l'usage d'un bras. Il serait peut-être stupide de dire qu'il n'a plus jamais été le même après la visite de l'agent, car un homme n'est jamais le même quoi qu'il advienne, le vieux n'a plus jamais été le même après la mort de ma mère et il n'a plus jamais été le même après l'accident, mais le fait est que s'il existe des événements qui semblent marquer une existence au fer rouge, celui-ci en était un assurément. Dès lors, il n'a plus eu pour seul objectif que de terminer le chantier des Roches et pour seule obsession l'idée que quelque chose ou quelqu'un finirait par faire irruption depuis le monde extérieur pour l'en empêcher. Ce qui devait l'en empêcher, ce n'était rien qui lui soit étranger, rien qui vienne de la ville. Là-bas, on l'avait oublié, ou on avait du moins fini par se lasser de raconter l'épisode de la scierie et de ce qui s'était ensuivi, on n'en a bientôt plus parlé, du moins jusqu'à ce que j'y retourne, jusqu'à ce que je vienne réveiller le souvenir enfoui de ce vieux démon que mon père était finalement resté pour beaucoup d'entre eux, relégué dans un recoin sombre de leur esprit, parmi des choses sans doute pas très reluisantes, et qu'ils pensent que j'étais revenu pour le venger lui, que peut-être même il m'avait renvoyé dans le seul dessein de laver son honneur après avoir fait de moi, durant toutes ces années passées dans la montagne auprès de lui, l'instrument, le bras de sa vengeance ; ce en quoi ils se trompaient en partie. Non, ce qui devait l'empêcher de mener à bien son entreprise, c'est-à-dire d'achever la restauration des Roches et de me garder à ses côtés, c'est ce qu'il avait fini par devenir : un fou hanté par le remords de n'avoir pu sauver la femme qu'il avait aimée, de lui avoir survécu, un fou dévoré par la colère et la rancœur, ressassant ce jour de l'accident à la scierie pour en désigner le responsable, finissant même par croire que ce n'était pas un accident mais un acte délibéré, perpétré à son encontre dans le but de lui nuire, voire de l'éliminer (je devais apprendre bien plus tard, de la bouche d'un des types présents ce jour-là, et que j'ai toutes les raisons de croire, que c'était lui qui, dévasté par la mort de ma mère, exténué à force de nuits sans sommeil et de mauvais vin, avait oublié une règle élémentaire de sécurité et causé l'effondrement des grumes qui lui avait coûté l'usage de son bras), un fou dévasté par l'orgueil, la fierté, l'arrogance et, enfin, un fou rongé par les douleurs qui ne cessèrent jamais de le foudroyer, les veilles de jour de pluie par exemple, le jetaient parfois hors de la tente puis hors de la maison lorsque nous avons pu y poser un toit, le précipitaient dans la montagne, dans le cœur noir de la forêt où il pouvait hurler et rôder comme un fauve blessé, un démon tout droit sorti d'un conte effroyable ou d'une très vieille légende, de celles qu'il me racontait parfois au coin du feu pour m'épouvanter et me dissuader de m'éloigner des Roches. Ces nuits-là, couché sous la toile de tente sur un tas de couvertures, ou plus tard sur un matelas que le vieux avait ramené de la décharge publique, je l'entendais se lever, se heurter aux murs en jurant avant de sortir de la maison, et je savais que ça n'était pas vraiment mon père qui se levait mais quelque chose d'autre, une chose à laquelle ni moi ni personne n'aurait voulu avoir affaire. Un soir, j'ai pourtant pris mon courage à deux mains et j'ai quitté mon lit après son départ. Je l'ai vu s'éloigner en direction de la forêt sous la lueur blême de la lune qui rendait tout étrange et bleu, comme dans un rêve, et il tenait de sa main valide le manche d'une hache. Je me suis recouché et je n'ai pas pu fermer l'œil de la nuit, jusqu'à ce que je l'entende revenir au petit matin, et lorsque je me suis réveillé quelques heures plus tard, je n'étais plus certain de l'avoir véritablement vu s'éloigner avec la hache à la main ou d'avoir rêvé, mais je me souvenais de la direction qu'il me semblait l'avoir vu prendre, alors j'ai profité du sommeil comateux dans lequel il avait fini par sombrer pour emprunter le même chemin. Ses pas avaient laissé leur empreinte dans les herbes et j'ai pu les suivre sans peine jusqu'à l'orée des bois, à partir de laquelle j'ai continué d'avancer sans même savoir ce que je cherchais. Mais après une demi-heure de marche, j'ai compris ce qu'il allait faire au cœur de la forêt, armé d'une hache, ces nuits où la douleur lui devenait insupportable. Il y avait là, planté sur un dévers, un carré de bouleaux – je n'ai jamais su pourquoi il avait choisi les bouleaux, peut-être au hasard ou parce que leur écorce blanche les rendait plus distincts dans la pénombre, ou que leur beauté spectrale lui était insupportable, peut-être parce que sa souffrance, il la voyait blanche, blanche et lumineuse, pareille à un bouleau dans la nuit –, il y avait donc là un dévers hérissé de bouleaux dont les troncs étaient, à hauteur d'homme, marqués de coups de hache, sans logique, non pas dans l'intention de les abattre, mais comme s'il avait voulu les *massacrer,* et c'était une vision effroyable, abjecte et scandaleuse que de voir ces arbres suinter leur sève par toutes ces plaies, une sève qui semblait chercher à combler en vain les blessures et s'écoulait le long des troncs en pleurs silencieux. Je ne pouvais m'empêcher de l'imaginer abattre sans relâche la lame de sa hache avec toute la maladresse grotesque de son bras estropié, rugissant, assenant des coups en tous sens, passant de l'un à l'autre des bouleaux dans une sorte de transe démoniaque, hérétique, pareil à un pantin désarticulé, tout cela pour conjurer cette douleur et cette rage qui le rongeaient, et j'ai pris la fuite pour ne jamais, jamais remettre un pied à cet endroit de la forêt. Mais je n'ai pas oublié les bouleaux qui sont depuis ce jour-là apparus chaque nuit dans mes rêves, spectres blafards couverts de stigmates, baignés de larmes de résine. Je n'ai compris que bien plus tard, là encore, que s'ils continuaient de m'apparaître dans mon sommeil, c'est que quelque chose du vieux s'était insinué en moi, malgré moi, que sa souffrance et sa folie m'avaient été inoculées durant toutes ces années, subrepticement, insidieusement. C'est en cela que ceux de la ville s'étaient trompés en partie, mais n'avaient cependant pas tout à fait tort en croyant qu'il avait fait de moi le bras de sa vengeance, car lorsque j'ai décidé de lui tourner le dos, longtemps après avoir découvert les bouleaux mutilés, lorsque j'ai décidé de quitter les Roches pour ne plus y revenir de son vivant, ce n'était pas dans l'idée de le venger de quoi que ce soit, mais je portais cependant déjà en moi sans le savoir le germe tenace de sa haine et de son ressentiment. C'est à ce moment-là que je l'ai vu se servir du revolver pour la deuxième fois, quand j'ai compris que c'en était assez, assez de ce chantier qui n'en finissait pas, qui n'en finirait jamais – tout lui était bien sûr un labeur interminable –, assez de cet isolement et de sa tyrannie. Je lui ai simplement dit que je m'en allais car j'avais dix-sept ans, que je ne le craignais plus, que je ne voyais plus en lui cet homme redoutable qu'il m'avait si longtemps semblé être (et qu'il n'était sans doute plus depuis bien longtemps déjà), mais un vieillard pathétique, avec ses longs cheveux blancs et sa barbe filasse qu'il n'avait plus jamais coupés, n'ayant plus que la peau sur les os. Les Roches avaient fini par absorber sa substance, par avoir raison de lui. Je me suis tenu droit devant lui, sans même un baluchon sur l'épaule, et je lui ai dit que je m'en allais et qu'il ne me reverrait plus. Sa bouche a tremblé, il a saisi le revolver par la crosse pour en plaquer le canon contre sa tempe et m'a dit d'une voix étrangère et sourde que si je partais, il se tuerait, qu'il ne lui resterait aucun autre recours que de se tuer, et que même si c'est sa main qui tenait l'arme, ce serait de ma main à moi que son sang serait versé, que je serais le seul responsable de sa mort, un traître, un parricide. J'ai compris que ce dont il avait si peur depuis tout ce temps, plus que de la douleur, plus que d'une invasion barbare, c'était que son fils lui soit enlevé après que sa femme l'avait été, que rien ne le terrifiait plus que sa propre solitude, que d'être livré seul à lui-même, sans allié, dans la compagnie de ses propres démons. Il m'a paru si minable, avec sa vieille bouche exsangue, tremblotante sous sa barbe blanche, que je me suis détourné pour le soustraire à mon regard, pour ne pas avoir à garder de lui l'image de cette débâcle. Je me suis éloigné en direction de la ville, j'ai marché, marché sans me retourner, m'attendant à chaque instant à entendre retentir un coup de feu et l'effondrement d'un corps sur le sol maudit des Roches, et même parvenu à la ville, après des heures de marche, il me semblait qu'à tout instant la détonation pouvait éclater, renvoyée jusqu'à moi par l'écho des montagnes. Mais il n'a jamais tiré de coup de feu, il n'a jamais appuyé sur la détente, et jamais plus je ne l'ai revu ni n'ai même entendu parler de lui jusqu'à ce que son cadavre soit retrouvé là-haut par un randonneur, maigre, sale et dépouillé comme un de ces illuminés, un prophète tout droit venu de l'enfer, sa misérable dépouille bouffée à demi par les bêtes qui ont probablement crevé à leur tour dans un coin d'ombre, tuées par le poison qu'avait dû devenir son sang. Et lorsque je l'ai appris, lorsque j'ai descendu son cercueil à la force de mes propres bras dans une fosse du cimetière communal, en la seule présence d'un fossoyeur duquel j'ai refusé l'aide avec ce même orgueil, cette même fierté stupide qui étaient les siens, sous une pluie telle que le ciel semblait s'être ouvert en deux, j'ai été foudroyé par ce qu'il emportait dans la tombe, à tel point que j'en suis tombé à genoux au bord du trou : le souvenir de ma mère que, d'une certaine façon, il gardait encore vivant et sur lequel il veillait en cerbère tandis que son visage commençait à s'effacer dans ma mémoire, les heures infinies passées aux Roches, l'apprentissage pénible, révoltant de la vie telle qu'il l'envisageait, telle que le monde et la providence l'avaient contraint à la concevoir, son irréductible insoumission. Tout cela, qui avait continué d'exister loin de moi, là-bas dans la montagne, comme quelque chose que l'on sait enfoui et bien gardé, était emporté avec lui. C'est au bord de cette tombe, sous cette pluie torrentielle que je me suis promis de terminer de relever les Roches, d'achever ce que nous avions commencé ensemble, sans me douter qu'il y a des choses qu'il est préférable de ne pas réveiller, des souvenirs et des hommes qui doivent rester ensevelis. Car ils n'attendent en réalité que cela, que l'on vienne les tirer de leur profonde torpeur pour resurgir et répéter sans cesse les mêmes hantises, les mêmes désastres.

Le père regarde fixement le revolver entre ses mains, sent affleurer en lui les souvenirs, les mots, les images, tout cela dans un grand désordre, un magma de laves profondes. Mais il ne dit rien. Il se tait, laissant une voix muette se déverser, un torrent dans un recoin de conscience, une ombre immense planant au-dessus d'eux dans la chaleur et la lumière implacables de l'été.

Il place le canon encore chaud du revolver dans sa bouche, l'arme répand sur sa langue une odeur de métal et de poudre, et il ferme les yeux. Le fils bondit vers lui, le saisit aux avant-bras, le supplie de lâcher le revolver, mais le père est bien plus fort que l'enfant, ses bras lui résistent et il presse la détente. Le claquement retentit, il rouvre les yeux, regarde le fils et éclate d'un rire sonore, le canon de l'arme encore serré entre ses mâchoires à l'incisive brisée.

Le fils est devant lui, prêt à fondre en larmes, le père range maintenant le revolver dans le sac à dos sans cesser de rire, d'un rire sous-tendu par un cri, un cri venu d'un autre âge, d'une autre réalité, d'une autre vie.

— Je t'ai bien eu, dit-il. C'était une plaisanterie. Au moins, maintenant, je sais que toi, tu ne me laisseras pas.

\*

Après le départ du père, elle enchaîne les petits boulots pour subvenir à ses besoins et à ceux du fils. Durant plusieurs mois, elle le dépose au lever du jour chez une voisine au bout de la rue et il finit sa nuit dans un sac de couchage, sur un tapis d'éveil molletonné, près du lit à barreaux d'un nourrisson, dans une odeur de couche pleine et de lotion pour bébé.

La voisine est une Portugaise répondant au prénom de Livia, une petite femme à la peau mate et aux cheveux très noirs qu'elle lustre à l'huile d'olive et au jaune d'œuf, imprégnée d'un parfum de lait de toilette et de talc. Livia est mariée à un routier, Alberto, un type à l'air mélancolique et doux qui paraît faire le double de sa taille et le quintuple de son poids. Le garçon ne fait jamais que le croiser, les rares fois où l'homme ne se trouve pas en déplacement, installé devant un téléviseur dans un fauteuil profond dont le cuir a pris l'odeur des Português Suave qu'il fume. Même le salon est trop petit pour lui ; il semble toujours se mouvoir dans les pièces, aux dimensions et à la disposition identiques à celles de la maison que le fils partage avec la mère, comme s'il cherchait à s'en extraire sans emporter par mégarde une cloison d'un coup d'épaule.

Une heure avant la sonnerie annonçant le début des classes, Livia le réveille, lui sert un petit déjeuner, trois biscottes au beurre nappées d'une gelée de fraises, un chocolat au lait brûlant à la surface duquel flotte une épaisse peau qui le répugne et qu'elle repêche de sa cuillère pour s'en délecter, lui reprochant de ne pas savoir ce qui est bon.

Les biscottes forment au fond du bol une bouillie que Livia le contraint d'avaler par l'invariable injonction prononcée, sitôt qu'il repose le bol devant lui, de le terminer et de le mettre dans le bac de l'évier. Son intérieur, contrairement à celui de la mère, est toujours ordonné, sent le linoléum lessivé à l'eau de javel, la cire O'Cedar qui fait briller ses meubles, les bouquets de sauge qu'elle brûle pour dissiper le relent tenace des Português Suave d'Alberto, et les plats qui mijotent sans cesse sur le feu de la gazinière.

Après le petit déjeuner, alors qu'il est encore âgé de six ou sept ans, Livia lui demande de se déshabiller et il se tient debout devant elle dans l'étroite salle de bains à l'identique faïence verte remontant à mi-mur, ses mains ramenées sur ses parties génitales tandis qu'elle passe sur son visage, son dos, ses aisselles, un gant frotté sur un pain de savon à la rose. Elle le frictionne vigoureusement et ne semble satisfaite de sa toilette que lorsque son dos et ses bras sont marqués de traces rouges.

Elle lui parle pendant ce temps de choses et d'autres, du feuilleton télévisé qu'elle a regardé la veille – elle raconte les péripéties des personnages avec la même émotion que si elles étaient advenues à quelqu'un de sa connaissance –, de son enfance à Porto, des façades ocre et rouge des maisons le long des rives du Douro cramoisies par la lumière du soir, de la maison toujours ombragée et fraîche de sa mère embaumée par la charcuterie et les épices des chorizos mis à sécher dans l'arrière-cuisine.

Le garçon aime la rudesse attentionnée de Livia, son accent langoureux, l'attention qu'elle porte aux détails. Après qu'il s'est habillé, elle lui applique quelques gouttes de brillantine Roja Flore, lisse vers l'arrière ses cheveux roux et lui tapote parfois à sa demande les joues et les poignets avec l'après-rasage aux notes de fougère d'Alberto.

Dans une ancienne vitrine en acajou installée à l'étage, Livia garde des bondieuseries, de petites icônes religieuses rapportées de Fátima, des santons, des vierges en plastique translucide renfermant de l'eau bénite en provenance de Lourdes.

Elle a de la religion une idée toute personnelle, ne met jamais les pieds dans une église et jure en portugais « *cabrão de Deus* » quand elle se cogne le pied à l'angle d'un meuble, mais prie pour tout et pour rien, invoque saint Antoine de Padoue pour retrouver un trousseau de clés et saint Christophe pour que son mari fasse bonne route.

Lorsque le garçon contemple la vitrine avec curiosité, elle lui décrit pour la énième fois la provenance de chaque objet, varie les anecdotes au gré des hésitations de sa mémoire ou de son inspiration du moment.

Elle repousse la vitre qui évente un parfum de bois verni et d'encens d'église, saisit l'une des vierges dont elle dévisse la couronne bleue, verse de l'eau dans la paume de sa main. Elle trace du pouce un signe de croix sur le front de l'enfant, se ravise et lui barbouille la figure. Avant de refermer la vierge, elle l'invite à boire un peu d'eau, porte à ses propres lèvres le crâne dégoupillé de la sainte pour avaler une gorgée, comme si elle se délectait d'une liqueur précieuse. Elle la remplit ensuite au robinet, convaincue que le contenu renouvelé s'en trouve béni tout entier par contagion.

Parmi les bondieuseries se trouve aussi un christ phosphorescent, avachi sur sa croix de bois contreplaqué, qui fascine l'enfant. Il demande à Livia s'il peut le voir de plus près. Elle place l'icône sous la lumière d'une ampoule durant quelques minutes et laisse le garçon s'enfermer dans le petit cagibi à balais de l'entrée. Là, dans l'obscurité du placard parfumée par les produits ménagers, atténuée par le trait de lumière glissé sous la porte derrière laquelle patiente Livia, il contemple la silhouette fantomatique projetant dans le creux de ses mains une lueur verdâtre, pareille à l'une de ces créatures des profondeurs marines qui illuminent les ténèbres d'une aura craintive.

Certains soirs, la mère, gagnée par une gaieté inhabituelle, annonce qu'elle sort avec une copine. Elle s'apprête, se maquille, vaporise autour d'elle le fond d'un flacon de Shalimar qui empeste la maison tout entière. Sa chambre, d'ordinaire le territoire du fils au même titre que la sienne, devient, sous l'effet d'une magie opérée par les gestes, l'afféterie rituelle de la mère, le lieu d'une autre féminité qui le tient brusquement à distance, convoque d'autres charmes que la seule tendresse maternelle qui lui est d'ordinaire destinée.

Il n'ose y entrer qu'avec prudence, plein du sentiment d'être admis dans une intimité qui ne le concerne plus, ne lui est plus destinée, révélant ce pan méconnu d'elle, cette sensualité à laquelle elle doit avoir renoncé et qu'il devine sur l'une des photographies – celle sur laquelle, jambes nues, elle rit de la morsure du père à son mollet –, ou quand elle minaude par jeu devant lui, simple répétition préfigurant ces soirs-là où elle entend séduire « pour de vrai ».

Lorsqu'elle est de sortie, elle le laisse chez Livia et, quand Alberto est en déplacement, s'y attarde un peu, partage avec elle un verre de vin dans la cuisine après qu'elles ont installé le fils devant le téléviseur. Assis dans le fauteuil profond duquel s'élève quand il s'y installe une haleine poussiéreuse aux relents de Português Suave, il entend derrière les sons du poste de télé les voix complices des femmes depuis la pièce attenante, les conciliabules qu'elles veillent à tenir secrets, baissant le ton ou s'interrompant lorsqu'il vient à surgir dans la cuisine, poussé par la curiosité ou par l'inquiétude de voir la mère partir sans qu'elle l'en ait averti ni lui ait embrassé le front comme à son habitude, selon des règles qu'ils ont tacitement établies.

Il est arrivé qu'il surprenne la mère en train d'essuyer ses larmes tandis que Livia, penchée vers elle, la console de chagrins dont il ignore tout et qui, comme les charmes qu'elle a plus tôt peaufinés, lui font soupçonner qu'il puisse coexister en elle plusieurs natures, ou qu'elle puisse mener d'autres vies parallèles à la leur, de même qu'il lui est difficilement concevable qu'elle ait été une enfant, une jeune fille et une femme avant d'être sa mère.

— Allons, ma chérie, entend-il dire Livia, laisse tout ça derrière toi, oublie-le, tu mérites bien mieux. Sors, change-toi les idées, amuse-toi.

Elles le renvoient devant le poste de télévision au prétexte qu'elles parlent de choses qui ne le concernent pas, et il obtempère à contrecœur avec le sentiment d'être mis au ban, exclu de l'intelligence des adultes et de la connivence des femmes.

\*

À l'approche des Roches, ils la voient au loin faire les cent pas près de la maison sombre, nichée dans le vert luxuriant de la prairie comme une excroissance de la montagne, une hernie de pierre sous la lente et indifférente progression des nuages dans l'azur du ciel, épars, défaits, prêts à se désintégrer d'un instant à l'autre.

Elle scrute les alentours et, sitôt qu'elle les aperçoit, avance vers eux d'un pas rapide dans la lumière vibrante. Elle marche puis court sur quelques mètres, puis marche à nouveau, empêchée par son ventre. Le fils voudrait courir vers elle mais le père le retient d'une main sur son épaule. Ils ralentissent tandis qu'elle progresse dans leur direction. Elle n'emprunte pas la sente bordée d'orties mais coupe à travers champ. Un vent flegmatique fait onduler les herbes et donne à la prairie un aspect liquide, mouvant. Plus loin, à l'orée des bois, le balancement des feuilles dévoile par alternance leur face vert sombre et leur revers gris, la frondaison des arbres parcourue par un fourmillement silencieux.

Tandis que la mère approche, ils voient son visage défait, ses yeux pétris d'angoisse vont du père au fils et du fils au père tandis qu'autour d'eux la nature est immobile, excepté ce lent frémissement que l'on pourrait dire épidermique, tant il paraît ne se manifester qu'à la surface des herbes, des arbres, de la réalité observable, le cœur des bois et les profondeurs minérales de la montagne restant perclus dans une impassibilité hiératique, et la vision de la mère remontant la prairie vers eux dans une pénible ascension, traversant le paysage figé par le soleil, ramène à la mémoire du fils le souvenir de la reproduction du tableau de Wyeth encollée sur un morceau de carton, exposée dans un sous-verre sur le mur de la chambre de la petite maison du quartier ouvrier.

Lorsqu'elle les rejoint, elle saisit le garçon par les aisselles et le soulève de terre.

— Où étiez-vous ? demande-t-elle. J'ai entendu des coups de feu, j'étais morte d'inquiétude.

— Tout va bien. On est simplement allés tirer sur des bouteilles.

Elle porte sa main à la tête de l'enfant en un geste de protection, un réflexe de louve. Elle sent la bosse à l'arrière de son crâne.

— Qu'est-ce qui lui est arrivé ? Il s'est blessé ?
— Il s'est cogné, c'est rien, il va bien.

Elle secoue la tête, incrédule, révoltée.

— Je t'interdis de lui mettre une arme entre les mains, tu m'entends ?
— Arrête de le couver comme ça, bon sang. Tu crois vraiment que tu lui rends service ?
— Je ne plaisante pas. Ne t'avise pas de recommencer.

Elle a parlé d'une voix dure, tremblante, comme si elle mettait au défi le père de la déposséder de l'enfant. Une tache rouge est apparue sur sa clavicule. L'homme la regarde droit dans les yeux et fait un pas vers elle, empiète brusquement sur l'espace qui les sépare, son pied abattu sans bruit dans les herbes de la même façon qu'il tenterait de mettre un chien en déroute ou le défierait de le mordre.

La mère bat en retraite, serre plus fort l'enfant contre elle.

— Ne m'approche pas. Ne t'approche pas de nous.

Elle recule toujours, s'apprêtant à devoir le repousser à tout instant. Il reste figé, son pied planté au sol devant lui, et ce n'est que lorsqu'elle juge être hors d'atteinte qu'elle se retourne pour emporter le fils vers la maison de ce même pas empressé, laborieux dont elle gravissait la prairie un instant plus tôt, et elle jette des regards par-dessus son épaule pour s'assurer que le père ne cherche pas à les rattraper.

Elle lutte avec le poids du garçon entre ses bras, se fraie une voie dans les herbes grasses qu'elle couche sur son passage et qui frémissent après elle, se redressent, se délassent, tentent de regagner leur verticalité, de combler leur éventrement.

Le père la voit rejoindre les Roches, le visage de l'enfant posé sur son épaule, ses bras noués autour de son cou, jusqu'à ce qu'ils atteignent l'ombre du bâtiment.

Il reste là sans bouger, sans même ciller, statufié, avec sa silhouette d'épouvantail minable et inquiétant, abandonné au beau milieu d'un champ, ou semblable à ces paysans sur l'une de ces très vieilles photographies en noir et blanc prises au travail des champs pour documenter la vie des campagnes du début du siècle dernier, qui se tiennent droits, solennels et graves dans un jour blanc, avec leurs grossiers habits de toile sombre, leurs grossiers sabots de bois couverts de terre, inaccoutumés à être pris en photo et fixent l'objectif de leur face burinée, de leur regard sévère parfois ombragé par le rebord d'un chapeau de paille, qui les fait rétrospectivement paraître aussi lugubres que des corbeaux épars sur une terre en labours.

L'été devient imprévisible, alternant des jours d'une chaleur écrasante, la montagne irradiée de soleil blanc, et des cieux bas, comme faits de strates minérales, siliceuses et enluminées.

Parsemées sur les clairières, les fleurs d'orchis bouc au labelle pourpre et torsadé dégagent un parfum de musc dans la touffeur des après-midi languissants.

Les papillons ivres de pollen volent d'une corolle à une autre et le fils, s'aidant du livre trouvé dans la chambre des parents et consacré à la faune de la région, apprend à les distinguer, à les identifier : Grand Mars changeant aux reflets bleuâtres – lorsqu'il parvient à capturer l'un d'entre eux pour contempler les ocelles marquant ses ailes supérieures, l'insecte laisse sur la pulpe de ses doigts une poudre grasse –, Lucine tachetée d'un blanc de craie, Aurore à l'apex flamboyant.

Le mystère de leurs noms latins – *Apatura iris, Hamearis lucina, Anthocharis cardamines, Argynnis paphia, Aglais io* – exerce sur lui une fascination, lui semble receler le secret inaccessible de ces corps si fragiles que le vent les porte, prêts à tomber en poussière, la raison profonde de ces vies éphémères, étrangères et pourtant parallèles à la sienne, occupant un même monde, mais sur un autre plan, une autre réalité.

D'ordinaire si rétif, si laborieux à l'apprentissage, il les mémorise sans peine et les récite pour lui seul avec la même ferveur que s'il s'agissait de mantras, de bribes éparses d'un vaste poème dont le sens total aurait été perdu.

Si les insectes, si lointains et si proches, ont sa

préférence, il s'émerveille aussi du nom commun des oiseaux qui habitent la montagne de leur présence vibrionnante, de leurs voix multiples, inépuisables : Fauvette à tête noire, Bouvreuil pivoine, Serin cini, Chevêche d'Athéna, Autour des palombes.

À l'heure du soir où le ciel s'empourpre, il voit s'élever depuis la pénombre des bois les lucanes cerfs-volants dont les larves ont patienté six ans dans le tronc de vieux chênes, avant que leur imago ne s'envole en vrombissant à la recherche d'un partenaire, s'abreuvant à la sève écoulée d'arbres malades au pied desquels les femelles ne tarderont pas à enfouir leurs œufs.

Tout, autour de l'enfant, offre le spectacle permanent de cette vie lente, régie par des lois énigmatiques dont le mystère l'enveloppe à mesure qu'il s'y attarde, s'y fond, en devient familier.

Durant les jours qui suivent son altercation avec le père, la mère est à nouveau foudroyée par l'une de ses migraines coutumières qui, depuis leur arrivée aux Roches, lui ont accordé un peu de répit. Contrainte de garder le lit, elle repose dans la chambre aux volets clos. Au fil des heures, un trait de jour glissé entre les deux battants balaie les murs, le plafond de la pièce ; elle cherche à le fuir lorsqu'il traverse le lit et se réfugie en gémissant d'un côté puis de l'autre du matelas.

Le fils se tient près d'elle, garde-malade aguerri, trempe le gant dans la bassine d'eau froide, l'essore, le dépose sur son front auréolé de vapeurs de menthol, tend la bassine en plastique lorsqu'une nausée la traverse, tandis que le père, inhabitué à ces crises ou contraint d'accepter l'injonction de se tenir loin d'elle et de l'enfant, ne passe plus qu'à contrecœur le seuil de la maison soudain dévolue à la souffrance de la mère, à ce clair-obscur dolent, contenu par les contrevents rabattus.

Il erre aux alentours, obstinément mutique, une Marlboro se consumant au coin des lèvres. Il commence de déblayer les ruines des dépendances, trie et empile les anciennes lauzes dans l'idée de remplacer celles qui ont été endommagées sur le toit du bâtiment principal, passe sans logique d'une tâche à une autre avec une agitation fébrile et n'achève rien.

Il s'occupe du potager, mais les plants sont restés malingres, n'offrent que quelques tomates qui pourrissent avant même de mûrir, des salades chétives et amères, dévastées par les limaces. Tout lui résiste, les Roches, la montagne même, par quelque obscure force – la mère réfugiée dans sa douleur –, lui opposent une inertie réprobatrice.

Levé avant l'aube quand les astres pâlissent, il s'endort aux premières heures du soir sur le canapé, son visage de plus en plus anguleux tourné vers l'âtre rougeoyant.

Après quatre jours de repos, la mère reparaît sur le seuil de la maison, laisse la lumière du matin maintenant anodine, bienfaisante, réchauffer son corps engourdi par le sommeil et les antalgiques. Elle paraît plus fragile que d'ordinaire, avec son visage plus pâle encore, ses yeux bordés de cernes, ses yeux brillants de mauvais sommeil.

Le père vient se placer derrière elle, l'enlace et dépose un baiser dans son cou. Il chuchote des excuses, des mots tendres à son oreille, passe une main sur son ventre. Un sourire énigmatique aux lèvres, la mère ne dit rien. Tout lui est préférable au supplice qui, la veille encore, la clouait au lit, et peut-être même croit-elle une dernière fois – avant que ne s'abattent sur les Roches la folie des pères si longtemps contenue, le poison transmis aux fils d'une génération à l'autre, jusque-là tapis dans les profondeurs de la montagne et dans le cœur des hommes – que la paix est possible, qu'ils finiront par trouver ici une harmonie et que tout, dès lors, sera apaisé.

Au poste de radio, lorsqu'ils parviennent à capter la FM, ils entendent l'annonce répétée de l'éclipse solaire totale, la dernière du siècle, qui aura lieu dans quelques jours.

Le père dit au fils qu'il ne faut la manquer sous aucun prétexte car le phénomène ne se reproduira que dans quatre-vingt-deux années, quand le fils aura quatre-vingt-onze ans.

Il le met en garde de la fixer à l'œil nu :
— Tu pourrais devenir aveugle ou bien tu aurais un trou dans les yeux.

Il passe à la flamme d'une bougie des éclats provenant d'anciennes vitres jusqu'à ce que la suie s'y dépose en une couche opaque. Il en ponce ensuite les arêtes tranchantes au papier de verre pour les émousser et invite le garçon à lever l'un d'eux vers le soleil.

— Ce n'est pas l'idéal, dit-il, mais ça fera l'affaire.

L'enfant ferme l'œil gauche, observe de l'autre, à travers l'épaisseur de verre noirci, la sphère de l'astre condensée en un disque lumineux aux contours parfaitement délimités, le soleil désarmé.

Plus tard, le fils se rappelle les paroles du père et la terreur de son aveuglement le gagne, ainsi qu'elle l'a saisi au beau milieu de la nuit lors de leur arrivée aux Roches, quand il s'est éveillé dans la chambre plongée dans une obscurité totale et que seuls lui parvenaient les sons inconnus de la maison, de la nature alentour.

Il ne peut cependant pas s'empêcher de contrevenir aux recommandations du père et de lever le visage vers le ciel pour défier l'étoile du regard le plus longtemps possible. Il s'en détourne aussitôt qu'il en éprouve la brûlure sur sa cornée et garde dans son champ de vision l'image flottante d'un soleil noir.

Épouvanté à l'idée de s'être *troué les yeux* et n'osant pas avouer au père qu'il lui a désobéi, il se réfugie dans la forêt, entre les racines du vieux noyer où, après avoir longtemps pleuré, il finit par s'assoupir, le spectre sombre flottant toujours derrière ses paupières closes.

À son réveil, il a recouvré la vue. Une salamandre repose devant lui, dans une crevasse humide et sombre, et le regarde de son grand œil d'obsidienne, sans pupille, parfaitement noir.

Le jour de l'éclipse, ils s'installent devant la maison, les éclats de verre à la main. Le ciel est d'un gris de cendres, bien qu'ouvert par endroits sur des puits de lumière vive descendant à pic sur la terre.

— On ne verra rien, dit le père, dépité.

Une respiration contenue s'étend sur la montagne. C'est la mère qui, la première, sent le silence reposer soudain autour d'eux quand la lumière baisse et que les ombres bleuissent.

— Écoute, dit-elle au fils. Les oiseaux se sont tus.

Puis le ciel se défait, une vague de lumière repousse pour un moment l'obscurité, embrase la cime des arbres avant qu'une ombre nouvelle ne gagne à nouveau du terrain.

Ils lèvent d'un commun élan les morceaux de verre en direction du soleil et voient l'astre décroître, englouti par le disque noir de la lune. La voûte céleste se dessine, les ténèbres s'étendent sur la terre et une moiteur crépusculaire s'élève du sol.

Tandis qu'elle regarde le soleil disparaître entièrement, dévoré par le corps de la lune, la mère sent à nouveau jaillir en elle une angoisse sourde et familière, l'intuition d'un malheur à venir, semblable à celle qui l'a foudroyée à la vue du potager labouré par le père, ou à la certitude de l'accident qui advient au fils dans le rêve à la balançoire.

Le souffle coupé par une douleur thoracique, elle détourne son attention de l'éclipse. Un instant, le monde est plongé dans une lueur vespérale, d'un bleu d'ardoise, épouvantable, une pénombre de tombeau dont la densité l'enserre et la suffoque.

Elle lâche l'éclat de verre noirci, s'éloigne d'un pas rapide. Elle cherche l'air, frappe sa poitrine d'un poing serré, ferme les yeux pour soustraire à son regard la vision de la montagne meurtrie, gangrenée par les ombres pourpres.

Le père ne s'est pas aperçu qu'elle n'est plus près d'eux. Lorsqu'il détourne son attention de l'éclipse, il la voit figée dans les herbes, à une dizaine de mètres, le visage baissé, comme recueillie.

— Ça va pas ? demande-t-il après s'être approché d'elle.

Elle secoue la tête et le regarde, désemparée.

— C'est le bébé, dit-elle à voix basse pour ne pas être entendue par le fils. J'ai peur que quelque chose n'aille pas.

— Comment ça ?

— Je sais pas. C'est difficile à expliquer. Un sentiment.

La lune se détache de l'astre et la lumière jaillit à nouveau en un point précis de sa masse obscure.

Derrière eux, le garçon s'écrie :

— Le soleil revient ! Regardez !

Le père tourne le regard vers le fils.

— Il n'y a aucune raison que ça se passe pas bien, dit-il. Tu as juste besoin de repos.

— Je pense que je devrais voir quelqu'un, un docteur.

Le père passe sa langue sur ses dents, porte une main conciliante au bras de la mère.

— Tu te fais certainement du souci pour rien. Laissons passer quelques jours. Si ça continue comme ça, alors on rentrera, d'accord ?

— On pourrait revenir plus tard, hasarde la mère.

Le père secoue la tête et sa main vient se poser sur sa joue.

— Si on part, c'est pour de bon, tu le sais bien. Je te demande juste d'attendre un peu. On peut pas prendre cette décision comme ça, sur un coup de tête.

Son pouce passe sur ses lèvres, s'y arrête, la réduit au silence à l'instant où le jour déferle de nouveau sur eux. Le fils court dans leur direction et la mère, lentement, imperceptiblement, opine.

La fin de l'été s'étire en une langueur hypnotique, nuits torpides durant lesquelles même la pierre des Roches exsude sa moiteur, journées accablées de soleil, aubes irréelles, nébuleuses, bientôt tranchées net par la lame du jour, crépuscules d'un rouge de forge s'effondrant l'instant d'après dans des ténèbres empourprées, des noirs de fusain.

La mère n'accompagne plus le fils dans ses excursions. Depuis le jour de l'éclipse, elle s'abandonne à une résignation silencieuse, dérive dans des eaux sombres où ni l'enfant ni le père ne peuvent la rejoindre. Elle est là, parmi eux, son corps se meut, bien qu'avec une lenteur sensible, elle leur parle, mais réfugiée dans un repli de son âme qui la tient à distance.

Elle passe de longues heures à marcher aux alentours des Roches sans plus s'en éloigner, fume parfois avec un air de vague dégoût – quand il la voit cigarette aux lèvres, le fils réalise qu'elle avait arrêté depuis plusieurs semaines –, absorbée par une longue conversation intérieure, son regard las embrasse sans attache, sans même les voir vraiment, les choses qui se présentent à elle ; ou bien elle reste allongée dans la chambre, son ventre lourd la contraignant à s'étendre sur le côté, et elle regarde les degrés de lumière s'écouler le long des murs.

Sensible à l'étrangeté qui la gagne, le fils s'arrange pour garder la mère dans son champ de vision quand il ne reste simplement pas dans sa compagnie. Il cherche à la divertir par des histoires qu'il invente, des jeux auxquels elle se prête sans enthousiasme, refuse le plus souvent au prétexte qu'il lui faut se reposer.

Il lui apporte du dehors des mûres qu'il écrase par mégarde sur son trajet et qui bleuissent la paume de ses mains, de petits objets qui finissent par encombrer la cantine de métal vert sombre :

pierres aux formes ou iridescences curieuses, mues de serpent, ossements blanchis glanés aux abords d'un terrier, bois flottés, œuf de merle couleur d'agate... Elle mange les baies une à une, reconnaissante, garde et contemple chacun des menus trésors comme s'il lui était rapporté d'un monde exotique, d'une réalité désormais hors d'atteinte, ou comme s'il s'agissait d'une relique provenant d'un temps nostalgique et révolu.

L'enfant retourne néanmoins voir les chevaux. Leur présence tranquille, indifférente, est un contrepoint à celles de la mère et du père. Lorsqu'il s'avance sur la clairière, le troupeau relève la tête, le poulain ou une jument hennissent paisiblement.

Le garçon nettoie l'œil borgne de l'étalon, passe ses doigts sur les salières et les flancs creux de l'animal. Il songe qu'il pourrait rester parmi eux, ne jamais regagner les Roches. Ne dit-on pas qu'il existe des enfants élevés par des loups ? Mais il faudrait pour cela abandonner la mère à l'emprise du père, et il se résout toujours à regagner la maison.

Pour un temps, même bref, quand il somnole dans les herbes auprès du troupeau, il s'imagine galoper parmi eux, n'avoir d'autre besoin, d'autre aspiration, que cette liberté placide, la temporalité mystérieuse, filandreuse, de la montagne, où rien n'a de début ni de fin, où les choses paraissent avoir toujours été ce qu'elles sont et n'être menacées d'aucun anéantissement.

Un soir, après la tombée de la nuit – une nuit plus humide et froide que les précédentes, portant déjà la promesse languide de l'automne –, tandis que le fils s'attarde à regarder les étoiles tomber dans le ciel, le père s'assied près de lui.

— C'était quoi, la troisième fois ? demande le garçon.

— La troisième fois ?

— Ton père. Tu as dit qu'il avait utilisé le revolver trois fois.

— Oh, répond le père. Tu te souviens de ce renard dont je t'ai parlé ? Celui que j'ai eu ici, aux Roches.

— Oui.

Le père admet n'avoir pas dit la vérité quand il a prétendu ne pas se souvenir de ce qui était advenu du renard. C'est son père qui avait trouvé l'animal à peine sevré, et le renardeau avait immédiatement témoigné au garçon une confiance absolue, cette confiance que seules savent accorder les bêtes à ceux qui les sauvent. Le père dit que le renard était devenu en un rien de temps le centre de son existence, son seul compagnon, vivant, dormant, jouant avec lui jusqu'au jour où sa présence était devenue insupportable au vieillard, qui estimait peut-être que l'animal lui faisait ombrage ou détournait son fils de son devoir.

— Comment savoir ce qui pouvait lui passer par la tête ?

Il dit que l'homme a pris le renardeau en grippe, qu'il s'est mis en quelque sorte à le haïr, à prétendre qu'il finirait bien par mordre le garçon ou par lui refiler une maladie, et une nuit, alors que l'enfant dormait, il l'a emporté pour l'abandonner dans un coin de forêt, probablement à des kilomètres des Roches. Mais c'était sous-estimer la capacité qu'ont les bêtes à retrouver leur chemin ici-bas sur la terre, car il était revenu.

— Il était là, tremblant devant la porte à la première heure du jour, son doux pelage souillé de boue, criblé de branches et d'épines.

Une fois, deux fois, trois fois le renard était revenu, sans doute guidé par son odorat ou un sixième sens échappant à l'entendement des hommes. Et c'est à la troisième fois que le père avait vu le vieil homme utiliser le revolver, lorsqu'il avait fourré dans un grand sac de toile le renardeau qui se débattait comme un beau diable, déjà conscient du sort qui cette fois lui serait réservé et auquel de toute évidence il n'échapperait pas. Le garçon avait eu beau s'agripper à son pantalon, se laisser tirer derrière le vieux à même le sol tandis qu'il marchait en traînant opiniâtrement la jambe, il n'était pas parvenu à l'en empêcher. Ses mains n'en pouvant plus d'enserrer l'angle affûté de son tibia avaient fini par lâcher.

— Je suis resté la gueule dans l'herbe à hurler,

à abattre mes poings sur la terre molle, jusqu'à ce qu'un coup de feu résonne dans la montagne. J'ai su que c'était terminé, que jamais je ne reverrais le renardeau.

Il a basculé sur le dos, sa colère brusquement éradiquée, devenue à ce point insoutenable qu'elle s'est effondrée sur elle-même, ne lui laissant rien d'autre qu'une sensation d'étrangeté, d'engourdissement. Le père dit avoir attendu sans un mot que le vieux revienne, passe près de lui, le sac de toile vide à la main, vide et troué par la balle, souillé par le sang du renardeau, puis qu'il s'est éloigné en le laissant là, sifflotant comme s'il venait simplement de s'acquitter d'une tâche nécessaire, pas même déplaisante, et se félicitait d'un travail bien fait, d'avoir rétabli par la mise à mort du renard un équilibre dont les règles auraient été connues de lui seul.

Le père est happé par d'autres pensées et porte une cigarette à ses lèvres. La flamme de son briquet bleuit dans l'obscurité. Il pointe le ciel du bout de sa cigarette embrasée et dit au fils que leur regard ne peut en saisir qu'une infime partie, une partie si infime qu'ils ne peuvent même pas concevoir ce qu'est la réalité du ciel.

Il dit qu'il y a là-haut d'autres étoiles, d'autres planètes, certaines plongées dans une nuit si totale qu'aucun soleil ne les atteint jamais et, au-delà, d'autres galaxies encore, des milliers, contenant chacune des milliards de soleils, des milliards de planètes, et il dit qu'au-delà encore de toute chose visible se trouvent des centaines de milliards de galaxies.

— Est-ce qu'il y a d'autres terres comme la nôtre ? demande le fils.

— J'espère que non, répond le père après s'être tu longuement. J'espère qu'il n'y a rien. Que de la pierre, du silence, de la glace et du feu.

*

Un soir qu'elle rentre du travail et passe la porte, la mère est frappée à la poitrine par le rire des hommes qui lui parvient depuis le salon. Elle reste sans bouger dans la pénombre d'ordinaire amène et hospitalière de l'entrée qu'éclaire d'une lumière ambrée le jour filtré par le verre structuré de la porte.

Elle se défait de son manteau, le suspend à la patère et fixe son reflet dans le miroir accolé au mur, ses traits tirés par la fatigue, ses cheveux négligemment noués d'un élastique, l'un de ceux qu'elle enfile parfois à ses poignets et malmène distraitement entre ses doigts jusqu'à ce qu'ils s'effilochent.

Elle cherche à se redonner une contenance, à dissiper l'appréhension et la lassitude mêlées qui ont instantanément remodelé les traits de son visage dans le clair-obscur du vestibule, sans surprise néanmoins, sans le moindre étonnement, car elle sait ce qui l'attend lorsqu'elle s'avancera vers l'aura de lumière et de fumée d'où sourdent les voix conjointes et gaillardes des hommes, d'une fraternité trop allègre pour être tout à fait sincère. Elle s'y est sans doute préparée en secret, elle s'y est résolue et disposée, sachant qu'à tout instant le père pourrait convoquer le fantôme qu'est Tony – ou plutôt, le fantôme de ce que tous trois ont été ensemble, de ce qu'ils ont représenté les uns pour les autres, et aux yeux de tous : leur trio tour à tour enviable, haï ou méprisé –, qu'il le convoquerait inévitablement, que peut-être même son retour n'a d'autre objet que de les réunir et de les confronter.

Et lorsqu'elle marche vers le bloc de lumière densifié par la fumée de leurs cigarettes, la chaleur irradiante de leurs souffles alcoolisés et de leurs voix unies dans l'espace confiné du salon, elle porte déjà au visage ce masque d'affabilité tranquille, de détachement accort qu'elle sent pourtant près de se fissurer et de tomber en morceaux.

— Tony, dit-elle depuis le seuil de la pièce.

— Salut, répond Tony, tournant le regard vers elle.

Il esquisse le geste de se lever puis se rassied sous l'attention triomphante du père qui écrase sa cigarette sur le rebord de l'une des canettes de bière vides posées sur la table basse.

— Regarde qui nous fait le plaisir d'une visite.

La mère sourit brièvement.

— Où est le petit ? demande-t-elle.

— Dans sa chambre, j'imagine, dit le père avec un désintérêt à peine voilé.

Puis, avec un enthousiasme retrouvé :

— Tu aurais pu me dire que Tony avait eu deux gamins !

La mère ne répond pas. Jamais ils n'ont parlé de Tony depuis le retour du père. Jamais ils n'ont seulement évoqué le prénom de Tony, bien qu'il leur ait à tout instant brûlé la langue, une imprécation pour l'une, un blasphème pour l'autre, bien qu'ait flotté autour d'eux la présence, l'idée de Tony, plus que sa réalité de chair et de sang – son existence simultanée à la leur, dans cette même ville, à quelques kilomètres à peine –, des bribes de ce passé partagé avec lui. Le vif, déchirant souvenir des gestes formés, des mots prononcés, de ces années englouties avec le départ du père, reléguées dans les limbes d'une vie qui leur paraît à tous antérieure à celle-ci, et qui pourtant les réunit dans la lumière voilée et confortable du lustre du salon de la petite maison du quartier ouvrier, où ils semblent tenter en vain de rejouer l'une de ces scènes qui les voyaient figurer tous trois ensemble, inséparables.

— Des jumeaux, ajoute le père, tu te rends compte ?

— Oui.

— Il m'a montré une photo. Tony, montre-lui la photo.

Tony reste immobile, un sourire désolé aux lèvres, absorbé par la contemplation de la canette de bière qu'il tient entre ses mains comme si les paroles du père ne l'avaient pas atteint.

— Tony, montre-lui la photo, répète le père d'un ton maintenant sans appel.

Cinglé par la voix du père, Tony se lève avec un empressement fautif, trahissant une docilité dont son sourire navré semble vouloir l'absoudre aux yeux de la mère. Il porte une main à la poche arrière de son jean, en tire un portefeuille qu'il fouille nerveusement pour en extraire une photo.

Elle s'avance, saisit le cliché sur lequel elle contemple un instant une jeune femme au visage constellé par les taches brunes d'un masque de grossesse, tenant dans ses bras deux nourrissons replets.

— Deux petits gars, dit le père dont elle sent reposer sur elle le regard scrutateur. Ils lui ressemblent, non ?

— Oui, ils lui ressemblent, dit la mère.

— Et sa petite femme, elle est pas jolie ?

— Très jolie.

— C'est Sylvia, tu la reconnais ? Tu te souviens de Sylvia, non ? C'est l'aînée des Legendre, ceux qui ont...

— Bien sûr, je connais Sylvia, l'interrompt la mère.

— Bien sûr, répète le père. Bien sûr, tu la connais.

— Je vais y aller, dit Tony rangeant la photo dans le portefeuille.

Le père se lève à son tour, hisse son regard à hauteur de celui de Tony. Leurs corps séparés par la largeur de la table basse élancent leurs ombres sur le mur – depuis toujours, pense la mère, leurs corps comme des pôles contraires.

— Depuis le temps qu'on s'est pas vus, tu penses quand même pas que je vais te laisser partir comme ça ? Reste donc manger avec nous.

— Merci, répond Tony, mais j'ai pas vu l'heure filer. Je devrais déjà être rentré, Sylvia m'attend.

Le père rit d'un éclat sec et railleur.

— Passe-lui un coup de fil, elle comprendra.

— N'insiste pas, dit la mère. S'il te dit qu'elle est seule avec les deux petits…

— Mais si, justement, j'insiste ! s'exclame le père qui tend le bras pour saisir l'épaule de Tony et la serrer. Inutile de discuter, tu restes avec nous.

Tony acquiesce et le père victorieux sourit à la mère.

— Très bien, dit-elle. Je monte me changer.

— Va, va, répond-il en la chassant d'un geste enjoué de la main. On s'occupe du dîner.

Elle gagne l'étage, s'arrête devant la chambre du fils et l'observe par la porte entrebâillée. Allongé sur le dos sur le tapis automobile, le garçon tient levée devant lui une des figurines des *Maîtres de l'univers* achetée pour dix francs dans l'une de ces braderies organisées une fois l'an dans une cour d'école de la ville ; un personnage à la peau bleue, portant en guise de visage un crâne jaune au rictus démoniaque, drapé d'une capuche et d'un plastron pourpre, auquel il murmure des histoires.

La mère frappe contre le battant de la porte et le fils tourne le regard vers elle.

— Je suis rentrée. Tu as passé une bonne journée ?

Le fils opine. Elle entre dans la chambre

— Quelque chose ne va pas ?

— Est-ce que tu es fâchée contre moi ? demande le garçon.

— Fâchée ? Pourquoi est-ce que je serais fâchée ?

— Parce que c'est moi qui lui ai parlé de l'oncle Tony.

La mère vient s'asseoir en tailleur près de lui.

— Quand est-ce que tu lui as parlé de l'oncle Tony ?

— L'autre fois. Quand on est allés à la fête.

— Est-ce qu'il t'a posé des questions ?

Le fils acquiesce.

— Et qu'est-ce que tu lui as dit ?

— Rien. Simplement qu'il venait nous aider parfois.

Elle saisit doucement son menton pour lever son visage vers elle.

— Je ne suis pas fâchée contre toi, dit-elle. Pourquoi est-ce que tu t'inquiètes ?

Le fils hausse les épaules et reporte son attention sur la figurine.

— Je ne veux pas que tu te fasses de souci. Laisse les adultes se débrouiller entre eux, d'accord ? Il n'y a aucune raison de t'inquiéter.

— Pourquoi est-ce qu'il est parti ? demande l'enfant. Et pourquoi est-ce qu'il est revenu ?

— J'aimerais pouvoir te répondre, dit la mère. Mais il y a des choses qu'un petit garçon de neuf ans ne peut pas comprendre.

— Je suis assez grand pour comprendre.

— Tu as peut-être raison. J'espère qu'un jour tu comprendras. J'en suis même certaine. Je vais me doucher, dit-elle en se relevant. On mange bientôt. Tony reste dîner avec nous.

Le fils ne répond pas et elle s'attarde un instant, sa main sur le chambranle de la porte, à regarder la figurine voleter entre ses mains.

Dans la salle de bains, elle ouvre le débit du pommeau de douche, se ravise, ferme la bonde de la baignoire et tourne le robinet pour couvrir le bavardage lointain des hommes.

Elle s'assied sur le rebord du bac, gagnée par une grande lassitude, ses mains posées de chaque côté de ses cuisses sur les carreaux de faïence. Elle reste sans bouger, le regard sur le tapis de bain rose à ses pieds, bercée par le bruit de l'eau qui s'écoule à gros remous, par la vapeur légèrement chlorée qu'elle sent s'élever derrière elle, se déposer sur les fins cheveux de sa nuque et embuer la pièce. Elle se déshabille, abandonne ses vêtements au sol, étend ses jambes alourdies, ses bras aux articulations noueuses, endolories par les mêmes gestes répétés tout le jour.

Elle entre dans le bain fumant de façon à ne plus entendre que des sons assourdis, le claquement des canalisations, les frictions infimes de sa peau contre l'émail de la baignoire. Elle passe une main sur son bas-ventre. Le test de grossesse ne repose-t-il pas depuis plus de deux mois, barré d'un trait fatidique, dans la poubelle de plastique bleu près du lavabo au fond de laquelle elle a pris soin de l'enfouir, reléguant la nouvelle et ses conséquences dans un recoin de son esprit ?

Elle replie les jambes pour laisser son visage glisser sous la surface de l'eau. Des images s'élèvent confusément, une voix intérieure abattue comme un ressac sur sa mémoire, sa propre voix à elle-même adressée par-delà les années.

Elle voit le père surgir en ville, adolescent encore, connu de loin en loin par les jeunes du coin, certains l'ayant fréquenté dans la cour d'une école avant qu'il ne disparaisse après la mort de sa mère, entraîné dans la montagne par son père – pour des raisons qu'ils ignoraient ou dont ils ne devaient pas se souvenir par la suite –, et qui couchait alors dans un duvet sur la banquette arrière d'une Renault 30 probablement rachetée dans une casse automobile ou dans l'arrière-cour d'une ferme pour une poignée de billets, puis retapée Dieu sait comment à coup de pièces détachées grappillées çà et là.

— Et qu'il conduisait sans même avoir le permis puisqu'il n'avait que dix-sept ans.

C'est de cette façon que lui et l'oncle Tony se sont rencontrés, autour des voitures qu'ils bricolaient ensemble, passant des journées entières penchés sur des moteurs désossés, des nuits à la lumière de projecteurs et de lampes frontales dans la fosse mécanique d'un garage, formant avec quelques autres types une bande de garçons hâbleurs, intrépides, écumant les salles de billard à l'arrière des cafés qu'ils enfumaient et animaient de féroces éclats de rire, les bals champêtres des villages alentour à la belle saison, se tenant à l'écart d'une estrade montée sur la place d'une église ou le parking d'une salle polyvalente. Ils habitaient une réalité parallèle, celle de leur petite bande attroupée autour de voitures dont ils faisaient rugir les moteurs et cracher les pots d'échappement, packs de bière posés sur les capots rutilants, filles tournant en satellite autour d'eux, s'alanguissant dans les bras des uns puis des autres, parfois simultanément.

— Avant de disparaître, de retourner à la banalité de leur vie et de la ville.

Ils suscitaient l'envie ou le mépris, semblaient se moquer de tout, conscients de leurs corps vigoureux qu'ils dénudaient l'été sur les bords de rivière pour se jeter du haut des ponts dans des trous d'eau claire, et parmi eux le père – qui n'en était pas encore un, mais un enfant jouant à être un homme, enivré, stupidement enorgueilli à l'idée d'en être devenu un –, le plus insaisissable de tous, le plus imprévisible, celui qui semblait les aimanter, les fédérer autour de lui ; le plus sauvage aussi, prompt à la bagarre s'il estimait qu'un type croisé dans un bar attardait trop longtemps le regard sur lui, mais veillant sur ceux de sa bande avec une affection fraternelle, presque amoureuse. Ils débarquaient en ville, horde de petits dieux arrogants, querelleurs, se moquaient des règles, du qu'en-dira-t-on, animés d'une force de vie qui, aux garçons comme aux filles du coin, semblait extraordinairement enviable.

Tous avaient quinze ans, dix-huit ans, vingt ans, ils étaient nés ici, avaient grandi ici et savaient déjà que la plupart d'entre eux finiraient par vieillir ici, assignés à résidence dans cette ville médiocre, sanglée, corsetée au creux de cette vallée, prise en étau par la montagne, condamnés à leur condition de fils et filles d'ouvriers, manutentionnaires, soudeurs, carriers, agents d'entretien, certains rêvant pourtant de fuir, avec le sentiment encore vif, bouillonnant, que leur salut résiderait dans la plus grande distance qu'ils parviendraient à mettre entre la ville et eux.

— C'est du moins ce à quoi j'aspirais, moi, avec le sentiment d'avoir été tenue jusque-là dans l'antichambre de la vie, plongée dans une torpeur abrutissante, sous la coupe d'une mère à la présence aride, hostile, réprobatrice.

Et lorsqu'elle a été admise dans la bande, elle a voulu croire en la promesse d'autre chose, enivrée à son tour par l'apparente liberté du père, son insoumission, son appétit, grisée par les nuits blanches, dissoutes dans les vapeurs d'herbe et d'alcool, l'odeur des moteurs brûlants, les courses de voitures sur ces routes retorses, périlleuses.

— Quand, à des heures tardives, il lui arrivait brusquement de s'assombrir, que l'alcool déliait sa langue, qu'il se mettait à déverser sa haine sur la ville avec ce feu noir dans les yeux, je n'y voyais aucune menace, seulement la promesse que nous finirions par partir, qu'il trouverait, lui, le moyen de nous en arracher.

Mais quelque chose le retenait, sans doute la présence lointaine de ce père qu'il avait laissé dans la montagne, dont elle ne savait presque rien, et lorsque cet homme est mort, que deux officiers de gendarmerie se sont présentés à la porte pour leur annoncer que le corps du vieillard avait été découvert là-haut, il s'est contenté de hocher la tête sans surprise, comme s'il avait attendu cette nouvelle depuis bien longtemps. Il a refusé que quiconque l'accompagne pour reconnaître le corps, s'est probablement tenu seul et droit au pied de la dépouille de son père sous la lumière blanche d'une chambre funéraire, et il a aussi exigé d'être seul le jour où le vieil homme a été mis en terre.

— Je me souviens d'une pluie diluvienne, de son pantalon taché aux genoux lorsqu'il est rentré, blême, hanté déjà.

Sans doute est-ce à ce moment-là que les choses ont commencé de changer – elle l'a du moins souvent pensé par la suite, même si aucun d'eux n'a d'abord eu conscience de cet infime, de cet imperceptible basculement –, il est simplement devenu plus taiseux, plus grave, son humeur plus imprévisible encore, son avidité pour les courses redoublée. À cette même époque, il est arrivé qu'elle les entende parler à mi-voix, en aparté, de voitures qu'ils devaient récupérer pour les conduire à la frontière, et elle fuyait leurs conversations, ne voulait rien savoir, ne pas y penser. Quand il arrivait qu'ils partent en virée pour deux ou trois jours, elle ne posait pas de question, pas plus à eux qu'à elle-même.

Après avoir écumé quelques appartements du centre-ville, ils se sont installés dans cette grande maison à demi vide qu'ils ont fini par louer avec Tony – depuis toujours le plus proche, le dévoué –, où allait et venait à toute heure du jour et de la nuit la troupe festive des fidèles.

— Sans doute l'ignorance me semblait-elle préférable, comme me semblait aussi préférable la vie que nous menions, que je croyais encore libre de toute entrave, insouciante, bien qu'elle ne l'ait probablement jamais été.

Et quand elle a appris être enceinte, elle a puisé en elle les ressources nécessaires pour apaiser le vertige qui l'a d'abord saisie ; elle a pensé qu'elle en serait capable, qu'être mère serait une façon de se réaliser, de laisser derrière elle cette longue et pénible enfance qu'elle avait cru ne jamais voir finir, qu'elle deviendrait adulte et n'aurait d'autre choix que d'obtenir son indépendance et sa liberté.

— Lorsque je le lui ai annoncé, il m'a prise dans ses bras, m'a baisé cent fois les lèvres, le front, le nez, les joues. Tu vas me donner un fils, disait-il en riant, des larmes plein les yeux, tu vas me donner un fils. J'ai eu beau lui dire que je n'en savais rien, il n'en démordait pas, je lui donnerais un fils.

Jamais elle ne l'a vu plus heureux que ce jour-là, les semaines et les mois qui ont précédé et suivi la naissance du fils. Mais c'était sans compter sur ce qui le poursuivait, ce quelque chose, quoi que ce soit, qu'il a emporté avec lui le jour où il a fui les Roches, et qui ne cessait déjà de l'y ramener.

Il avait commencé d'y retourner, sans rien lui en dire tout d'abord, puis en mentionnant quelques travaux d'entretien, juste de quoi éviter que la maison ne s'effondre, et chaque fois qu'elle lui proposait de l'y accompagner il refusait, lui assurait qu'il n'y avait rien à y voir, qu'il l'y conduirait un jour ou l'autre quand il estimerait le moment venu.

Rien n'existait plus, à ses yeux à elle, que l'enfant qu'elle venait d'avoir, et elle n'avait pas vu le père s'éloigner d'elle, ni le vide se faire peu à peu autour de lui, inexorablement, les gars de la bande s'éloigner, lassés par ses emportements, certains mis à distance, bannis de la petite bande pour d'obscures dissensions, ou parce qu'ils désapprouvaient et refusaient de prendre part à ses « affaires » qui l'accaparaient de plus en plus fréquemment. Un soir, un garçon de vingt et un ans avait quitté la route, défoncé une glissière de sécurité et percuté un arbre au bord d'une ravine, et c'en avait été fini des courses clandestines. D'autres avaient pris un boulot, s'étaient rangés, avaient épousé une fille du coin. Tous avaient vieilli sans même s'en être rendu compte, et peu étaient partis.

— La ville s'était refermée sur nous, si tant est que nous ayons jamais eu l'occasion de nous en échapper vraiment.

Le père était devenu sous ses yeux cet homme insondable, irascible, dévoré, qui lui inspirait désormais de la crainte. Seul restait près de lui l'oncle Tony, asservi, pris dans ses filets ; le loyal Tony auprès duquel la mère trouvait l'attention, la douceur, la complicité qui faisaient défaut au père, une bien amère compensation aux rêves qu'elle avait formés et qui avaient été réduits en poussière.

Deux ans avaient passé dans cette grande maison froide qu'il avait fini par meubler de façon dispendieuse et dépareillée, où elle errait seule la plupart du temps, son fils dans les bras. Sa mère lui rendait parfois des visites rétives et brèves au cours desquelles elles s'asseyaient l'une face à l'autre, la vieille génitrice avec son sac à main tenu sur ses genoux ostensiblement serrés, balayant du regard la pièce autour d'elle avec un air de désapprobation et de suspicion, comme si elle s'était trouvée dans une position particulièrement inconfortable, infamante, même, buvant du bout des lèvres le café qui lui avait été servi et demandant soudain : Est-ce vraiment ce que tu veux ? Est-ce vraiment ainsi que tu souhaites élever ton fils ?

— Je lui répondais invariablement d'un petit rire hargneux : Qu'est-ce que tu racontes ? Parce que tu crois peut-être que ta vie vaut mieux, qu'elle est plus respectable, plus méritante que la mienne ?

Chacune restait alors murée dans son silence, celui de deux femmes ne supportant pas de contempler chez l'autre la même insatisfaction, le même sentiment d'échec et de désespoir. Il arrivait aussi à la vieille mère de serrer le fils contre elle avec une ferveur telle qu'elle semblait vouloir l'arracher à sa fille, le soustraire à ce qu'elle estimait probablement être sa négligence, son irresponsabilité.

— Et je me demandais s'il ne se pouvait pas que ce soit justifié, ce qui me rendait sa présence plus insupportable encore.

Puis il y avait eu cette nuit au milieu de laquelle le père, qui devait s'être absenté plusieurs jours, avait posé une main sur son épaule, l'avait tirée du sommeil pour lui dire qu'il lui fallait se lever, s'habiller sans plus attendre, réunir ses affaires et celles de l'enfant, et s'en aller, car au matin des hommes viendraient le chercher et qu'il préférait que ni elle ni le fils, si petit soit-il, n'assistent à cela.

— Il m'a dit : Tony va te conduire chez ta mère, et je n'ai demandé aucune explication car elle aurait été inutile, je me suis levée sans dire un mot, j'ai fait ce qu'il demandait, j'ai préparé une petite valise dans laquelle j'ai emporté ce qui me tombait sous la main car je me moquais bien en vérité de manquer de quoi que ce soit, qu'il me semblait même préférable de tout laisser derrière nous, tant je sentais monter une colère sourde contre lui, accumulée depuis si longtemps qu'elle devait s'être solidifiée au fond de moi, formant ce nœud dur, irradiant, tout près de déchirer ma poitrine.

Le père se tenait près d'elle, mais à distance, la regardait fourrer au hasard dans le sac quelques vêtements, un album photo, quelques babioles, ce que l'on emporte dans la fuite, avec cet épouvantable sentiment d'humiliation. Il se tenait droit et grave dans un coin de la pièce, penaud aussi, les yeux baissés sur ses pieds, pareil à un adolescent perdu et, dans le même temps, à un vieil homme désabusé et, lorsque la mère en avait eu terminé, ils s'étaient retrouvés l'un face à l'autre, elle tenant la valise d'une main et son fils de l'autre.

— Prends bien soin de lui, a-t-il dit en m'embrassant au coin de la bouche, un baiser empressé auquel je me suis soustraite en détournant le visage, prends bien soin de lui jusqu'à mon retour. Ton retour, ai-je répété avec tout le mépris dont j'étais capable.

Puis elle avait passé le seuil de cette maison et n'avait plus entendu parler du père jusqu'à ce jour où il avait effectivement décidé de reparaître dans leurs vies, et durant tout ce temps elle n'avait gardé de ces années vécues ensemble qu'un souvenir lancinant, une nostalgie rancunière, la certitude que s'il devait revenir elle saurait lui refuser le pardon qu'elle l'imaginait venir implorer.

— Combien de fois me suis-je vue le repousser, combien de fois ai-je mis en scène et répété le refus que je lui opposerais, et combien de fois aussi ai-je senti mon cœur imploser en croyant l'apercevoir au détour d'une rue ?

Mais lorsqu'elle l'avait vu étendu sans sa chambre, comme dormant du sommeil du juste, ramenant à la surface ces instants vécus, disparus, relégués à l'arrière-fond de l'existence, toute cette colère qu'elle avait fomentée, tout ce ressentiment infiniment ressassé s'était effondré, emporté par l'espoir renouvelé, resurgi de cette existence antérieure, qu'ils pourraient peut-être être ensemble, réunis.

Maintenant, dans l'étreinte du bain, son esprit divague au rythme sourd de son cœur, abolit l'espace et le temps ; il lui semble possible et enviable de se disperser dans la chaleur qui l'entoure et la berce, d'être soustraite au monde, à la présence du père, de Tony, du fils même : délestée de leurs emprises respectives.

Ne pourrait-elle pas simplement disparaître ?

Elle se redresse, projetant une gerbe d'eau sur le sol carrelé, et elle reste assise un moment, une main retenue au rebord de la baignoire, l'autre posée sur son sein.

Le père a dressé la table au salon, préparé une poêlée de haricots verts surgelés, des steaks hachés, des pommes de terre sautées, sorti du frigo de nouvelles canettes de bière fraîche. Il fait maintenant preuve d'une douce allégresse, se réjouit de la présence fraternelle de Tony, et Tony paraît lui aussi s'être sensiblement détendu, ne plus redouter les représailles que semblait couver l'enjouement du père.

Ils mangent tous deux d'un appétit jovial, causent à bâtons rompus. Le père veut tout savoir de la vie de Tony, des années durant lesquelles ils se sont perdus de vue : quels boulots a-t-il faits, lui qui n'était vraiment doué que pour la mécanique, depuis combien de temps travaille-t-il dans cette entreprise d'électricité, gagne-t-il correctement sa vie, comment Sylvia et lui ont-ils commencé de se fréquenter, où vivent-ils désormais et quelles sont ses premières impressions de la paternité ?

Il écoute les réponses de Tony avec une impatience perceptible de la mère seule, son regard vole sans cesse jusqu'à elle, la prend à témoin de cette vie construite sans elle par Tony, et elle se contente de les écouter parler sans parvenir à se départir de sa défiance et du sentiment d'effroi qui l'a plus tôt étreinte dans la salle de bains à l'idée de son propre anéantissement.

Elle se lève pour dissiper son angoisse, allume une Peter Stuyvesant et va entrouvrir la fenêtre afin d'aérer la pièce. Le fils lui apporte une orange, s'assied dans le canapé et commence de feuilleter un vieux journal télévisé. Elle fume un moment en regardant les toits des maisons sombrer dans la nuit, pèle le fruit dont elle tend les quartiers au garçon.

Le père bascule en arrière contre le dossier de sa chaise, porte une Marlboro à ses lèvres.

— Tu te souviens de la Lancia Thema 8.32 ? demande-t-il.

— Tu plaisantes ? répond Tony, tirant une cigarette du paquet que lui tend le père.

Il se penche vers la flamme de son Zippo distillant une odeur d'essence.

— Bien sûr que je m'en souviens. Moteur Ferrari 308, intérieur cuir, ronce de noyer.

— Et la Mercedes-Benz 500 ? Un bolide, dit le père, les yeux brillants. Tu te rappelles la nuit où on l'a amenée en Espagne ? On a été pris en chasse par deux bagnoles de flics.

— Va te brosser les dents et te mettre en pyjama, dit la mère au fils. Embrasse l'oncle Tony.

— Cinq litres de cylindrée, cent kilomètres à l'heure en six secondes ! Je l'ai poussée à près de deux cent cinquante sur l'autoroute.

Tony tend une joue sur laquelle le garçon dépose un baiser.

— Je monte te souhaiter bonne nuit dans un quart d'heure, dit la mère tandis qu'il quitte le salon à contrecœur.

— Ces cons étaient encore en train de passer la seconde pour s'insérer sur la voie qu'on sortait déjà à l'échangeur suivant, dit le père, hilare. Combien on en avait tiré, déjà ?

— De la 500 ? Dix mille, quinze mille, je sais plus. Ça se vendait dans les quarante mille, une caisse pareille, au noir.

— C'était la grande époque, ça. On a beau dire, c'était la grande époque. Quand je pense à l'épave dans laquelle je roule maintenant.

Tony secoue la tête et ils restent perdus dans leurs pensées, tirant sur leurs cigarettes.

La mère déchiquette la peau de l'orange en petits morceaux qu'elle dépose dans le plat de son assiette.

— Je te rappelle qu'elle a vite tourné court, la grande époque, dit-elle à l'intention du père.

— Si le Gitan ne m'avait pas balancé, on se serait fait un paquet de fric.

— C'est loin, tout ça, dit Tony.

La mère se lève brusquement pour débarrasser la table et disparaît dans la cuisine. Le bruit des assiettes entrechoquées dans le bac de l'évier et du débit d'eau du robinet leur parvient.

— Je vais te dire quelque chose, dit le père en se penchant vers Tony pour lui parler à mi-voix, on n'aurait jamais dû faire confiance aux Espagnols, on n'aurait jamais dû accepter de jouer les petites mains. On a vraiment été trop cons. On a manqué d'ambition.

— Arrête. On savait pas faire plus que changer une plaque d'immatriculation pour passer la frontière. Le maquillage, la revente, tout ça, c'était la partie du Gitan.

— N'empêche, on aurait pu y toucher un peu plus et se faire plus de blé. Il s'est bien engraissé sur notre dos, l'enfoiré.

— Il a fini par tomber, et les Espingouins aussi.

On serait tombés pour autre chose à notre tour, c'était qu'une question de temps.

— Mais t'es pas tombé, toi, Tony, hein? T'es passé entre les mailles du filet, répond le père d'une voix soudain blanche, fixant Tony par-delà la bière qu'il porte à ses lèvres.

Il repose la canette sur la table et ajoute :

— Tu aurais pu, mais jamais je n'ai prononcé ton nom.

— Je sais, répond Tony. Et je t'en suis reconnaissant.

Le père acquiesce sans répondre et la mère reparaît sur le seuil de la pièce.

— Je monte me coucher, dit-elle, je suis crevée.

— Tony s'apprêtait justement à partir, répond le père qui se lève sans quitter Tony du regard. Je le raccompagne.

Les deux hommes sortent dans la nuit jaune et froide de la cour.

— Une dernière pour la route? demande le père en tendant son paquet de cigarettes.

Tony remonte le col de son blouson et refuse d'un geste de la main.

— Merci, j'ai déjà trop fumé, j'essaie d'arrêter.

— Ah?

— Oui, avec les gamins, Sylvia pense que c'est mieux.

Le père engloutit une épaisse bouffée de fumée et ils observent sans mot dire le pavé luisant, respirent l'odeur familière du quartier ouvrier.

— Ah, Tony, Tony, Tony, vieux frère, dit le père.

Il porte un lent mais ferme coup de poing à l'épaule de Tony qui recule d'un pas sous la pression et ricane brièvement.

— J'étais heureux de te revoir, continue le père. Mais il faut maintenant que les choses soient claires entre nous.

— Comment ça? demande Tony avec un rire hésitant.

— Je ne veux plus jamais te voir passer le seuil de cette maison, dit le père. Je ne veux même pas te voir passer le portillon de cette cour, marcher dans cette rue, ni même une autre rue du quartier.

— Qu'est-ce que tu racontes?

— Je ne veux plus te voir t'approcher de ma femme ni de mon fils. Je ne veux plus jamais croiser ta gueule de traître dans cette ville. Et si tu me vois par hasard, si jamais tu vois l'un de nous, détourne le regard, s'il te plaît. Détourne le regard et casse-toi au plus vite.

Tony déglutit dans la pénombre du porche, le père s'avance vers lui et le prend entre ses bras dans une longue accolade, puis il saisit son visage entre ses mains et dépose un baiser sur son front.

— Parce que j'ai peur de ne plus répondre de rien, dit-il d'une voix douce, contrite. Tu comprends? J'ai peur de te faire du mal. J'ai peur de te tuer, Tony.

Entre les mains du père, le visage de Tony a pâli, sa paupière gauche tremble et il opine du chef.

— Va-t'en, maintenant, commande le père.

Il entre dans la chambre, s'assied au pied du lit et se déshabille avec de lents gestes d'ivrogne, le dos tourné à la mère qui veille à ne pas bouger pour qu'il la pense endormie. Il se met pourtant à lui parler d'une voix atone, brumeuse, profonde. Il dit qu'il attend d'elle une nouvelle chance. Qu'elle s'est peut-être demandé quelles ont été les raisons de son silence durant les années de son absence et quelles sont celles de son retour. Il dit qu'il ne servait à rien d'écrire, qu'un homme doit par moments savoir faire preuve d'humilité, de pudeur, et préserver les siens de l'opprobre qui le frappe. Comme certains animaux ont la présence d'esprit, la discrétion – la noblesse même – de s'éloigner, de se cacher quand ils se sentent blessés ou mourants, et que leur faiblesse pourrait porter préjudice aux leurs. Mais s'il est revenu, c'est qu'il attend d'elle, la mère, une nouvelle chance ; c'est qu'il vient réclamer son droit d'être à nouveau considéré comme un compagnon et comme un père.

Elle comprend au ton de sa voix qu'il ne s'agit pas d'une demande. Il se contente de lui signifier qu'elle n'a d'autre choix que de lui accorder ce qu'il est revenu chercher auprès d'eux. Et sans l'avoir prémédité, sans avoir fait un geste qui aurait plus tôt indiqué au père qu'elle l'écoute, elle dit d'une voix tout juste audible :

— J'attends un enfant.

Il reste immobile. Elle jurerait pourtant le voir osciller dans la lueur cireuse écoulée de la fenêtre sur le dessus-de-lit.

— C'est Tony, le père ?
— Qu'est-ce que ça change, répond-elle. Qu'est-ce que ça change ?
— Rien, je suppose.

Il se lève, vêtu seulement d'un slip blanc, contourne le lit et se laisse tomber près d'elle sur le dos, abattu comme un arbre. Durant d'interminables minutes, il reste muet dans la pénombre jaune.

— Tu te souviens des Roches ? demande-t-il.

Elle hoche la tête dans l'obscurité.

Il lui dit qu'il a autrefois entrepris la restauration de cette maison dans la montagne sans but précis, pour honorer en quelque sorte la mémoire de son père, mais qu'avant son retour en ville il y est retourné afin d'en poursuivre les travaux, cette fois dans l'idée que la mère et le fils s'y rendraient avec lui, que c'est même à cette seule condition que tous trois parviendront à se retrouver ; que ce séjour sera celui de leur renouveau.

L'émotion fait trembler sa voix. Il cherche à tâtons la main de la mère sur le drap et il la serre comme le ferait un enfant.

— Laisse-moi cette chance, dit-il, de te prouver que j'ai changé.

*

À la fin du mois d'août, une tempête s'abat sur les Roches.

Le père, la mère et le fils dorment à l'heure où

une obscurité fuligineuse, plus dense que la nuit, s'amasse dans le ciel, par moments traversée de convulsions lumineuses révélant des cimes nuageuses colossales.

Dans le rêve du père, l'aïeul entasse les pierres d'une ruine qu'il s'acharne à édifier – il sait qu'il s'agit de la maison des Roches, mais le tas de moellons près de lui est de proportions anormales, comme si un bâtiment colossal s'était autrefois trouvé là, un château, une forteresse –, le mur qu'il élève est de guingois, menace à tout instant de s'écrouler et de l'ensevelir. Le père hésite à mettre en garde le vieil homme, mais l'idée qu'il s'aperçoive de sa présence soulève en lui une aversion profonde, il pense : de quoi ai-je donc peur puisqu'il est déjà mort et qu'il ne s'agit que d'un rêve ? Puis, simultanément, il comprend que sa peur ne tient pas à la résurrection du père dans la dimension du rêve, ni même à l'effondrement du mur mais à la certitude que, s'il venait à se retourner, l'aïeul porterait son visage à lui, le fils, en lieu et place du sien.

Dans le rêve de la mère, elle retrouve pour la première fois depuis longtemps l'espace du parc pour enfants. Le fils n'est pas sur la balançoire mais assis dans l'herbe à côté d'elle, à l'âge qui est le sien aujourd'hui. Elle sent une grande peine l'étreindre à l'idée du temps qui s'est écoulé depuis sa naissance jusqu'à cet instant, les années contractées dans le rêve en quelques secondes à peine. Elle lui dit sans pourtant former aucune phrase de ses lèvres qu'elle aimerait qu'il cesse de grandir, qu'il ne devienne jamais un adulte, qu'il ne connaisse rien de la brutalité du monde, qu'il en soit épargné, et le fils baisse un regard accusateur sur son ventre. Elle se souvient alors d'avoir été enceinte d'un autre enfant bien qu'elle n'ait aucun souvenir de l'avoir mis au monde, ni de l'avoir connu, et sa tristesse devient celle d'une perte irrémédiable.

Le fils, lui, ne rêve pas, il a glissé dans un sommeil profond, une inconscience salutaire que ne viennent plus perturber le vent qui souffle dans la toiture, le cri des oiseaux de nuit, la pluie qui se met à battre le toit et la bâche de plastique.

La cime svelte et noire des pins délimitant l'orée des bois est soudain violemment malmenée. Un arbre tombe dans le cœur obscur de la forêt duquel s'élève une longue plainte, et les bêtes regagnent à la hâte nids, terriers ou tanières pour s'y abriter. Un éclair syncopé illumine la montagne, suivi l'instant d'après par une déflagration, et tous trois, père, mère, fils, se réveillent au même instant.

Le père enfile un jean, se lève pour fermer les volets de l'ouverture fenière que le vent rabat violemment. Une bourrasque chargée de pluie s'engouffre dans la chambre lorsqu'il ouvre la fenêtre et il lui faut lutter pour parvenir à tirer les contrevents.

Un nouvel éclair, d'un blanc de magnésium, éventre la nuit, un tonnerre assourdissant fait trembler les vitres et précipite le fils hors de son lit. Il paraît sur le seuil de la chambre des parents, les yeux écarquillés par la peur. La mère soulève la couverture près d'elle, l'invite à s'y réfugier, et il vient se blottir dans l'empreinte chaude et parfumée de son corps tandis que le père quitte la pièce.

La pluie s'abat maintenant en trombes continues sur le toit, le vent fait chuinter les tuiles, la bâche se gonfle et s'affaisse en un froissement d'élytre.

La mère et le fils scrutent la soupente. Ils entendent le père ouvrir la porte d'entrée lorsqu'une rafale emporte une volée de lauzes qui dégringolent sur la toiture. La mère se redresse dans le lit. Le vent précipité par l'ouverture du rez-de-chaussée se glisse entre les lames du plancher. Ils sentent l'odeur entêtante de la nuit brassée par la tempête, et lorsque la foudre s'abat non loin des Roches, leurs os vibrent à l'unisson des pierres.

La mère repousse le drap et la couverture, bascule son corps au bord du sommier et pose ses pieds sur le plancher quand un long mugissement s'élève au-dessus d'eux, comme si la tempête puisait sa force dans son propre déchaînement, que la densité de la nuit était projetée à l'assaut de la maison, la traversait de fond en comble, décidée à emporter les Roches dont la toiture fait entendre un craquement sinistre.

La mère saisit le fils par le bras pour le tirer à

elle à l'instant même où la toiture cède, soulevant une partie de la soupente. Une pluie de débris s'abat sur le lit et le plancher, les lauzes s'effondrent sur le sol devant la maison et la mère et l'enfant se dépêchent de descendre au rez-de-chaussée, le visage poudré de plâtre.

La pluie traverse la pièce unique depuis l'entrée grande ouverte, imprègne la dalle de béton et ruisselle sous la table. La mère conduit le fils tremblant vers le canapé, s'empresse de refermer la porte lorsqu'elle distingue le père, ou plutôt sa silhouette immobile devant la maison, bras ballants, aussi droit qu'un mât de misaine ou que le capitaine se tenant sur le pont battu par les eaux d'un rafiot près de sombrer dans une mer démontée.

Il lui faut quelques instants avant de réaliser qu'il s'agit bien du père figé là, rincé par l'averse, son T-shirt collant aux os de son torse maigre, annelé, pieds nus au milieu des éclats de lauzes. Un éclair révèle son visage défait levé en direction du toit, clignant des paupières sous la pluie qui lui remplit les yeux.

La mère franchit le seuil, la pluie baigne son front quand elle suit le regard du père. Elle voit une ombre sur le toit, pareille à une grande aile de corbeau claquant dans l'obscurité ; c'est la bâche qui, retenue par l'un de ses angles, se gonfle et s'affaisse comme un soufflet de forge, soulevée par le vent. Lorsqu'une nouvelle rafale l'arrache aux tuiles, elle s'élève pesamment au-dessus d'eux avant d'être emportée dans la coulisse de la nuit.

Elle reporte son attention sur le père toujours pétrifié, le blanc de ses yeux écarquillés dans la pénombre. Elle esquisse un mouvement vers lui mais se ravise et recule dans la maison dont elle rabat la porte. Elle essuie son visage d'une main sans lâcher de l'autre la poignée de porte. Le fils est prostré sur le canapé, ses jambes ramenées contre son torse. Elle vient s'asseoir près de lui et le débarbouille avec des gestes tremblants.

— Tout va bien, dit-elle, tout va bien. Tout va bien.

Elle tourne le regard vers la cheminée où ne subsistent plus que des braises étouffées par les cendres, et ressent soudain le froid qui règne dans la pièce. Elle dépose plusieurs bûches dans l'âtre, se blottit contre le fils qu'elle couvre d'une couverture et serre contre elle. Les flammes ne tardent pas à lécher l'écorce, attisées et malmenées par l'air qui s'engouffre dans le conduit. Un feu crépite bientôt avec rage dans le foyer.

Ils s'attendent à voir surgir le père d'un instant à l'autre mais la porte reste close, le père ne se montre pas, et tandis que la tempête s'éloigne peu à peu, que le calme regagne la montagne, simplement troublé par le gémissement apaisé du vent, la tête du garçon s'alourdit, dodeline, pèse sur le bras de la mère, et il finit par s'endormir, respirant d'un souffle court et régulier.

Elle s'éveille en sursaut aux premières heures du jour, consciente avant même d'ouvrir l'œil de la présence du père dans la pièce. Il dort, assis à la table de cuisine, le visage enfoui dans le pli de son bras sur la nappe cirée. Ses cheveux, qu'il n'a plus coupés depuis leur arrivée aux Roches, collent à son crâne et ses vêtements sont encore détrempés, ses pieds nus couverts de boue.

La mère s'assied au bord du canapé et rabat la couverture sur l'enfant. Elle se lève prudemment, s'avance vers la porte d'entrée et contemple à travers l'un des carreaux le paysage figé dans la lumière cendreuse de l'aube. Elle lance un dernier coup d'œil au père, ouvre la porte et sort.

Un parfum de boue monte des prairies piétinées par l'averse. Le sol est jonché de lauzes, de liteaux moisis, d'outils renversés, de feuilles, de branchages portés pêle-mêle par les vents. La bâche s'est prise et déchirée dans un buisson d'épines sur lequel elle repose à une trentaine de mètres de distance de la maison et la mère voit le trou dans le toit, ouvert sur la laine de verre d'un jaune sale, organique. Elle contourne le bâtiment et avise ce qu'il reste du potager, enfoui sous une coulée de boue effondrée depuis le dévers du terrain. Quand elle s'apprête à regagner la maison, elle découvre le père derrière elle. Il s'est chaussé et a changé de T-shirt. Une barbe grossière mange le bas de son visage. Des cernes creusent ses yeux que la fatigue fait briller étrangement.

— Je suis désolée, dit-elle.

— Non, répond le père. Non, tu l'es pas.

— Il faut s'en aller. On peut pas rester ici dans ces conditions.

— Je ne laisserai pas les Roches dans cet état.

— Tu vois donc pas que c'est fini ? Qu'il y a plus rien à attendre de cet endroit ?

Le père porte à ses lèvres une cigarette et mord le filtre avec rage.

— Je crois que t'as pas bien conscience de ce que tout ça m'a coûté, dit-il. Je crois pas que tu comprennes bien les efforts, les concessions, l'engagement personnel que ça a représenté.

— Si, bien entendu.

— J'ai vraiment l'impression que tu fais tout pour nous rendre la vie impossible. Pour me rendre la vie impossible. Est-ce que tu ne peux pas faire un effort, bordel ? Prendre un peu sur toi ? Y mettre un peu de bonne volonté ?

— Je vais avoir un enfant, j'ai besoin d'un suivi médical. Je suis enceinte de sept mois et je n'ai même pas vu de sage-femme. C'est de la folie. Est-ce que tu peux le comprendre ? Ça n'est pas contre toi. Je ne peux pas rester ici.

— Tu ne *veux* pas être ici. Tu n'as même jamais voulu être ici. Pas un instant tu n'as véritablement eu envie de nous laisser ne serait-ce qu'une petite chance. Et tu fais tout pour me prouver que je me suis trompé, que rien n'est rattrapable.

Il lève vers elle l'index et le majeur tenant sa cigarette, accompagne chacune de ses phrases d'un geste sec, sans cesser d'aller et venir sur ses pas, et elle cligne des yeux à chaque mouvement de ses doigts.

— Tu ne penses jamais qu'à toi et au gamin, rugit-il. Tu crois que je ne vois pas que tu cherches à m'exclure de votre relation ? Et maintenant, tu te sers du bébé comme prétexte.

— Ce n'est pas un prétexte, c'est une réalité, je crois que tu…

— T-t-t-t-t, l'interrompt-il, tranchant l'air de sa cigarette. Arrête ces conneries. Tu te comportes de façon totalement égoïste. Dès que nous sommes arrivés ici, tu m'as bien fait comprendre que ça ne te convenait pas. Peut-être que tu trouves que les Roches ne sont pas assez bien pour toi ?

— Tu vois pas qu'une tempête vient d'emporter la moitié du toit de cette foutue maison ? dit-elle d'une voix brisée par les sanglots qui la submergent. Qu'on ne fait rien depuis des semaines que de subir : être coincés ici, ta présence auprès de nous, ton obsession pour cet endroit. Tu attends quoi de moi ? Que je donne naissance à un enfant dans cette montagne ?

— J'attends juste un peu de respect, hurle le père en retour, crachant un jet de salive. Un peu de putain de respect et de reconnaissance ! Que tu cesses de passer ton temps à geindre et à te plaindre. Que tu comprennes que tu as justement ce que tu mérites, ni plus, ni moins. Personne d'autre que moi ne serait prêt à t'offrir quoi que ce soit, t'entends ?

La mère accuse un mouvement de recul.

— Est-ce que tu crois vraiment que Tony aurait voulu de ce gosse? continue-t-il. Qu'il aurait sacrifié sa propre vie de famille pour toi? Allons, allons. Est-ce que tu connais beaucoup de gars qui auraient accepté de t'accueillir et de rester auprès de toi en sachant que l'enfant que tu portes est d'un autre?

— Tu parles comme si tu nous avais laissé le choix de venir ici, dit la mère. Mais tu sais très bien que ça n'a rien à voir avec moi, ni avec Tony, ni avec le bébé. Il ne s'agit jamais que de toi, depuis le début, de ton orgueil, de ta vanité, de ta colère. Il n'a jamais été vraiment question de nous retrouver, de nous donner une chance.

— Pourquoi tu m'as suivi, alors?

— Pourquoi je t'ai suivi? Tu te poses véritablement la question? Mais je t'ai suivi parce que j'avais peur. Je t'ai suivi parce que j'ai peur de toi. Même ton propre fils a peur de toi.

Le père éclate d'un rire tranchant.

— Regarde-toi, dit la mère en s'essuyant le nez du revers de la main. Tu es méconnaissable. C'est comme si tu étais bouffé de l'intérieur par quelque chose de terrible, quelque chose qui déborde de toi et qui menace de tout emporter.

— Ne dis pas n'importe quoi.

— Laisse-nous partir. Raccompagne-nous à la ville, s'il te plaît. Ramène-nous chez nous. Si tu ne le fais pas pour moi, fais-le pour notre fils.

Le père détourne les yeux vers la maison, jette sa cigarette au sol et l'écrase du bout du pied.

— On partira quand j'estimerai qu'il est temps

de partir, dit-il. Fous-moi la paix, maintenant, dégage de ma vue. J'ai du travail.

Deux semaines plus tard, quand elle pense que suffisamment de temps a passé pour qu'il ne la soupçonne pas de vouloir quitter les Roches, elle choisit de fuir avec l'enfant.

Le père a rafistolé la bâche au scotch et l'a tant bien que mal replacée sur la toiture pour en colmater la brèche, mais la chambre que la mère et lui occupaient est restée close, les plaques de plâtre de la soupente effondrées sur le lit, et il passe à nouveau ses nuits sur le canapé tandis que la mère et le fils partagent l'autre chambre à l'étage.

Chaque soir, elle guette ses mouvements au rez-de-chaussée : l'instant où il passe la porte, la lumière élevée depuis les interstices du plancher, le son mat de ses pas allant de l'évier à la table, de la table au canapé, son poids effondré sur l'assise de velours du vieux fauteuil, l'odeur de la fumée des cigarettes qu'il fume l'une après l'autre en regardant flamber le feu jusqu'à ce que le sommeil l'emporte, l'odeur même de sa sueur, cette odeur de fauve qu'il trimbale désormais partout avec lui.

Elle profite d'être seule avec le fils pour lui dire qu'ils partiront le soir même après que le père se sera endormi. Elle dit qu'ils n'emporteront rien. Ils prépareront leurs vêtements avant de prétendre aller se coucher. Elle dit au garçon qu'il pourra se reposer quelques heures, qu'il lui faudra essayer de dormir car la marche sera longue, et que lorsqu'elle le réveillera, ils devront s'habiller sans parler, le plus silencieusement possible afin de ne pas alerter le père.

Elle lui montre le sac à dos qu'elle a préparé, dans lequel elle a glissé les gourdes remplies d'eau, un paquet de biscottes, deux pulls supplémentaires, la clé du break et une lampe torche.

Elle explique au fils qu'il leur faudra retrouver le chemin qu'ils ont emprunté à l'aller, lequel ne sera pas facile à reconnaître dans le noir, mais qui les conduira au break. Il faut espérer qu'il démarrera, dit la mère, sinon ils continueront à pied le temps nécessaire jusqu'à la première maison, sans doute l'une de ces fermes dont ils ont vu les bâtiments austères le long de la route lors de leur ascension.

Ce qui se passera ensuite, elle ne le dit pas, mais le fils le devine. Pour l'heure, il faut se reposer, prendre des forces, ne surtout pas oublier de ne faire aucun bruit lorsque l'heure sera venue.

Au soir, ils sont allongés l'un près de l'autre dans la chambre du fils, leurs vêtements et le sac à dos disposés au pied du lit. Ils scrutent le plafond, le calme menaçant de la maison épaissi par l'attente du retour du père qu'ils imaginent errer autour des Roches dans la nuit tombée. Vaquant à quelles occupations mystérieuses ? Ils n'en savent rien, puisqu'il n'a rien entrepris des travaux de réfection du toit depuis la tempête, pas même ramassé les lauzes effondrées. Il se contente d'aller et venir, muré dans son silence atrabilaire, marmonne dans sa barbe d'où émergent la braise d'une cigarette mâchonnée et le blanc de ses yeux hagards, soliloquant tout le jour.

Il semble à l'enfant qu'il ne parviendra jamais à trouver le sommeil tant l'appréhension de la mère lui est perceptible, ses propres membres parcourus de petites décharges électriques, son cœur tambourinant plus fort dans la cage étroite de son torse. Mais à force de prêter attention aux bruits environnants, il finit par fermer les yeux et ne perçoit rien des quelques heures de sommeil durant lesquelles la mère reste éveillée près de lui, tous sens aux aguets, pleinement consciente de la présence du garçon près d'elle et de celle de l'enfant qu'elle porte, de leur dépendance à son égard, de leur vulnérabilité.

Lorsqu'elle réveille le fils vers deux heures du matin, posant un doigt en travers de ses lèvres, il croit s'être à peine assoupi. Aussitôt lui reviennent à l'esprit les consignes de sa mère et la peur le saisit à nouveau à la gorge.

Ils s'habillent sur le matelas, quittent prudemment la chambre, s'immobilisent dès que le plancher grince sous leur poids. Parvenue au bord de l'escalier, la mère fait signe au fils de l'attendre. Elle descend la première, veille à poser le pied au bord des marches, jusqu'à ce qu'il lui suffise de se baisser pour voir la pièce du rez-de-chaussée plongée dans la pénombre.

Le père est endormi sur le fauteuil, sa tête basculée en arrière, bouche ouverte. La mère lève le visage vers l'enfant, lui fait signe de la rejoindre et guide chacun de ses pieds à mesure qu'il descend vers elle.

Elle le soulève avant qu'il ne parvienne aux dernières marches, le dépose sur le sol près d'elle, et tandis qu'elle saisit leurs chaussures, le fils reste tétanisé au pied de l'escalier, son regard fixé sur le père dont la face creusée par la lueur des flammes est méconnaissable, le profil droit englouti par l'obscurité, la pomme d'Adam plus saillante que d'ordinaire sur la trachée, comme si la nuit révélait quelque chose de son vrai visage : un tas d'os, de nerfs, de protubérances cartilagineuses.

La mère touche le bras du fils, lui intime d'avancer vers la porte, mais tandis qu'ils traversent les quelques mètres séparant l'escalier de l'entrée une bûche consumée s'effondre bruyamment sur elle-même dans le foyer de la cheminée. Elle tire le fils à elle, le bâillonne d'une main à l'instant où le père sursaute dans le fauteuil. Il ouvre les yeux, grommelle quelque chose d'inintelligible puis les referme pour sombrer à nouveau dans le sommeil. La mère et l'enfant ne bougent plus, leurs cœurs suspendus, jusqu'à ce qu'un nouveau ronflement s'élève de la barbe du père. Elle retire sa main de la bouche du fils et le presse d'avancer. Ils ouvrent la porte, aucun courant d'air ne se glisse dans la pièce ; c'est une nuit froide et sans vent.

Elle rabat la porte derrière eux avec d'ultimes précautions, ils enfilent leurs chaussures de marche et s'éloignent dans le clair-obscur d'une lune gibbeuse qui leur permet de contourner la maison et d'emprunter le chemin pentu sans avoir recours à la lampe torche. Lorsqu'ils se sont suffisamment éloignés, elle braque devant eux le faisceau lumineux qui éclaire les herbes noires, les dépressions boueuses, les roches, les troncs visqueux, et met au jour les profondeurs organiques, viscérales de la montagne.

Mais la mère peine à avancer. Elle demande au fils de ralentir tandis qu'ils parviennent sur les prairies, drapées de brume au jour de leur arrivée aux Roches, maintenant vernissées par la lueur blême de la lune, sans limites distinctes. Elle s'arrête pour reprendre son souffle. Des insectes apparaissent et disparaissent dans le faisceau de la lampe et elle reste un instant absorbée par la contemplation de leur vol frénétique, consciente du calme de la nuit, de son bruissement assourdi.

Elle ne dit rien à l'enfant du malaise physique qui la gagne, de la douleur diffuse dans son ventre, ni de la sensation d'être précipitée avec lui dans une obscurité insondable. Ils reprennent leur progression dans les herbes humides qui trempent leurs chaussures et le bas de leur pantalon, traversent des courants d'air sirupeux portant l'immémorial parfum de pourrissement végétal des sous-bois. À mesure qu'ils s'en rapprochent, la forêt dressée face à eux leur apparaît semblable à un contrefort ombrageux, la ramure des arbres modelée d'ombres bleues, de feuillages profonds et immobiles que le spectre de la lampe ne parvient pas à percer.

Ils suivent le sillon creux d'une sente herbeuse, s'engagent dans la nuit plus épaisse de la forêt. La mère s'arrête, balaie les alentours de la lampe torche, éclairant des troncs identiques, des fougères livides. Leur souvenir de l'ascension s'est estompé et l'obscurité rend la topographie des lieux méconnaissable ; ils choisissent d'avancer au hasard, guidés par le dénivelé du terrain et le renfoncement du chemin.

— Maman, dit le fils.

Il indique du doigt, en contrebas du sentier, la source à laquelle ils se sont abreuvés au jour de leur ascension, sous la souche soulevée d'un arbre mort. Ils s'en approchent et la lampe sonde le fond de l'eau translucide, met en fuite des larves de salamandre qui disparaissent vivement sous les feuilles mortes tapissant le lit de la source.

Ils se remettent en marche et l'enfant ouvre la voie quand la mère sent un liquide chaud s'épancher d'elle, couler le long de sa cuisse. Une angoisse la traverse, un coup reçu au sternum, une décharge répandue jusqu'à la dernière phalange de ses doigts. Elle s'arrête, vacille, porte la lampe à ses dents pour libérer ses mains.

Elle soulève les pans de sa parka, défait les premiers boutons de son jean, glisse une main jusqu'à son sexe et la lève dans le faisceau de la lampe, découvrant ses doigts rougis par un sang clair. Le fils s'est retourné vers elle et elle essuie rapidement sa main sur sa cuisse pendant qu'il remonte dans sa direction. Elle lance un regard en amont puis en aval du sentier, cherche à canaliser les pensées qui affluent et lui martèlent le crâne – les itinéraires, les alternatives, les menaces et les incertitudes. Une douleur lui vrille à nouveau le ventre et la contraint de s'adosser au bord terreux du chemin.

Quand l'enfant la rejoint, elle lui saisit les mains et le presse de s'accroupir devant elle. Elle lui dit de l'écouter attentivement. Elle dit qu'elle aurait aimé pouvoir quitter la montagne avec lui mais qu'elle ne se sent pas bien, que le bébé qu'elle porte ne se sent pas bien, et qu'il leur faut renoncer à aller plus loin. Elle dit aussi que ce n'est pas grave, qu'elle finira bien par convaincre le père de la nécessité de quitter la montagne, mais qu'il faut maintenant que le garçon retourne aux Roches pour le prévenir et lui demander de l'aide, car elle n'aura pas la force de parcourir à nouveau cette distance seule.

— Est-ce que tu sauras retrouver le chemin ? Est-ce que tu as bien compris ce que je te demande ?

Le fils acquiesce.

— Alors va chercher ton père. Prends la lampe et va chercher ton père.

L'enfant saisit la torche et s'éloigne. Plus haut

sur le chemin, il s'arrête pour regarder encore une fois dans sa direction le corps ramassé de la mère qui n'est plus qu'une ombre parmi les ombres, puis il disparaît dans la nuit.

Ils la trouvent assoupie à l'endroit où le fils l'a laissée, la capuche de sa parka rabattue sur sa tête, ses lèvres bleuies par le froid humide du sous-bois.
Le père s'accroupit près d'elle et pose une main sur son épaule. Elle s'éveille, le regarde, regarde le garçon qui se tient dans l'ornière du chemin. L'homme l'aide à se relever, à passer un bras sur ses épaules afin qu'elle repose son poids sur lui et il la soutient d'une main à son flanc.
Tandis qu'ils reprennent le chemin des Roches, avançant d'un pas laborieux, bringuebalant, il lui dit qu'elle a pris un risque inconsidéré en décidant de partir sans un mot avec le fils au beau milieu de la nuit, dans l'état qui est le sien, qu'elle a fait preuve d'une forme d'inconscience, mettant en danger non seulement sa vie et celle de l'enfant à venir, mais aussi celle du garçon livré à lui-même, qu'elle s'est montrée irresponsable, une fois de plus, une fois de trop, indigne de la confiance qu'il lui a témoignée.
— Tu ne peux blâmer que toi.
Il lui parle d'une voix calme, presque chuchotée à son oreille, inaudible au fils qui marche devant eux, maintenant assommé de fatigue, une voix aussi désapprobatrice et cependant indulgente que s'il sermonnait une petite fille,

une malade indocile aux soins qui lui seraient prodigués, et la mère se tait en retour tandis que le père l'emporte en direction des Roches, dans les premiers degrés bleus de l'aube.

Lorsqu'ils parviennent à la maison, il l'aide à monter à l'étage, à se déshabiller, à s'asseoir au bord du matelas de la chambre du fils. Il drape ses épaules d'une couverture. Elle se tient assise sous le regard de l'enfant, grelottante, silencieuse, le visage baissé sur ses paumes ouvertes.

Le père s'absente le temps d'aller chercher une bassine d'eau chaude et un gant avec lequel il rince le visage de la mère, son cou, le creux de ses mains, le sang bruni sur ses cuisses.

— Je dois voir un médecin, dit la mère une fois encore, mais d'une voix désormais éteinte, résignée ; un constat désabusé, formulé pour elle-même.

— Tu sais bien que c'est impossible, répond patiemment le père. Regarde-toi. On ne peut plus partir.

Il accomplit ses gestes avec une douceur méticuleuse, plonge le gant, l'essore, saisit le bras par le poignet, le soulève, déplie le coude, les doigts un à un, frotte la peau blême, la ligne de vie terreuse dans le creux de la paume, immerge à nouveau le gant dans le fond d'eau chaude.

La mère ne répond pas, n'esquisse pas un geste, docile aux ablutions du père. Il l'invite à s'allonger sur le côté, elle se laisse basculer sur la hanche et il la borde avec une même prévenance, comme s'il flattait un animal récalcitrant enfin rompu à son autorité, auquel il signifierait par des caresses et des attentions qu'il lui pardonne maintenant ses rebuffades.

Elle ferme les yeux et s'endort, se retire dans ces profondeurs consolantes où le monde est dissous, et elle ne sent ni les doigts que le père passe sur sa tempe ni le baiser qu'il y dépose.

Le père demande au fils de laisser la mère seule. Il dormira dans le canapé, lui sur le fauteuil. Lorsque l'enfant se couche, il le met en garde : pour qu'elle ne perde pas le bébé, il lui faut désormais rester au lit et se ménager. Le garçon l'implore à son tour de la conduire chez un docteur qui la soignera et s'occupera du nouveau-né, mais le père secoue la tête, lui assure qu'il n'est désormais plus question de regagner la ville ; la marche pourrait leur être fatale à tous deux.

— Elle doit reprendre des forces et tout ira bien. Dors, maintenant, on est ensemble, rien ne peut nous arriver.

Elle dérive dans une langueur dolente, ne quitte plus le matelas que pour s'accroupir sur un seau que le père lui laisse en guise de pot de chambre. Elle passe du sommeil à l'éveil sans être plus certaine de pouvoir démêler l'un de l'autre, les impressions de son malaise la poursuivent jusque dans ses rêves où se répètent indéfiniment les mêmes fuites à travers des bois profonds et hostiles, la terre noire qui engloutit ses pas, la certitude d'être traquée par quelque chose d'indicible lancé à sa poursuite, les visions de charniers d'enfants morts qu'il lui faut fouiller à mains nues à la recherche des siens.

Lorsqu'elle s'éveille, c'est agrippée aux draps pour se rattraper d'une chute vertigineuse, trempée de sueur, le crâne vrillé par la fièvre. Une sensation d'irréalité se déverse du monde des rêves à l'espace clos de la chambre, liquéfie les lumières, distord les formes et les sons.

Au lendemain de leur retour aux Roches, quand le fils lui rend visite et s'allonge près d'elle, elle lui promet une fois encore qu'ils s'en iront dès que l'enfant sera né et qu'elle aura retrouvé ses forces. Puis, happée par la fièvre et l'angoisse qui la tenaille, elle ne lui dit plus rien.

Dans les jours qui suivent, le père continue de lui apporter de l'eau, des bols de soupe en brique qu'il doit glisser à la cuillère entre ses lèvres. Il monte et descend les marches de l'escalier de son pas pénible, change et lessive les draps, les étend sur un fil à linge devant la cheminée où ils s'imprègnent d'une odeur de cendre, débarrasse le seau d'aisance qu'il vide à la lancée dans les hautes herbes devant la maison.

Il tient le fils à distance, ne l'autorise pas à s'attarder près d'elle au prétexte qu'il lui faut du calme et du repos ; l'enfant guette depuis le rez-de-chaussée chaque indice de la présence de la mère dans la chambre, ses soupirs, le bruissement feutré de son corps sous les draps, ses pas nus sur le plancher quand elle se lève.

Il ne quitte pas non plus le père du regard, cherche à comprendre et prévenir ses déambulations suspectes, ses allées et venues à l'étage, son comportement erratique, ce silence menaçant qu'il rompt de gestes brusques, d'exclamations prononcées à mi-voix, comme s'il poursuivait un inlassable débat intérieur.

Lorsqu'il demande au garçon de l'accompagner dans l'appentis pour l'aider à charrier du bois, il lui montre un grand carton dans lequel sont empilés des boîtes de lait maternisé en poudre, des biberons, des langes, de la layette d'occasion, et le fils comprend confusément que le père n'a jamais envisagé de retourner en ville avant la naissance de l'enfant, que les provisions apportées par lui avant leur arrivée aux Roches l'ont été dans le but d'y rester bien plus qu'un seul été, pour un temps indéfini, de nombreux mois, un an, peut-être plus, et que le cadenas à code placé sur la porte qu'il verrouille toujours avec soin n'a pas vocation à prévenir le pillage improbable de leurs réserves, mais plutôt à les empêcher d'y entrer, la mère et lui, et de comprendre trop tôt ses intentions.

Une semaine après leur tentative de fuir les Roches, la mère est éveillée par la sensation d'une ombre qui déferle en elle.

Au matin, lorsque le père monte à l'étage et

entre dans la chambre, il la trouve immobile, son visage blême déjeté sur l'oreiller, ses jambes emmêlées dans les draps imbibés de sang qui noircissent déjà par endroits et d'où s'élève un parfum de ferraille. Ses yeux voilés fixent le gris du ciel par-delà la fenêtre du toit.

Près d'elle, dans un repli de la couverture, repose l'enfant auquel elle a donné naissance pendant la nuit dans le plus grand silence, comme une proie mortellement blessée met bas sa progéniture en sachant qu'elle n'y survivra pas, et le nourrisson est une petite chose pourpre, engluée de mucosités, elle aussi inanimée et silencieuse.

Les jambes du père se dérobent sous lui. Il tombe à genoux près du matelas, saisit le visage de la mère entre ses mains, dégage une mèche de cheveux collée à son front et la supplie de revenir, de ne pas lui faire ça, de ne pas l'abandonner. Il la secoue, accole sa bouche à ses lèvres, ses dents s'entrechoquant avec les siennes, pour y insuffler un air que la gorge obstruée refuse.

Il presse en vain ses mains jointes sur la poitrine de la mère pour relancer la mécanique froide du cœur. Il la redresse et l'enlace, embrasse sa tempe dure et caresse sa joue. Il lui demande pardon, pardon, pardon. Il lui fait la promesse de regagner la ville, d'abandonner les Roches, de les réduire en cendres s'il le faut, si c'est cela qu'elle demande en contrepartie de sa résurrection, mais elle lui oppose toute sa résistance de dépouille mortuaire, creuse, triviale, désertée.

Il voit le poing du nourrisson se serrer dans le repli de couverture, la niche fragile que la mère lui a peut-être ménagée avant de s'éteindre, emportée par une hémorragie, vidée de son sang sans avoir prononcé un seul mot, dans la chambre obscure d'une bicoque à la toiture éventrée, au cœur d'une montagne désolée.

Le visage se contracte, la minuscule bouche pourpre, elle aussi silencieuse, s'ouvre sur des gencives roses et cherche le sein nourricier. Le père abasourdi repose la mère sur le drap. Il saisit l'enfant qu'il tient levé devant lui entre ses mains tremblantes et qui le fixe de ses yeux gris clair sans émettre d'autre son qu'une respiration tout juste audible.

Il tire son couteau de sa poche, déplie la lame et tranche le cordon ombilical, puis trouve à tâtons un linge sur le sol, enveloppe le nourrisson, le serre contre son torse et se relève.

Lorsqu'il se retourne, il découvre le fils sur le seuil de la pièce, son regard fixé sur le drap ensanglanté qui recouvre à demi le corps de la mère. Il sort de la chambre et referme la porte derrière lui, passe une main sur son visage pour essuyer ses larmes, la morve prise dans les poils de sa barbe, puis il découvre le crâne poisseux du nourrisson pour le montrer au fils.

La voix secouée de sanglots, il dit :

— C'est une fille.

Bien que née avant le terme, la petite survit, nourrie au lait maternisé par le père qui la garde farouchement contre son torse pour la tenir réchauffée, emmitouflée de couvertures, et reste des heures durant assis dans le fauteuil près du feu à la bercer d'un mouvement de balancier détraqué.

Il ne la nomme pas, et le nourrisson, ayant peut-être acquis de la mère la prescience de la menace que représente le père et celle du prix chèrement payé de son existence, ne pleure jamais que de façon presque inaudible lorsque la faim le tenaille mais tète en revanche le biberon avec une avidité consciencieuse, un appétit farouche.

Il arrive qu'elle saisisse dans son sommeil l'un des doigts du père et le tienne fermement ; l'homme contemple la petite main translucide aux ongles longs enserrant sa phalange, et secoué de pleurs, ses larmes bues par le lange de l'enfant sur lequel elles s'écrasent, il lui promet d'honorer la mémoire de la mère et de prendre soin d'elle.

Le fils reste tout le jour prostré au bas de l'escalier, sur la première marche, guette l'étage dont le père lui interdit l'accès, dans l'attente d'un signe de la mère qui démentirait la vision de son corps entrevu dans les draps écarlates, mais la maison reste plongée dans un silence lugubre que le père rompt par moments, comme s'il reprenait une conversation qu'il aurait abandonnée plus tôt, s'adressant par bribes au fils, à la mère, à lui-même, au spectre de son père.

Le mutisme que le bébé lui oppose finit par peser sur lui comme une accusation, une semonce.

Les yeux gris souris le fixent sans ciller.

— Qu'est-ce que tu me veux ? hurle-t-il soudain. Tu ne peux pas te comporter normalement, comme n'importe quel putain de gosse ?

La nouveau-née tressaille entre ses mains mais ne pousse aucun cri et le père l'abandonne dans ses langes pour se dérober à son regard, claquant si fort la porte de la maison derrière lui qu'il en fend le chambranle.

La présence du corps de la mère dans la chambre pèse sur eux nuit et jour comme un sortilège.

S'il l'a laissée là, se demande le fils, n'est-ce pas qu'elle vit encore, d'une façon ou d'une autre ? Ne manque-t-elle de rien ? À quoi occupe-t-elle ses jours et ses nuits ? Ne risque-t-elle pas de croire qu'il la délaisse, ne pleure-t-elle pas l'enfant qui lui a été enlevé ?

En l'absence du père, le fils s'aventure à l'étage, mais parvenu sur le palier, il est frappé par un relent acide, reconnaissable entre mille. L'interstice sous la porte a été calfeutré par le père avec des chiffons, des serviettes, et seule la serrure laisse filtrer la faible lumière du jour qu'un petit corps métallique vient heurter puis obstruer. Le fils voit s'extraire du trou une mouche bleue – « une mouche à viande », disait la mère quand l'une d'elles probablement éclose dans un container à poubelle pénétrait dans la cuisine de la maison du quartier ouvrier et se cognait contre les vitres – qui tombe sur le dos et bourdonne un instant sur le plancher, décrivant des cercles avant de s'immobiliser. Des images lui reviennent de charognes trouvées dans les bois – fourrures méconnaissables, outrageusement gonflées, couvertes de légions de vermine –, et il dévale l'escalier sur-le-champ.

Ils ne se nourrissent plus que de conserves que le père verse sans se donner la peine de les réchauffer dans des assiettes déjà sales. La vaisselle s'amoncelle au milieu des boîtes métalliques pleines de mégots, sur la nappe maculée de coulures, jonchée de déchets. Il touche à peine à la nourriture, s'assied face au fils, qui se force à manger par crainte de représailles, et fume avec des gestes entrecoupés de soubresauts.

Ses yeux sont bordés de cernes profonds, son visage plus terriblement émacié encore. Il se déplace épaules voûtées, avec des mouvements saccadés, la braise de ses cigarettes rougeoyant sur sa face brune de crasse.

Il passe désormais de longues heures assis sur une chaise face à la porte vitrée, le revolver posé sur sa cuisse. De la pointe de son couteau, il s'occupe à découper les peaux mortes de ses mains, à déloger les échardes plantées dans ses doigts. Il essuie sur son pantalon la sanie qu'il fait couler des plaies rouvertes.

— Ils viendront, dit-il au fils. Ils finiront bien par venir.

— Qui ? demande l'enfant.

Le père esquisse un geste de mépris.

— L'agent de la fonction publique. Ceux de la ville. Peut-être même ce fils de pute de Tony.

Un soir, le groupe électrogène fait entendre à travers le mur de pierre une quinte de toux suivie de soubresauts mécaniques ; la lumière de l'ampoule nue vacille au plafond de la pièce unique du rez-de-chaussée puis s'éteint, plongeant les Roches dans l'obscurité. Dans l'âtre, les cendres ont étouffé les braises.

Le père sort inspecter l'installation. Une fumée âcre s'échappe de l'appentis qu'il lui faut aérer avant de pouvoir y mettre un pied. Inquiété par l'odeur, le fils le rejoint sans passer le seuil de la remise. Accroupi, le manche d'une torche tenu entre les mâchoires, le père constate que la génératrice, dont il avait retiré le bloc de sécurité pour augmenter la puissance du groupe, a brûlé et qu'elle est irrécupérable.

Le cartilage de ses genoux craque lorsqu'il prend appui sur sa cuisse pour se relever. Il suce ses dents, les yeux rivés à la mécanique fumante. Quand il s'apprête à sortir, son regard croise une masse dont le manche repose contre le mur. Il pose la lampe de poche sur le tas de bûches, saisit l'outil, fait marche arrière et l'abat sur le groupe électrogène, un râle expulsé de son torse sec à chaque coup joint au fracas des tôles.

Il disloque le carter, éclate le réservoir qui se déverse sur le sol, de l'essence lui gicle au visage, la tête de métal fend la culasse, décroche la courroie. Le père ne s'arrête, pantelant, que lorsque le cœur de la machine est définitivement désossé, anéanti. Il semble recouvrer subitement son calme, laisse tomber la masse à ses pieds dans la poussière et récupère la torche avant de sortir. Au premier coup de masse, le fils a fui dans la maison et, sa sœur serrée contre lui, s'est réfugié sous l'escalier dans un recoin d'ombre.

Quelques jours plus tard, il est assis face au garçon à l'heure supposée du dîner. La lampe suspendue à une solive par un bout de ficelle jette sur leurs fronts un cercle de lumière blanche qui tournoie mollement au gré des courants d'air. Le père a posé le revolver devant lui sur la table et regarde le fils porter à ses lèvres de petites bouchées qu'il mastique avec peine. Le visage de l'enfant s'est émacié, la lumière en plongée de la lampe accentue le creux de ses joues. Il lui faut sans cesse remonter son pantalon sur ses hanches. Il ne se lave plus, ses cheveux qui ont poussé depuis leur arrivée aux Roches sont gras et pleins de nœuds ; la crasse grise les plis de son cou, de ses bras, de ses poignets. Le père saisit la crosse de l'arme et vise le garçon.

Le fils repose sa fourchette et reste sans bouger à regarder, yeux écarquillés, le canon du revolver qui tremble si violemment devant son visage que le père doit s'aider de sa main gauche pour parvenir à le stabiliser. Mais il est soudain vidé de ses forces, ses bras s'effondrent, son visage se contracte en une grimace effroyable et il pousse un long rugissement désespéré avant de balayer la table d'un revers de bras, envoyant se fracasser au sol assiettes, couverts et restes moisis de repas. Il vide le chargeur du revolver des trois balles qu'il y a glissées plus tôt, une pour le fils, une pour le nourrisson, une pour lui, puis se lève et s'en va ranger l'arme dans le tiroir du vieux vaisselier de l'appentis.

Bientôt, la dépouille mortuaire de la mère empuantit la maison d'un parfum d'abattoir. Les mouches ont gagné le rez-de-chaussée, s'agglutinent aux fenêtres, aux solives, volent en bataillons vrombissants et se heurtent contre l'ampoule qu'elles conchient.

Alors, seulement, le père se résout à l'enterrer.

Il réunit un fatras de planches, de voliges, de lattes ramassées dans l'appentis et les ruines des dépendances attenantes. Il les entasse devant la maison, entreprend de les scier, de les raboter, de les assembler sur deux tréteaux en un coffre rectangulaire grossier, aux essences et teintes discordes, qu'il ponce ensuite patiemment, le visage et les avant-bras poudrés de sciure, dans une odeur de bois pulvérulent, et ce n'est que lorsqu'il y ajuste un couvercle que le fils comprend qu'il a construit pour la mère un cercueil.

Il enveloppe le bébé d'épaisses couvertures, demande au fils de le suivre à l'appentis où il saisit une pioche et une pelle avant de tendre le manche de l'une au garçon.

Ils vont au travers d'un brouillard dérobant le monde à plus de dix mètres à la ronde, en direction d'une ombre qui s'avère être celle d'un prunellier aux branches retorses, bleuies de parmélie et de baies pourpres, au pied duquel le père dépose le nourrisson assoupi.

Il marche autour de l'arbre, enfonce à la verticale la lame d'une pelle à plusieurs endroits jusqu'à trouver une zone de terre meuble, délimite un rectangle long de deux mètres par quatre-vingts centimètres environ puis se met à creuser.

Une pluie fine commence à nouveau de tomber, mais le fils reste à découvert près de la fosse, ses vêtements bientôt trempés. Il regarde le père retirer des mottes de terre noire qu'il dépose au bord du trou et sur la tranche desquelles se contorsionnent des morceaux de lombrics.

L'homme creuse avec la même ténacité que lorsqu'il a préparé le lopin de terre pour y établir le potager, mais désormais sans colère, sans fureur ; il creuse avec une obstination désolée, éperdue, méthodique, les yeux rivés au fond du trou que chacun des coups qu'il assène rend plus profond, plus géométrique et plus sombre.

Il ne prête pas attention au fils ni à la nouveau-née sommeillant à l'abri des branches bleues du prunellier du haut desquelles tombent les fruits mûrs qui se prennent aux replis des couvertures et roulent sur le front velouté du nourrisson.

Après des heures d'un labeur poursuivi à coups de pioche, lorsque le père atteint des strates pierreuses sur lesquelles achoppe la pointe de l'outil, la tombe lui parvenant désormais au niveau de la cuisse, il pose ses mains au bord du trou, s'y hisse et se laisse tomber sur le dos.

— J'en peux plus. Je peux pas creuser plus, dit-il, sans que le fils sache si le constat lui est adressé.

Il reste allongé près de la fosse, avec sa maigreur maladive, sa face hâve de gisant, ses orbites creuses, comme s'il avait été vidé de sa substance et que ne lui restaient plus que les os.

Ses mains boueuses tiennent encore le manche de la pioche reposé sur sa poitrine. Des nappes de brume se dissolvent dans le ciel, ouvrent sur des hauteurs d'un bleu de calcédoine où progresse lentement la silhouette fuselée d'un avion. Aucun son ne leur parvient, mais la vision de l'appareil est en soi le surgissement inouï d'une réalité parallèle, la rémanence de ce monde qu'ils ont abandonné derrière eux en venant aux Roches et qui semblait ne plus exister.

Ils le suivent du regard tandis qu'il apparaît et disparaît au gré des cumulus pourfendus de sa carlingue oblongue, étincelante, irréelle, avant de s'abîmer derrière les cimes des crêtes, ne laissant dans son sillage qu'une traînée de condensation bientôt diluée dans l'azur.

Le père s'aide du manche de la pioche pour se relever, abandonne l'outil et s'éloigne.

— Attends-moi, dit-il au fils sans se retourner.

Seul face à la tombe, le garçon ne peut s'empêcher d'approcher pour en sonder le fond, la flaque ocre qui s'y est formée et qui reflète sa silhouette penchée, découpée sur le bleu du ciel.

Dans son dos, la nouveau-née est maintenant éveillée, elle lève les mains vers l'ombre floue des branches dont elle cherche à saisir le frémissement. Le garçon s'assied à ses côtés et, comme elle happe l'air de la bouche, il porte délicatement son petit doigt à ses lèvres. Le nourrisson engloutit la première phalange et la mâchonne en s'apaisant.

Ils reposent dans le parfum aigre-doux des prunelles piétinées, s'observent longtemps, semblent se reconnaître ou reconnaître en l'autre la permanence de la mère et, pour un temps suspendu, la montagne forme autour d'eux un écrin favorable et doux.

Puis le père revient.

Il a chargé et sanglé le cercueil en équilibre sur la brouette. Le garçon se relève, le regarde avancer péniblement vers eux. La roue heurte les pierres et la bière menace de verser tantôt à gauche tantôt à droite. Parvenu près de la tombe, le père dénoue la sangle et, au prix d'une pénible manœuvre, parvient à faire basculer le pied du cercueil dont il soutient le haut. Il le dépose au bord de la fosse et s'effondre. À l'odeur des fruits blets du prunellier se mêle le parfum acide et doucereux éventé par les planches disjointes de la boîte. Le père reste mains au sol, soulevé par de violents haut-le-cœur, jusqu'à ce qu'un filet de bile jaune s'écoule de ses lèvres et glisse dans les herbes.

Il s'essuie la bouche, haletant, descend dans la fosse et commande au fils de pousser le cercueil vers lui. L'enfant ne peut d'abord esquisser un geste mais le père désigne la bière d'une main impérieuse, aux ongles longs et sales. Le fils obtempère, pousse de toutes ses forces pour parvenir à la faire glisser sur l'herbe grasse, aux abords boueux de la tombe où ses pieds dérapent. Quand le cercueil bascule, il sent la masse roide du cadavre de la mère cogner contre la cloison de bois. Le père le saisit par un angle, le tire à lui, en supporte le poids avant qu'il ne lui échappe et ne s'abatte au fond de la fosse, soulevant des gerbes d'eau jaune qui le touchent au visage.

Il s'extrait du trou à grand-peine, s'empare à nouveau de la pelle et l'enfonce dans le tas de terre détrempé, mais le fils bondit dans sa direction et s'interpose entre lui et le corps de la mère. Il lui hurle à pleins poumons de la laisser tranquille, de ne pas l'approcher. Il jure qu'il le hait et qu'il voudrait que ce soit lui qui soit mort au fond de cette tombe, dans cette boîte. Il abat de toutes ses forces ses poings serrés sur le ventre, le torse, les bras du père qui encaisse, impassible, las ou résolu, les coups étouffés par le tissu de ses vêtements imbibés de pluie. Le fils finit par s'épuiser, n'ayant plus pour le foudroyer que son regard noyé de larmes, gonflé de colère et de désespoir.

— Tu peux me haïr autant que tu voudras, dit le père, mais c'est trop tard. Ce qu'il y a dans ce cercueil, au fond de ce trou, ça n'est plus elle. C'est tout sauf elle.

Il plante à nouveau le tranchant de la pelle dans le tas de terre, jette la première pelletée dans l'ombre de la fosse où elle s'abat sur le couvercle de bois avec un bruit d'éboulis, et le fils désormais impuissant le regarde remplir la tombe, engloutir la dépouille mortuaire dans l'obscurité minérale du ventre de la montagne.

Et lorsque le père termine de la combler, lorsqu'il ne reste plus pour seule trace de l'existence de la mère qu'un rectangle de terre retournée sur lequel la prairie reprendra bientôt ses droits impérieux, sans même une croix bricolée de deux rameaux et plantée de biais sur le tertre noir pour en signaler l'emplacement, le père allume une cigarette et dit :

— Rentrons, maintenant.

Il traîne sa carcasse funeste en direction des Roches, et le fils dont les larmes se sont taries prend sa sœur entre ses bras, jette un dernier regard sur la tombe puis marche dans ses pas.

Comme s'il était possible que la vie continue ici sans la mère, comme si le père attendait du fils qu'il occupe à ses côtés la place qui a été la sienne auprès de son propre géniteur, il reprend et accomplit les mêmes gestes qui, plus tôt, ont été ceux de leur quotidien aux Roches – avant que leur réalité ne se disloque et ne vole en éclats –, ce quotidien lancinant, cet ensorcellement, ces journées vides de tout, pleines de la présence magnétique de la montagne.

Après avoir jeté hors de la maison le matelas et les draps marqués comme un suaire d'une empreinte noire, il les asperge d'essence et y met le feu. Une fumée grasse empuantit les Roches à mesure que le grabat consumé dévoile les ressorts et la mousse grésillante de ses entrailles. Il se tient au bord du brasier qu'il ravive d'un jet d'essence, le visage vide de toute expression, le regard planté dans le cœur des flammes, et lorsqu'il s'en détourne enfin, c'est pour aller fendre des bûches et les entreposer dans l'appentis.

S'ensuivent les jours d'une lente dérive automnale, à la clarté maussade, aux heures indistinctes, aubes et crépuscules se succèdent en une variation de lumières monochromes sous un crachin continu, la montagne engloutie au matin par un linceul de brume.

Le fils se replie dans la compagnie de la nouveau-née. Il la nourrit, la change, la berce, prompt à devancer chacun de ses besoins afin de tenir à distance le père qui les surveille à la dérobée, tantôt d'un regard inexpressif, comme si son corps se trouvait là mais avait été déserté, tantôt d'un air halluciné.

Le garçon retourne chaque jour sur la tombe

de la mère dont les pluies et les nuits humides ont tassé le tertre. Déjà, les herbes fauchées et retournées par la bêche rejaillissent à la surface en pousses pâles. Le fils rapporte les pierres autrefois délogées par le père de l'emplacement du potager, les agence sur la tombe en un sépulcre dérisoire sur lequel il dépose des brassées tardives de fleurs des champs, de chardons, d'asters et de digitales aux corolles séchées qui bruissent doucement lorsqu'un vent doux traverse la prairie.

De la même façon qu'il a vu la mère le faire, il réunit à la dérobée un petit paquetage, un fourbi d'enfant qu'il dissimule sous le canapé lorsque le père a le dos tourné : quelques boîtes de conserve, du lait maternisé, une lampe de poche, une couverture de survie, des breloques, un T-shirt de la mère qui a conservé son odeur. Il attend, aussi tétanisé par la présence orageuse du père que par la perspective d'échouer à son tour, mais quelques semaines après la mise en terre de la mère, lorsqu'il voit l'homme charger les bidons dans la brouette pour aller chercher de l'eau, l'enfant sait qu'il lui faut saisir sa chance.

Il tend l'oreille au son du plastique ballotté contre la tôle, au claquement régulier de la roue sur son axe tandis que l'homme s'éloigne le long du raidillon bordé d'orties au bord duquel il crache gras après s'être raclé la gorge, et dès que le bruit s'atténue, l'enfant bondit vers le canapé, s'allonge à plat ventre sur la dalle de béton pour en tirer tout ce qu'il y a précédemment caché et le fourrer dans un sac à dos.

Il sort de la maison et se rend à l'appentis. Depuis leur arrivée aux Roches, il a souvent vu le père déverrouiller le cadenas à code, dissimuler le mécanisme infime des roues crantées sous la pulpe de son pouce et les tourner à nouveau, laisser pendre sur le verrou le cadenas dont l'anse miroite froidement dans la lumière. Le fils a mémorisé avec certitude la répétition des premiers chiffres entraperçus à son passage. Il cherche maintenant par des gestes fébriles la combinaison des deux derniers, jette des regards par-dessus son épaule par crainte de voir resurgir le père à tout instant, mais le cadenas résiste entre ses doigts engourdis par la peur, ne délivre aucun sésame, les petites roues tournant en vain sur leur axe.

L'enfant avise la pioche utilisée par le père pour creuser la tombe de la mère, abandonnée dans les herbes. Il la traîne jusqu'à l'appentis, tente de la lever à bout de bras, mais la tête de l'outil, trop lourde, retombe pesamment à ses pieds et la pointe s'enfonce dans le sol meuble. Il la saisit à nouveau d'une prise plus haute, le manche calé contre son flanc sur l'os du bassin, l'abat à plusieurs reprises sur le cadenas. La pioche dévie toujours de sa course, griffe le bois de la porte, effleure à peine le verrou de métal. Les bras du garçon tremblent sous l'effort, son souffle est court. Il laisse l'outil reposer un moment à ses pieds, prêt à renoncer, avant de le relever dans un élan redoublé et de l'abattre avec un cri de rage. La pointe frappe cette fois le verrou qui se désolidarise de la porte.

Le fils lâche la pioche, saisit le verrou à pleines mains. Un pied posé à plat sur la porte, il tire de toutes ses forces jusqu'à arracher le pêne qui l'entraîne à la renverse. Il se relève d'un bond, se précipite dans l'appentis vers les tiroirs du vieux vaisselier, en vide le contenu à ses pieds. Les trois balles roulent au sol au milieu du bric-à-brac, mais le revolver ne se trouve dans aucun d'eux. L'enfant les ramasse, les contemple dans sa paume et s'apprête à renoncer quand il voit le morceau de tissu souillé dépasser de l'une des étagères supérieures du meuble. Il glisse les balles dans une de ses poches, monte sur le vaisselier, pose un pied dans l'espacement vide du tiroir et se hisse à la force de ses bras jusqu'à saisir le chiffon du bout des doigts. Le paquet tombe au sol, dévoile le revolver qui repose maintenant, lourd et mat, dans la poussière. Le fils descend du vaisselier, s'empare de l'arme et rejoint la maison.

La nouveau-née s'est éveillée au creux du petit lit qu'il lui a ménagé dans une caisse à pommes. Elle le regarde de ses yeux tranquilles tandis qu'il fourre le revolver dans le sac à dos et ne laisse entendre qu'un soupir profond lorsqu'il l'enveloppe d'une couverture et la prend entre ses bras. Il marche vers la porte, s'apprête à sortir quand il s'arrête pour se retourner et contempler l'infect capharnaüm de la pièce unique. Il revient sur ses pas, s'empare dans l'âtre d'une bûchette à l'extrémité embrasée qu'il dépose sur le canapé, dans le creux des coussins de l'assise. Il attend de voir les flammes s'élever paisiblement, lécher en chuintant le velours élimé, et y jette quelques poignées du petit bois entassé par le père près du foyer de la cheminée.

Il s'éloigne aussi vite que la charge du nourrisson et du sac à dos le permet, non pas en direction du sentier précédemment emprunté avec la mère, qui risquerait de le conduire à la rencontre du père, mais à travers les prairies, vers les rousses forêts de mélèzes. Ce n'est que lorsqu'il parvient à l'orée du bois qu'il se retourne en direction des Roches pour contempler l'incendie qui les ravage. Il n'en perçoit qu'un halo rougeoyant dans le jour qui décline, tout aussi rougeoyant, si bien qu'il semble que le feu a gagné le ciel tout entier. Une grande colonne de fumée noire dérive vers l'ouest.

L'enfant reste figé, l'aura incandescente luisant dans son iris noir. Ce qu'il ne voit pas depuis son poste d'observation, il l'imagine : les flammes touchant les poutres et les voliges, gagnant l'étage en de formidables crépitements, montant rageusement à l'assaut des cloisons, de la charpente, le père découvrant sur le chemin du retour la maison ravagée par le feu, abandonnant la brouette alourdie par les bidons d'eau pour se précipiter vers les Roches. Tombera-t-il à genoux, bravera-t-il les flammes pour chercher dans les décombres le corps du fils et celui de la nouveau-née ?

Le garçon passe la lisière et s'enfonce dans l'ombre fauve de la forêt. Il progresse dans le sous-bois mais peine à soutenir sa sœur qui s'est assoupie. Ses muscles plus tôt tétanisés par la peur tremblent à présent. Il bifurque en direction du vieux noyer tandis que le jour s'assombrit et, parvenu au pied de l'arbre, il dépose le nourrisson à terre, près du creux entre les racines, tire jusque-là une branche morte qu'il laisse à portée de main, pousse le sac à dos dans le trou avant de s'y glisser avec la nouveau-née puis de ramener la branche afin d'en dissimuler l'accès. L'espace exigu lui laisse tout juste assez de place pour sortir du sac une gourde d'eau, préparer le biberon et nourrir sa sœur qui tète avec obstination en promenant ses petits doigts sur le visage du garçon. Une grande fatigue étreint maintenant le fils. La clarté du sous-bois décline, un froid humide se lève, chargé du parfum de la nuit, de trous d'eau croupissante, de souches et de fougères rances. Il tire du sac le T-shirt de la mère et y enfouit le visage pour en respirer l'odeur.

La voix du père lui parvient dans son sommeil. Il s'éveille brusquement et fait sursauter sa sœur. À travers la branche qui masque le trou, le garçon devine le sous-bois plongé dans une pénombre algide. La condensation de leurs deux corps réunis sature la cavité d'un air moite et l'empuantit d'un relent aigre. Le garçon tâte les langes pleins du bébé et grimace.

Pour un instant, il croit avoir rêvé la voix du père et il s'apprête à allumer la lampe de poche lorsque la voix retentit à nouveau, criant son nom, si proche qu'elle le fait tressaillir. Le sommet de son crâne heurte la paroi terreuse qui s'effrite sur ses épaules. Des pas se font entendre, un froissement de fougères, des branchages piétinés, une respiration rauque.

Le faisceau d'une lampe traverse le sous-bois, s'attarde sur eux, sa lumière fragmentée par la branche qui les cache ; le fils retient son souffle et le faisceau continue sa course tandis que le père l'appelle à nouveau, d'une voix désespérée, suppliante, que l'enfant ne lui connaît pas. Il implore en silence sa sœur de se tenir tranquille et elle lui rend un regard paisible, ses narines frémissant à peine à chacune de ses inspirations.

Les pas du père s'éloignent. Le fils attend encore de longues minutes jusqu'à ce qu'il ne perçoive plus que le murmure désormais familier de la forêt. Il repousse la branche à l'entrée du trou, passe la tête pour inspecter les environs, et n'apercevant aucun signe de la présence du père, il s'en extrait avec le nourrisson reposé sur son torse, récupère le sac à dos et file à l'aveugle à travers bois.

Il marche en direction du torrent. Le grondement couvre le bruit de ses pas quand il s'en approche. L'onde a des reflets de mercure et serpente comme une couleuvre alanguie entre les pierres. Ici, le fils peut se passer de la lumière de la lampe. Il s'arrête sur la berge, dépose sa sœur dans la couverture sur une grande roche plate. Le torrent les enveloppe d'une fraîcheur humide qui le fait grelotter. Il retire les langes de la nouveau-née avec lesquelles il la nettoie, entreprend de les rincer dans l'eau glacée qui engourdit ses doigts mais réalise qu'il ne parviendra pas à les sécher et laisse le courant emporter le tissu.

Il fouille le sac à dos à la recherche du T-shirt de la mère, le noue autour des hanches du nourrisson et l'enveloppe avec la couverture quand une ombre massive, entrevue du coin de l'œil, attire son attention et suspend ses gestes. Un ours avance vers eux, quitte tranquillement le sous-bois et exhale un souffle profond. Sa fourrure brune et dense a des reflets d'un bleu spectral dans la clarté de la lune. Terrifié, le garçon s'est recroquevillé sur sa sœur et ne bouge plus. L'ours s'approche du torrent, s'y abreuve longtemps. Quand il redresse la tête, de l'eau s'écoule de sa gueule. Il s'ébroue, bâille, dévoile les crocs de ses mâchoires puissantes et s'avance dans le torrent. L'enfant cherche à se faire plus petit encore, son corps ramassé, pétrifié sur celui du nourrisson. Il sent l'ours approcher, il peut maintenant respirer l'odeur de sa fourrure humide, bestiale et végétale à la fois, comme si le pelage de l'ours retenait le parfum de mousse du sous-bois. L'animal se tient près de lui, à moins de deux mètres de distance, et le renifle. Son souffle rauque touche la nuque du garçon qui incline à peine la tête dans sa direction et entrevoit l'une de ses larges pattes sur la pierre, fourrure détrempée, griffes courbes. Puis, l'ours paraît se désintéresser de l'enfant, se détourne et s'éloigne le long du cours d'eau d'une allure souveraine. Le garçon reste encore longtemps immobile, ses genoux et ses coudes rendus douloureux par l'appui, et quand il ose enfin se redresser, il ne subsiste plus de la présence de l'ours qu'une empreinte grise sur la pierre.

Le halo jaune de la lampe bondit au sol au rythme de sa course, sans qu'il n'ait plus la moindre idée de la direction dans laquelle il avance. La forêt autour de lui s'est densifiée, assombrie. Lorsqu'il s'arrête, tous sens aux aguets, il perçoit la rumeur qui l'entoure, composée de mille sons infimes : vacillement des arbres dans le vent, chute continue des feuilles exsangues, serres de rapaces nocturnes griffant l'écorce des branches sur lesquelles ils se posent en vigiles clairvoyants.

Entre les bras du fils, la nouveau-née commence de s'agiter et de geindre. La faim et la soif les tenaillent. Il sait qu'il lui faudra bientôt s'arrêter à nouveau, mais choisit d'emprunter une pente ascendante. Au terme d'une marche pénible, il parvient à un aplanissement du terrain et se trouve contraint de longer un à-pic semé de pins chétifs, enracinés à même la pierre. Le faisceau de la lampe passe sur leurs troncs retors, les roches suintantes de l'humidité de la nuit, noircies de coulures, de sucs qu'elles dégorgeraient, puis le halo est happé par une large cavité partiellement obstruée par la végétation.

Le fils s'arrête, scrute les profondeurs opaques, se demande s'il s'agit là d'une ancienne mine d'extraction semblable à celle qu'il a découverte durant l'une de ses pérégrinations, ou bien de la tanière de l'ours. L'épuisement atténue sa peur ; cette gueule ouverte dans le corps de la montagne lui paraît moins redoutable que la perspective d'être retrouvé par le père. Il se fraie un passage jusqu'à l'obscurité dense de la caverne, passe un étranglement qui contraindrait un adulte à baisser la tête et découvre une salle dont la voûte s'élève à près de trois mètres de hauteur. Il flotte dans l'air une odeur de crypte humide et froide.

Sa sœur serrée contre lui, le garçon promène le cercle de la lampe sur les concrétions calcaires qui s'étendent du plafond vers le sol à l'endroit où l'espace s'enfonce vers des profondeurs aux ramifications secrètes. Son attention est retenue par d'étranges marques sur le plat grenu d'une paroi. Il s'approche pour contempler les vestiges d'une peinture rupestre représentant une créature aux pattes graciles, le crâne surmonté de bois à l'empaumure complexe, étendue comme des racines ; l'animal est poursuivi par trois silhouettes humaines. Deux sont armées de lances, la troisième n'en tient aucune mais un trait sombre est planté dans le flanc de la créature.

Le fils ignore qu'aucun autre regard humain ne s'est posé sur la fresque depuis les temps immémoriaux où elle a été tracée à l'oxyde de fer et à la craie. Il reste fasciné par ce surgissement dans le faisceau de la lampe ; il lui semble entendre le piétinement des sabots sur le sol dur et le souffle court des hommes, sentir la peur de la proie et l'excitation des chasseurs.

Il s'en éloigne enfin car la tête lui tourne et il se blottit contre une paroi. La lumière dirigée sur le visage de la nouveau-née dévoile son teint pâle, ses lèvres bleuies. Le garçon la frictionne comme la mère le faisait avec lui pour le réchauffer. Il porte à sa bouche ses petites mains réunies entre les siennes, sur lesquelles il expire l'air chaud de sa poitrine. Lorsque sa sœur paraît ravivée, il ouvre sa parka pour la glisser contre lui, déplie la couverture de survie et l'étend sur ses épaules. Il tire du sac à dos une boîte de thon en conserve, perce l'opercule et boit le jus. Il mange le thon émietté, prenant le temps de bien le mâcher. Il mange aussi quelques-uns de ces biscuits sablés que la mère lui faisait tremper au matin dans du lait chaud, et il est foudroyé par la sensation de sa profonde solitude, par l'idée de la perte irrémédiable de la mère.

Des impressions lui reviennent de sa présence aimante, de ses attentions prodigues, puis les images du corps entrevu par la porte de la chambre à l'étage de la maison des Roches, du trou boueux creusé dans la terre, de la bière branlante grossièrement assemblée et clouée par le père. Et s'il ne pleure pas, c'est qu'une haine farouche s'est levée en lui, fait battre son cœur et ses tempes, irradie dans ses membres. Son nom lui parvient à nouveau, crié quelque part dans la forêt par la voix du père, toujours plus grave, spectrale, comme élevée de la montagne elle-même. Le fils fouille dans le sac, sort le revolver dans lequel il insère les trois balles avec des gestes maladroits. L'arme docile cliquette et se referme entre ses mains d'enfant. Les pans de sa parka rabattus sur le nourrisson, le fils éteint la torche et reste sans bouger, le revolver fermement tenu, ses yeux ouverts sur l'obscurité totale de la grotte.

Avant que l'aube ne perce, des éclairs scindent la nuit, dévoilent de grands rouleaux noirs prêts à s'abattre sur la terre. Une pluie dense se met à tomber, un instant empêchée par la frondaison des arbres, perce au travers des feuillages alourdis et martèle le sol.

Le garçon ne s'est assoupi que par intermittence, sursautant au moindre bruit. La nuit lui a semblé une longue dérive entre veille et rêverie, invocations de la mère, réminiscences de traques à travers bois dont il ne saurait dire si son esprit les a créées de toutes pièces ou si elles ont appartenu à d'autres avant lui.

Il se lève, urine contre la paroi, remplit la gourde au ruissellement de la pluie sur la pierre à l'entrée de la caverne. Il tente de nourrir sa sœur avec le restant de lait maternisé mais elle détourne obstinément la tête. Elle paraît affaiblie, somnolente et transie de froid. Il l'emmaillote dans la couverture de survie, rabat sa capuche et quitte leur refuge.

Une brume épaisse couvre le sous-bois. Les troncs ne sont plus que des lignes noires aux cimes invisibles. Le garçon promène son regard à la ronde sans parvenir à se repérer. L'averse crépite autour de lui, ses pas dérapent sur le tapis de feuilles mortes, comme si la montagne suintait cet humus couleur de rouille. Le terrain accuse une pente abrupte et il tombe à plusieurs reprises sur les fesses, se relève en empoignant l'écorce détrempée des arbres. Il marche longtemps, contraint à la prudence, avec la sensation que la forêt s'étend, se distord, se renouvelle indéfiniment.

C'est alors qu'il voit le père, ou plutôt qu'il devine la silhouette du père en contrebas d'un dévers, presque indiscernable dans le brouillard, une ombre verticale et pourtant brisée, progressant entre les arbres. Le fils s'allonge sur le dos derrière un tronc couché, son attention tendue vers le bruit assourdi de l'avancée du père. Il prend appui sur un coude pour regarder par-dessus le tronc mais les arbres et la brume lui dissimulent la vue. Il reste figé dans le parfum de bois et d'humus en décomposition, la pluie gouttant sur son visage, le petit corps immobile de sa sœur contre son torse.

Après une longue attente, comme il n'entend plus que le crépitement de l'averse, il se redresse prudemment et rebrousse chemin. Il soutient la nouveau-née d'une main, s'aide de l'autre pour remonter la pente sur laquelle il s'était engagé, saisit les pierres, les racines, les branches tombées au sol. Une course précipitée se fait entendre derrière lui et, parvenu en haut de l'escarpement, le fils fait volte-face.

L'homme se trouve à une quinzaine de mètres en contrebas, et bien qu'il ne puisse distinguer précisément son visage, le garçon jurerait qu'il lève le regard vers lui. Ils s'observent sans bouger ; le père ne dit rien, ne prononce pas même son nom. Peut-être a-t-il épuisé toute parole. Il n'esquisse pas un geste, comme s'il cherchait à habituer l'enfant à sa vue, à sa présence, ou comme s'il évaluait la distance qui l'en sépare. Il lève lentement les deux mains en signe d'apaisement, fait un pas en direction du fils qui se met aussitôt à courir à toutes jambes. Le père se lance à sa poursuite sur le dévers abrupt, s'effondre, se relève et reprend sa laborieuse ascension vers le fils.

Le sous-bois file autour de l'enfant, nébuleux, irréel, pourtant gagné par la blancheur étale du jour. Il court droit devant, désorienté, bifurque au hasard des dégagements de la végétation, des détours auxquels l'obligent les troncs abattus. Il s'arrête pour regarder autour de lui, à bout de souffle, exténué par la course et par le poids de sa sœur qui lui endolorit les bras et le dos. Il sait qu'il ne pourra pas continuer plus longtemps, que le père – ou cette chose, cet être métamorphosé par les Roches qui un jour a réclamé le droit d'être son père – aux foulées plus amples et plus rapides finira par le rattraper dans le cœur dense et sans issue de la forêt. Le fils continue pourtant de marcher, poussé de l'avant par le désespoir et cette peur ancienne, primitive, de la proie que le chasseur talonne inlassablement.

Cherchant à suivre la clarté du jour, il s'engage sur la pente douce d'un nouveau dévers et ralentit le pas. De hauts arbres l'encerclent, à l'écorce lisse et blanche, mouchetée de noir, retroussée par endroits en longs copeaux, comme si leur croissance s'était accomplie au terme de mues successives. Aux branches se balance un feuillage jaune vif. Le fils marche entre les arbres, découvre d'anciennes plaies ouvertes à coups de lame, sur lesquelles l'écorce régénérée a formé des cicatrices boursouflées et livides. De la sève s'en est autrefois épanchée en abondance, a coulé sur les troncs où les années l'ont figée en vomissures sombres. Certains des bouleaux sont morts ; il n'en reste plus que la ligne dépouillée, verdie par les mousses, dressée vers le ciel. D'autres ont fini par céder sous leur propre poids, rompus à l'endroit où les coups de hache les ont fragilisés, et reposent de biais retenus aux branches des arbres voisins ou avachis sur le sol. La forêt de bouleaux verruqueux évoque à l'enfant un grand ossuaire, les images vues dans les livres illustrant les carcasses d'animaux préhistoriques dont ne subsistent que des défenses ou des côtes blanchies et immobiles. D'énormes bouquets de gui font à leur ramée des ombres fantomatiques, criblées de baies translucides.

Le vent se lève et la brume se défait, ouvre sur le ciel gris où passe à basse altitude un groupe d'oies cendrées, précédées par leurs cris. Le fils lève vers elles son visage ruisselant de sueur et de pluie. Il s'agenouille pour déposer sa sœur au sol et prend soin de dégager sa tête de la couverture de survie. Les paupières de la nouveau-née sont closes, son front brûlant; elle respire d'un souffle rapide et court. Un sanglot traverse la poitrine du garçon, il le ravale aussitôt. Quand il se relève, elle rouvre les yeux. Les deux enfants se regardent, le garçon lui fait une promesse silencieuse avant de s'éloigner et de disparaître de sa vue. Puisant dans ses dernières forces, la nouveau-née se met alors à pleurer, et sa voix s'élève en un cri éperdu, farouche et désespéré qui vrille la tranquillité sépulcrale de la boulaie.

L'homme surgit, s'immobilise, frappé au cœur par la vue des bouleaux. Les pleurs de l'enfant l'ont guidé jusqu'à elle. Il la voit reposer dans le scintillement doré de la couverture de survie qui bruisse entre les petits poings qui la saisissent et la rabattent. L'averse s'est apaisée mais de fines gouttes continuent d'en toucher le revêtement métallique. Sans un regard pour le tronc lacéré des bouleaux, l'homme traverse l'espace qui les sépare avec une étrange pesanteur, extirpant ses pieds de la terre à chaque pas. Il se meut avec des mouvements d'insecte, des gestes de phasme, une lenteur telle qu'il semble qu'à tout instant le sol de la montagne menace de s'ouvrir sous ses pas et de l'engloutir et, quand il se trouve enfin près de la nouveau-née, il vacille dans ses vêtements détrempés, le cou brisé, comme il se tiendrait au pied de sa propre tombe.

Il n'entend pas le fils quitter le sous-bois où il s'est tenu en embuscade, il ne l'entend pas non plus s'avancer derrière lui à pas de loup mais il perçoit le claquement du chien lorsque le fils arme le revolver dans son dos. Il redresse la tête sans surprise, se tourne lentement pour contempler, de ses yeux fous et las, le canon pointé vers sa poitrine. Le garçon tient la crosse à deux mains et ne cille pas, son regard brille d'une ancienne rage, familière et depuis trop longtemps contenue.

Le père fouille ses poches de ses doigts arachnéens, noirs de crasse et de terre, et il porte à ses lèvres, avec des gestes tremblants, une cigarette froissée.

## DU MÊME AUTEUR

*Aux Éditions Gallimard*

UNE ÉDUCATION LIBERTINE, 2008 (Folio n° 5036). Prix Goncourt du premier roman, prix François Mauriac de l'Académie française, prix Fénéon.

LE SEL, 2010 (Folio n° 5336).

PORNOGRAPHIA, 2013 (Folio n° 5860). Prix Sade 2013.

RÈGNE ANIMAL, 2016 (Folio n° 6465). Prix du Livre Inter 2017, prix Valery Larbaud 2017, premier prix de l'Île de Ré 2016, prix des libraires de Nancy - *Le Point* 2016.

LE FILS DE L'HOMME, 2021 (Folio n° 7191). Prix du Roman Fnac 2021.

*Aux Éditions Gallimard Jeunesse*

COMME TOI. Illustrations de Pauline Martin, 2017.

YUKIO, L'ENFANT DES VAGUES. Illustrations de Karine Daisay, 2020.

*Tous les papiers utilisés pour les ouvrages
des collections Folio sont certifiés
et proviennent de forêts gérées durablement.*

*Composition IGS-CP à L'Isle-d'Espagnac (16)
Impression Novoprint
à Barcelone, le 3 février 2023
Dépôt légal : février 2023*

ISBN 978-2-07-300256-3 / Imprimé en Espagne

**550432**